意外之外 黑镜子

未来事务管理局 主编

孙薇 郭凯 选编

化学工业出版社

·北京·

图书在版编目（CIP）数据

意外之外．黑镜子／未来事务管理局主编；孙薇，郭凯
选编．—北京：化学工业出版社，2021.1（2023.4 重印）
ISBN 978-7-122-37944-3

Ⅰ.①意⋯　Ⅱ.①未⋯②孙⋯③郭⋯　Ⅲ.①幻想小说－
小说集－世界－现代　Ⅳ.①I14

中国版本图书馆 CIP 数据核字（2020）第 209060 号

出 品 人：李岩松　　　　　　　　特约策划：李兆欣
责任编辑：汪元元　笪许燕　　　　营销编辑：龚　娟　郑　芳
责任校对：宋　夏　　　　　　　　装帧设计：尹琳琳

出版发行：化学工业出版社
　　　　　（北京市东城区青年湖南街13号　邮政编码100011）
印　　装：三河市双峰印刷装订有限公司
880mm×1230mm　1/32　印张10　字数184千字
2023年4月北京第1版第5次印刷

购书咨询：010-64518888　　　　　售后服务：010-64518899
网　　址：http://www.cip.com.cn
凡购买本书，如有缺损质量问题，本社销售中心负责调换。

序

　　自从人类脱离野兽的蒙昧，登上文明的台阶，便不断探索自己和世界的关系，从而定义自己在这个宇宙的位置。从一隅的东非开始，人类探索过这个被称为"蓝色弹珠"的星球的每一寸表面。这还不够，不断发展的科技让人类上天入海、踏上月球甚至火星；发射了"卡西尼"号等探测器，一路探索太阳系内外；制造了哈勃太空望远镜和FAST射电望远镜遥望银河与宇宙。已知的宇宙里，人类是唯一的文明，这份好奇心和孤独感促使人类继续探索与前进。

　　而作为其中个体的人，在生命的每个阶段也在不停探索自己和世界的关系，来定义自己在这个世界的位置：尚未呱呱坠地，便伸展四肢探寻孕育自己的子宫的疆域；在摇篮之时，注视面前晃动的色彩，聆听周围纷扰的声音，以了解身处的空间；年幼之时会调皮捣蛋，用顶撞师长的方式，来试图突破言行的约束，从而试探自己刚刚确认的边界——用这种方式，一个人开始知晓自己身处的世界，尝试在这个世界的范围里去定义自己：我是谁？我在哪里？我要去往何方？

随着年龄的增长和阅历的增加，人感知到的世界在逐渐扩大，人也要在人生的不同阶段重新定位和定义自己。然而从工业时代开始，科学技术的飞速发展，直到当今信息时代信息的爆发式增长，人类世界的疆域越来越广，而现实的引力却死死拽着地球上每一个个体，于是人越来越难以追上这个不断扩张的世界——哪怕仅仅朝着一个方向；越来越难以真实地触摸到边界。没有边界的参考，人便逐渐迷失了方向，逐渐失去了自己的定位，最终以浑浑噩噩的状态离开——这是无法避免的。

幸好人类能够想象。每个人都有想象的力量——尤其是拥有天马行空的想象力的孩子。通过想象，人可以暂时摆脱现实的引力、突破有形的束缚，去触摸世界可能的边界。

　　科幻是最富有想象的文学，阅读科幻便是培养想象力最有效的方式之一，不论孩子还是成人都能从科幻的文字里获得想象世界带来的心灵激荡。通过阅读科幻，一个人——尤其是尚未被完全定义的孩子，会大大拓展自己当前所在世界的边界。

　　在孩子的成长过程中，他所在的世界无法由自己掌控，成人决定了一切，决定了孩子的世界里有形和无形的边界；在科幻的世界里，他们会接触到各式各样现实世界里接触不到的人物，与这些或勇敢或智慧或真挚的人物交朋友，跟着这些人物进行全宇宙范围的冒险，经历许多别样的人生。于是他们便能深悉自己当下的定义并坚定自己未来的定位，同时会更加包容自我与他人所共享的现实世界里的每一个不同的个体，去接纳各式各样的存在方式。这样的世界和这样的孩子，便拥有了无限的可能性。

　　《意外之外》三本科幻小说合集延续了《少年科幻小说大奖书系》的编纂宗旨，专门面向少年儿童，为激发他们的想象力、开拓他们的科幻视野所选编。本套书选文短小精悍，篇幅适中，均为中短篇，每篇阅读时长在10~30分钟左右，能带给孩子绝佳的阅读体验，非常适合作为科幻小说的入门书。选文标准为名奖、名家、名作。

　　选入的作品里，既有获得过雨果奖、星云奖、阿西莫夫奖等国际上最负盛名奖项的科幻小说，也有荣获中国的银河奖、引力奖等优秀的国内科幻小说。

　　入选的作家则代表了世界科幻小说的黄金时代。国外入选的作家有现代科幻小说之父兼诺贝尔奖提名获得者H.G.威尔斯、有史以来最杰出的女性科幻作家厄修拉·K.勒古恩、加拿大科幻之父罗伯特·J.索耶、NASA空间科学顾问大卫·布林、NASA空间科学家和工程师杰弗里·A.兰蒂斯、英国科幻大师伊恩·沃森……部分作家的作品曾被《星际迷航》《人工智能》《时间机器》等经典科幻电影使用。中国的作家有科幻四大天王刘慈欣、韩松、王晋康、何夕，以及郝景芳、凌晨、宝树、江波、赵海虹等活跃在一线、斩获各类大奖的中坚作家，还有滕野、苏民、吕默默、靓灵等在国内外崭露头角的新锐作家。

合集中，《意外之外：太阳火》《意外之外：九条命》《意外之外：黑镜子》三个单本分别以不存在的宇宙、不存在的未来、不存在的时间作为核心主题，代表科幻小说的三个不同维度；其中又包含了地外文明、人工智能、宇宙探秘、时间旅行、未来世界、生物怪兽、末世危机等小主题。每一个主题下的故事，都能为读者延展这个方向的想象，去触碰这个方向上遥不可及的可能。

在这些故事里，你可以读到：近未来移民火星的孩子的奇遇、破损的战斗机甲与天真孩童之间的真情实感、孩子与来自未来的机器人一同拯救世界的尝试、勇敢的孩子从恐怖分子手中拯救学校和同学、模拟世界里的AI神明、代表人类文明与外星文明作你死我亡的决斗、人用一生瞥见宇宙思想的一瞬……每一个故事都让孩子由故事的主人公相伴，在宇宙和时间的范畴里探索与冒险，触及遥远世界的边界，激起自己的想象并最终决定自己想要成为怎样的人以及前进的方向。

未来事务管理局

目　录

国外篇

国内篇

国外篇

超限选择

（英）戴维·I.梅森/著

何翔/译

8公里直线加速器出事了。

原子能专家们对事故原因作出各种推测，官方发言人也对此作出诠释，各种新闻媒体持续报道了很久，但整个事件到了1980年还没定论。

公众对此仍然是一头雾水。

纳佛森·比尔士只知道他刚刚还站在那里，等待一系列新实验的启动，但接下来他就仰天躺在空旷的大厅里。人都跑光了。另外，大厅里好像还多了些新设备、新机器，墙面油漆的颜色也不同了。四周一片沉寂。大厅里的灯亮着，但很昏暗。

纳佛森试着喊了几声。他发觉他的身体还能自由活动，就努力走到了门边。门都锁着。他转回去找那部电话。电话消失了。没有任何痕迹显示那里曾经有过一部电话机。

他重新回到门边，一边喊叫，一边砸门。突然不知从哪里冒出来一条巨大的金属手臂，把他夹了起来。提升了大约6米后，金属手臂将他拉过一道靠铰链门开闭的口子，然后把他放在了一处地板上。他不知道那么高的地方怎么会有地板。接着，有一把长叉子一节一节地伸过来检查他全身。检查完了以后，他的四肢还是被牢牢夹着。长叉子则咔嗒咔嗒折叠起来，很不满意似的。

屋顶传来金属质感的声音："男母普利兹。"

"你到底是谁，想对我干什么？"纳佛森喊道，"我好好地在大厅里工作，突然间就只剩下我一个人了。那部电话跑哪里去了，这些机器干吗把我拉来拉去的？我在这里到底有多久了？"

"男母普利兹。"

"你不会说英文吗？你到底是谁？"

"男母普利兹。"

"我现在说法语了。你会说法语吗？你们在这大厅里做什么？"

"男母普利兹。"

"我说俄语吧。你会说俄语吗……土耳其语也可以，会说吗？"

"男母普利兹-歪呢雷。"

"我试试西班牙语。你会说西班牙语吗……意大利语？"

"男母普利兹-法思。"

"你会说德语吗？我的天，到底怎么回事？！"

"男母纳德里斯普利兹。"

"算了，你说的话我根本听不懂。"

沉默。

他的四肢被夹得更紧了，另外一个长叉子伸了过来。叉子顶端有面小玻璃镜子和一把钳子，摸索着进到他的工作服口袋，把里面的东西取出来。最后它搜出一个信封，地址是打字机打的，收件人是他。它慢慢地把信封全方位扫描了一遍，包括四边、反面、正面，以及邮戳。接着它把信封放回他的口袋，然后又折叠起来收回去了。

金属手臂还紧紧地抓着他，再次挥动着把他放到墙上的一个凹室里，并把他露在外面的双脚塞进去，然后一道滑门就关上了。凹室像电梯一样上升，停下来，另外一边的滑门打开，外面是个小房间，灯光亮得刺眼。一个小老头坐在那里，剃着光头，身穿淡蓝色外衣，显然是个负责升降停止的控制台人员。他面对凹室，拿起一个形状奇特的酒瓶喝了一大口。他把酒瓶搁在地板上。浑身僵硬的纳佛森费劲地爬出来，四肢发麻。

"到底在搞什么鬼？你是谁，你在这个头验场做什么？我以前从来没在这里见过你，你好像动过机器设备。"

"苏兹达马夫斯皮特切普利兹。"小老头轻声而坚定地说，两眼盯着纳佛森。是同一个声音。

"我听不懂你的话。"纳佛森又用法语、德语、土耳其语、意大利语和西班牙语重复了一遍，"我听不懂，我听不懂，我听不懂，我听不懂，我听不懂。"

"窝-艾特普利兹。"老头按下一个开关，朝下面呼叫，"昂卓达，呼思瑞，南日给格，帕如克鲁兹，帕如文乐朴，男母普拉克斯那夫维拉枣恩布希腊特恩帕如-绕腾，普润达特普拉克斯文脑死毛桃！耐特古无祖兹当姆……斯瑞格君兹普利兹。"

回复老头的也是金属声。他按下一个按钮。金属手臂钳住了纳佛森。纳佛森的耳垂刺痛了一下，随后他失去了知觉。

纳佛森糊里糊涂地醒来。他的头发被剃光了，有人正在把钳在他脑袋上的夹子一个个剥下来。他赤身裸体躺在一张沙发上。几个工作人员在研究图表和操纵旋钮，其中大约一半是女性（他哆嗦了一下）。房间比刚才看到的那个还要小，灯光也更亮。温度大概在26摄氏度左右。他发觉他现在能大致听懂周围的谈话，只是他们用的一些名词甚至动词比较奇怪。这些人员都穿着套头的半透明一体式套装，脸部基本被遮住了，只有眼部是透明的。

他想问一句"我在哪里"，不过他实际发出来的声音却是"吾咋？"

"在言语灵力中心，"他脑后传来一个声音，原来有个小伙子站在那里。"你好像来自1，9，7，2，年。大概是亚夸克领域故障把你转移到这里，直线加速器，2，3，4，6，年。语言转轨实现。技能，请问。"（此处和后文有多处不符合正常语言表达逻辑的情况，一是英文原文如此，二是原文作者故意为之，意在影射主人公纳佛森穿越时空后到达未来，未来的人类语言支离破碎、身体机能退化、各种意义被消解的现象。）

"技能？基本粒子分析。"

"也许能派上用处……衣服在这里，请穿上。"

纳佛森穿上半透明的套装，大小刚好，显然是为他量身定做的。

"饿了。"他说。

10个月后，经过密集培训，他在新的世界政府"直接参数控制部"找到一个职位。纳佛森感激不尽。

世界人口现在达到4万亿左右，人口增长带来巨大压力，多数人生活在水深火热之中。每片大陆从海边到山脚都挤满了一排排兔子窝一样的楼房，每个房间都很小（虽然现代设施齐全），蜗居在里面的大人小孩都围绕大屏幕电视生活，电视身兼数职：教育、监督、娱乐。第二胎生下后必须强制做绝育手术。食物是通过管道输送的海藻制剂。每个人成年后的头30年里，每过5年要应征去露天劳动1年，那是他们唯一能看见自然光的时候。绝大多数人生无所依，死无可恋。小孩们成年后（24岁左右，因为饮食不良），他们不得不重新找地方住。人口电脑分给他们的新房，不是在老房屋顶的新建楼层里，就是在边缘角落靠近山脚的地方。不过，建在屋顶的那些楼层数量也很有限，因为建造难度大，更重要的是会影响飞行器、星际屋顶终端以及太阳能收集站的正常运行（像火星、金星和月球这样的殖民地能提供的能量微不足道）。

只有那些在海上农场这样的大公司工作的工人，以及高端脑力劳动者，才有更多的活动自由、空间和就业选择，食物品种也多一些。纳佛森凭着在直接参数控制部的工作俨然成为其中一员。毫无疑问他本来就是个天才（20世纪60年代后期他是个前途无量的研究生），或者那次事故产生了某种刺激效应，又或者他在言语灵力中心时大脑受过敲击后理解了他们的语言，不管是什么原因，他的考官们发现他竟然能够领悟到在公元1972年到2346年之间亚原子、亚基本粒子（夸奇克）、亚夸克以及低亚夸克物理学方面的所有相关进展。他还发现那个言语灵力生理学家犯了一个错误，以为语言转轨只是个亚夸克事件——那种事绝对不可能在大于低亚夸克的层面发生……后来，他再也没看到过那个小老头。他其实相当于老加速器的夜班巡视员，只不过现在自动化了。

纳佛森的新同事中，大多数也跟他一样是初次接触直接参数控制部的理念，这个部门不久就被简称为"直参控"了。官方对此发表了一番演讲，或者说作了"批谱"（拍谱），具体介绍如下：

"听着，伙计们，那些大型的复杂物理控制系统，凡是太贵的，或者毛病太多的，都由直参控接管了。我们暂时只能摸石头过河，我们要做好扩展到各分支部门的准备。目前来看，统计组合通常不灵光，分子操作不错，遗传物质最好；生物体和小型生命群体还可以。'直接'这个说法用词不当，还是得从亚夸克领域入手。夸克和亚夸克层面的转轨会影响各种参数。每个分部门会有4个子分部门，分别是参数评估、研究、应用、公共关系。不过这些部门的工作会有交叉，所以实际上你们很多人会同时兼任好几个工作。"

过了几个月，纳佛森被分配到了刚成立的"衰老控制"（衰控，衰佬控质）分部门。他最终的角色是研究员，偶尔参与应用和公关工作。

"你看，"两年后他对一个态度友善的公共保健员解释道，"老年医学研究失败了，不能延长寿命的比例预期会超过18%，活跃生命的比例超过12%。我们现在的目标是直接参数。衰老过程的有关参数在三维空间里显示为多样的螺旋结构。有机体登场时根基广阔，在时间轴上以恒定梯度螺旋上升，向内的螺旋则如圆锥或圆顶般沿着其特有坡度逐渐接近死亡点。"

"为什么是螺旋而不是直线？"

"直线没有尽头。螺旋的循环往复对应内外环境的周期影响，例如年度；相对圆周长度对应相对主观及生理时间。"

"你是说，会有很长时间的婴儿期？"

"是的。童年期的一个小时过得像成年期的一个星期，年龄越大，岁月飞逝越快，愈合时间同时延长。螺旋向内，圆周缩短。零直径零圆周时，愈合无限慢，主观时间无限迅速，直到死亡……个体生命的底基宽度以及圆锥的一般斜率取决于属、物种、品种、基因。也受到受孕环境、妊娠、辐射、疾病、事故等影响。轻度辐射缩小直径，疾病朝圆顶方向倾斜圆锥；事故把圆顶压扁；恢复使之往外膨胀。顺着时间轴方向上升的圆柱则意味着永生！"

"22世纪会很欢迎这个理论！"

"那时的电脑，会每年评估个人健康因素，生成图表和百分比机会。未来不同年份的不同死亡原因？"

"是的。比如，在20岁时吸烟很凶的人，可能的死亡原因分布为：5%的人会在80岁死于衰老，25%的人在60岁死于肺癌，30%的人在50岁死于支气管炎，25%的人在40岁死于冠心病，10%的人在35岁死于胃癌，或者5%的人在25岁死于车祸，恐慌，自杀，嗑药。"

"那么，现在可以寻求直接影响生存能力的办法，以延长生命，骗过电脑！"

"哪些等级的人员适合呢？"

"经理，主任，政府首脑，然后是顶级脑力工作者？"

"如何实施'攻击'？"

"有三种可能：1.加宽圆锥底部；2.加剧圆锥侧面的坡度；3.弄平螺旋顶部。首先尝试增加圆锥底部（受孕）。小动物。亚夸克

层面。亚辐射亲本性腺。希望年内可以着手物色经理等级父母
人选。"

"时间增长百分比如何？"

"增加最初寿命的10%？如果方法合适，希望之后每一代单
剂量累积增长能达到5%。"

"普通人口毫无用处。延长他们寿命毫无意义！"

第一种可能性遭到淘汰。"加宽圆锥底部"的方法研究生产
出一批妊娠期很长的虚弱苍蝇、发育过度的蝌蚪、胎状老鼠、
子婴儿幼猴。成功诞下后代的雌鼠和公猴母猴完全忽视了下一
代；幼体成长后社会性扭曲，悲惨度过110%寿命，对同伴也造
成折磨。

纳佛森现在是分部门研究所负责人，他转而从事"加剧圆
锥侧面的坡度"的研究，该部门的评估小组已经掌握所有这方
面的参数情况。5年后，他们在亚夸克领域找到答案：尽早在脑
下垂体内嵌入微型亚夸克子发射器，通过生物体输送极其微小
的产品，预期几周之后，体内每个细胞的基因会受到影响，然
后该发射器留在里面持续运作一生。但是，这种方法不可能对
后代产生累积影响。

而且，不幸的是，他们发现在40%的高等动物实验中，如
果发射器在婴儿期植入，就会诱发变态性格；成年期植入发射
器则会引发马赛克效应，使得一些细胞仍然正常衰老。在30%

的高等动物实验中，生物体生命过半时这些马赛克效应会导致一些非常严重的功能障碍，表现症状多种多样，昏厥发作和癌症只是其中两种。

"伙计们，"纳佛森正式向他的研究小组宣布，"现在必须尝试第三种可能性了：螺旋梯度。直参控主任月前就同意把我们参数评估人员调换到螺旋梯度部门工作。"

"但是这意味着低-亚！"艾克叫了出来。

"没错！低-亚夸克超振荡是必要的基础……现在，就按照这个思路尽快开始吧。"

两年以后，参数评估人员找到了答案：所有已知物理世界都服从于同一高低度或"梯度"的时间的自然速率。它与熵的联系很复杂，但基本速率是固定的。

又过了11年时间，期间，纳佛森每天废寝忘食地研究，甚至连做梦时都在想着螺旋梯度，他的低-亚部门终于发现了答案：次-低-亚夸克转轨是唯一的希望，因为时间的基本结构在次-低-亚夸克领域。他们的研究结果还揭示了一些奇特的现象。

曼克·修克（多米尼可·朱可夫）有次和纳佛森聊天。

"我们看不到/听不见过去的唯一理由是因为衰退速度c，由于它的信号经历了超限红移，所以抵达能量为零。"

"未来呢？"

"不存在。时间是流动的，'现在'以零体积向'未来'

扩张，所以'未来'还是零。或者说，'现在'以速度c进入'未来'。"

"请解释去哪里？"

"第四空间维度。8分半钟以前的时间已经沿着第四空间维度离开了一个天文单位。1年前的时间沿着它走了1光年。"

"那我们将永远无法探索未来或过去？"

"在超-次-低-亚夸克层面不可能。在任何现实层面都不可能。没有50年的时间准备也不可能。"

"目前的现实世界也没有专业的动机或者资金支持。"

又过了14年，纳佛森两鬓染霜，步入中年，终于在一定程度上找到了解决方案：他们用钯线圈把实验鼠包围起来，推入一个比之前平坦了0.01%的梯度……于是它们干脆消失了，它们不再与已知宇宙的其他部分相交……

"傅莱鹊！"直参控主任科夫通过视频电话向人口部主任通报消息，"我们衰控部门的伙计给你们搞到了一个王坤。"

现在大家都用"王坤"这个词来称呼那些歪打正着的灾难事件，好比恶风吹来好消息，丑小鸭变成下金蛋的天鹅。这个词的出处与100年前那次金星探索行动有关，该行动负责人的名字正是王坤。那次行动撞毁了金星表面一半面积，整个探险队化为灰烬，反而让金星最终成为适宜居住的行星。

"有什么话快点说！老子早就不想活了。再过3代，地球上就会人挤人只有站着的空间了。暴乱、病毒等流行病每月都在增加。跟21世纪那次崩溃类似。这一切无解。"

"请面谈。安全。"

"好。15分钟到45分钟。方便？"

"改成20到60。"

"不可。20到50？"

"好。"

傅莱鹊·班普（即傅老仙·巴桑皮德）从撒哈拉降落后，科夫（科拉夫）·葛兰（金罗克·葛拉坦）为他准备了一剂麦角酸-安非他命。

"好了，现在我叫纳佛森·比尔士来，他是一个很能干的人。"

纳佛森·比尔士出现在内部安全视频电话屏幕上。

"纳佛，这是傅莱鹊·班普，人口部主任。"

纳佛森点点头。下属对上司都要那样打招呼才算毕恭毕敬。傅莱鹊抽动了一下他的左眉。

"人口部对你的研究很感兴趣。你给他解释一下。"

纳佛森于是解释道，根据转轨程度，可向生物体提供任何需要的梯度。

"很陡也可以？"傅莱鹊问道。

"很陡也可以——越陡衰老越快。越平越慢。"

"总共多少梯度？"

"无穷。唯一的局限是次-低-亚夸克精巧装置的运作精确度。"

"实际操作呢？"

"就算把梯度水平调整到比原来平坦了 10^5，或者比原来陡峭了 10^8，技术上可能也产生零梯度或负梯度，分别对应人类的永生和退化到婴儿期（时间倒退），对人类而言这毫无意义。虽然 10^5 这个数值意味着更为平坦而且是正数。"

傅莱鹊伸出双手——在这个人满为患的世界，这个手势非常夸张奢侈，但这一时刻值得庆祝，那一针中枢神经兴奋剂起了作用。

"找到了！如何进行转轨？"

"线圈室。任何年龄。"

"人数限制呢？每次可以进去几个？"

"70米的立方体；34乘以 10^4 立方米。"

"那就放得进整群人？"

"可能。大概年内会有答案。"

"太好了！从志愿者中挑选家庭，保证生存空间，转轨送走。世界人口至少减少 10^5 倍！这里人人得到顶级特权，天堂降临人世！"他笑得合不拢嘴。

"明白，时刻保安，沉默，死刑。"

"其他研究人员呢？"

"让他们暂时沉默，下放到更低梯队。嗯，科夫？"

"对。你现在负责X项目了。傅莱鹊，你留在这里吗？"

"是的。我最好留在这里。"

"对。"

他们花了两年时间才确立了线圈室的容量。他们试验了大象和红杉（连根的），以及动物园的熊群和羊群（多数陆地动物都在动物园或实验室，除了太珍贵、不能浪费的农场动物）。最终的实验结果是一个直径97米的圆球。梯度密度对"较平"梯度而言是一个10^5乘以2的通道，对"较陡"梯度而言则超过了10^7。

傅莱鹊·班普面临着道德谴责——有些人反对把人送到缩短寿命的梯度，以及寿命超过300岁的梯度（这些超限选择会吸引多少志愿者？）所以他不得不把容量降低到那些平坦梯度当中最不平坦的——10^4的通道。这有希望把世界现有人口减少近1万倍。

"如果我们能以那种速度处理他们就好了！"纳佛森低声说道。

"傅莱鹊知道我们会把人送到什么地方去吗？"曼克说话时鼻音很重。

"每个梯度表现为相同的多级现实，每个物理世界大致相同。只要确保发送过去的人口密度和比例恰当——足够多的专家、水培设备、土壤细菌培养皿、超声波碎屑机、藻类、鱼卵，就可以在3代时间里建立文明。"

"这得完全基于自愿，科夫。"傅莱鹊说，他就在附近，中间只隔了两个房间。"我们将呼吁全球进行时间梯度移民，这些人可以是志愿者、坚韧的拓荒者、独来独往者、幽闭恐惧症患者、厌恶人群者。记得询问所有细节。电脑会评估他们的潜力，排除不适应者，组成合适转轨多支管，平衡梯度人口。细节要包括首选寿命长度——对青少年而言，父母是一起过去适应还是留在后面。不能把10岁、20岁和50岁的人送到同·梯度却期望他们活得一样长！"他傻笑了几声。

电脑算出了时间移民所需的后勤保障以及移民的密度，以便把困难减到最低。同时，纳佛森（他现在主管整个X分部）手下的人已经造好了一系列转轨器，每个选中的梯度都配一个。现阶段大规模运输人口比较容易，暂时不考虑小规模运输。另外，各地赶来的准移民最好集中在一处，这样方便他们统一安排，也可以就地举行拓荒者会议。

经过仔细筛选的移民们，被送进了未知世界。传输效率达到了每天1万人，这个数字是傅莱鹊的后勤人员预测数量的10倍。但这个数字还不够，无法抵消现有的出生率。4年之后，经过长期激烈的谈判和努力，1000组转轨器同时运作，传输效率（每组都经过改良）达到每天3000万人。

最终，活到了70岁、未老先衰的纳佛森，手下有了3万组转轨器，分布在可居住的地球边缘，每天发送7亿人，几乎可以抵消当前的出生率了。纳佛森心想，我目前的成就可算是个里程碑了。

转轨器机组几乎都集中在那些兔子窝楼群边缘人口相对稀少的高地上，那里可以建立大型接待营，移民们可以俯视整块低地。巨大的接待区里，一户户带着简单行李的家庭被接受，被接收，被记录在案，被接种，分到基本口粮、武器、工具，被安排在长凳上度过两天，被重新体检看有否感染，被驱赶穿过场地，被圈进多边形8层高的线圈室，接着，连同其他大约2万个人、一群山羊以及大量设备，被发送到未知世界。这种种场景，肯定会让艾希曼[①]无比兴奋激动。但这是没有愤怒的神怒之日[②]。无数人群抵达，哪怕他们不唱歌，也会喋喋不休地谈天。不是通过珍珠门，而是通过钯门。如果他们手拉手看着长队末尾最后一个人走进去，那也完全是意料之中的事。

整个行动带来的巨大压力，在纳佛森身上显而易见。他做了一个奇怪的梦。他梦见自己跟傅莱鹊（实际上已经死了）聊天，说道："现实世界百孔千疮，瓦解在即。最初我们的计划是

---

① 艾希曼，指Adolf Eichmann（1906—1962），二战期间参与纳粹的灭绝犹太人行动。

② 神怒之日（Dies Irae），又译末日经，中世纪拉丁赞美诗，做安魂弥撒时诵唱，描写最后的审判。

10^4 的梯度密度。现在只剩 1 了。移民人口在挖摇摇欲坠的现实大厦的墙角。我们支撑不了多长时间了。"

"胡说八道!"傅莱鹊说。话音未落,地球表面所有的居住区轰然倒塌,像白蚁蛀空的大厦。纳佛森惊醒过来,心跳很快,浑身冒汗,口干舌燥。原来是视频电话里的闹钟响了。已经是"上午",但他睡过了头。

"纳佛!"米斯克·豪拉说道(傅莱鹊的继任者,也叫梅瑟克斯·乌尔维拉吉),"纳佛!出问题了。人口数字下降得不够多!原因不明。边缘地带有很多非法人员擅自占据空房。难道移民都回来了?"

"不可能,"纳佛森说,然后停顿了一下,"查查出生日期和地点,必要的话查基因,用电脑。"

"为什么?"

"查了再说。"

10 天后,电脑给出了答案:有 15% 的世界人口(集中在兔子窝楼群边缘的新聚居地)无法解释,来源不明。他们的基因分析显示,部分与当地人口相同,但部分则由令人迷惑的变体组成,无论是这些变体,还是其所占比例,电脑都无法找到与之匹配的。

"知道为什么吗,米斯克?"纳佛森低声问年轻的人口部主任,后者坐在明亮隐秘的主任办公室内,真正的太阳光从阿哈加尔高原旁边一个兔子窝楼群边缘的一面真玻璃窗照射进来。

"知道为什么吗？另外那些梯度不是无人居住的，那里也住满了人！就像我们，或多或少。我们这个时间的宇宙只是数百万个之一，也许是无穷。他们几乎同时找到了我们的方法。"

生性冲动的米斯克听完穿过窗户，从278层跳楼了。

米斯克手下的员工纳佛森都很熟悉，他接过了人口部的问题，1周之后搞到更多细节：那些把移民发送过来的梯度都更陡峭；目前已知有数千个梯度在发送移民过来，速度和数量还可能会增加。对方发送移民的线圈室跟他的并不相同，也不坐落在同一地区，但在类似的边缘地带创造了新人口群。那些移民本来期望这里没人居住，没想到这里已经人满为患。不过他们还算灵活，将错就错，打破他们的房间楼层，四处分散，渗透到当地人口之中，在兔子窝边缘地区占据空屋，并且有好几年的时间躲过了检查没被发现。

3个月之后，一系列短暂奇怪的病毒流行病从阿尔卑斯山脉和洛基山脉附近开始发作，感染了六成美洲和欧洲人口，四分之一患者死亡。幸存者们都将之归咎于"入侵者"，从那以后，兔子窝居民区内任何没人担保的新来者都被屠杀，包括小孩。后来，野外劳动者发现确实有成批的外来移民，有时还躲在他们的多层舱室里面。接下来就是二者的生死搏斗，什么原始武器都用上了。

纳佛森仿佛看到了他发送出去的移民，不管是过去、现在、还是将来，都将遭遇同一命运……75岁时，他到了退休年龄。

几个月后，正值2395年寒冬，精疲力竭的他去世了，满腔失望，抛下那些在水深火热之中挣扎的世界。

在同一时间线上，公元2021年2月，第二次世界大饥荒爆发前夕，新闻报道里都是纳佛森·比尔士去世的消息。这名青年才俊，在一宗曾经非常著名的加速器事故中遭到意外，整整49年处于植物人状态，完全靠现代医学技术维持生命……被次-低-亚夸克转轨分解的正是他的现实世界。

戴维·I.梅森（David·I. Masson）（1915—2007），英国科幻作家，毕业于牛津大学，后为利兹大学助理图书管理员。二战期间参军，战争结束后一直在利兹和利物浦从事图书馆管理。主要作品为1965年发表的《途中小憩》。主要着力于述说战争的无用性，其主旨可能来自二十多年前的军旅生涯。之后又写了6篇小说，并于1968年将7篇小说结集为《时间葳蕤》出版。

10^{16}分之一

（美）詹姆斯·帕特里克·凯利/著

东方木/译

时间旅行现在不可能，也将永远不可能。最好的证明就是我们从未被成群结队来自未来的旅客所侵略。

——斯蒂芬·霍金《宇宙的未来》

我现在想起来我遇见克劳斯时有多寂寞了。我从未让任何人知道这件事，因为那时候独自一个人也不是很难熬。而且，我那时只是个孩子，我还以为这是我自作自受。

我看起来并不缺朋友。在1962年，我参加了游泳队，而且被选为7号童子军的狼巡副队长。如果课间休息时，大家决定组队踢球，我通常是第四个或者第五个被选中上场的人。我并不是"约翰·杰"小学六年级学习最好的学生——贝蒂·盖洛丽才是，不过我很聪明，其他的孩子为此给我难堪，所以我在知道问题答案的时候也不再举手了，谨言慎行。我记得有一次我在课上说了"即使"①这个词，他们就取笑了我好几个星期。在操场上会有一群女孩子走过来——"噢，雷，"她们会这样叫我，在我转身的时候尖叫起来："鸡屎！"然后跑开，笑得喘不过气来。

我并不想备受关注。我真正想要的只是一个朋友，一个就好，一个我愿意与其分享任何事的朋友。然后，克劳斯出现了。一切都改变了。

我们住的地方离哪都很远。那时候，韦斯切斯特郡还很偏僻。我们的房子在纽约威洛比深处的森林里，在科布希尔路的尽头。冬天，我们可以看到长岛海峡，它就像地平线上一根指向纽约的银针。但是学校还在车程半个钟头的远处，住得最近的孩子在沃德山谷，离我家5公里远，而他傻乎乎的，才上四年级。

所以我并没有任何真正的朋友。可我有科幻小说。妈妈经常抱怨我太沉迷于此了。每天放学我都会看《超人》的重播。星期五的晚上，爸爸通常都会让我熬夜看《阴阳魔界》，但是那年秋季CBS暂停了它。次年1月又复播了——在所有事情发生以后——但是我总觉得它不太一样了。星期六，我在《冒险剧

---

① Albeit，即使。下文的"鸡屎"原文是"All beat it"，直译为"全都打败了"。

场》看老科幻电影。我最喜欢的是《惑星历险》和《地球停转之日》，我想是因为我喜欢机器人。我决定在未来，我长大以后，也买一个，这样我就不再是独自一人了。

在星期一早上，我会得到我一周的零花钱——2角5分。通常，我会在当天下午，在沃德山谷下车，去那里的小村杂货店。2角5分可以买两本漫画书和一包红色甘草糖。我尤其喜欢DC的《绿灯侠》、漫威的《神奇四侠》和《绿巨人浩克》，但我也几乎会为其他任何超级英雄付钱。图书馆里的科幻书我都读过两遍了，尽管妈妈总是唠叨让我试试别的。我最爱的还是《银河》杂志。爸爸订阅了，每次他看完都会偷偷塞给我。妈妈对此并不赞同。我总是在阁楼认真阅读，或者到树林里我扎的棚子里去念。读完以后，我会把它们码在防空洞里的床铺下面。我知道一旦发生核战，电视和电台都不会再有节目了，所以，在我没和变种人战斗时，我需要有点事情做做。

妈妈经常喝酒，我还太小，不能理解妈妈的酗酒问题。我会看到她在夜里特别活跃，身子摇摇晃晃的。但她总能一早起来，在我上学前给我做热乎乎的早餐。晚上回家的时候，她也总会准备好全麦饼干和花生酱等着我——有时候是肉桂吐司。爸爸说，5点以后不要让妈妈开车送我出去了，因为她操持这个家已经很辛苦了。爸爸经常外出，去推销安德森牌窗户，所以我经常被困在家里。但他总是确保每个月的第一个星期二在家，这样他就可以带我去参加7:30的童子军会议了。

回顾往昔，我不能说我的童年不愉快——直到我遇见克劳斯。

我记得那是10月一个温暖的星期六午后。铺满地面的落叶仍然脆生，散发着香味。我待在那年春天自己搭的棚子里，多数时候在练习童子军必会的方回结和十字结。有一天，我正在读《银河》杂志——我甚至到现在还记得那个故事：考德维那·史密斯的《堕落猫女的民谣》。松鼠们肯定已经吱吱叫了有一会儿了，但我太专注于杰斯特克斯特大人[①]所面临的问题了，根本没注意。就在那时，我听到了轻微的"嘎吱"声，距离很近，应该3米都不到。我定住了，听着。

"嘎吱、嘎吱……"然后安静了。也许是一条狗，只是狗通常并不会穿梭在树林里。我希望是头鹿——我之前从没在威洛比见过鹿，虽然我听到过猎人的枪声。我悄声快速穿过泥土地面，从枯树间的罅隙窥望。

起初，我什么也没看见。奇怪。树林并不茂密，这些冠层树木的叶子早就掉光了。我怀疑我刚才听到的是幻觉，这以前也发生过。随后，我听到树枝折断的声音，就在离我30厘米左右的地方。墙壁晃了晃，仿佛有什么东西经过它，但是那里什么也没有。空无一物。我的喉咙开始发紧，不然我也许就会惊

---

① Lord Jestocost，《失落的民谣》的男主人公。

叫出声。我听到那个不知名的物体潜行到棚子前面。我惊惧地看着一个看不见的重物把一颗橡子压进了松软的地面，我连滚带爬地回到了最远的角落里。那时我才发现，我不直视它时，那个无形之物所在之处的空气，像海市蜃楼般在闪烁。把棚子架子捆绑在一起的绳索咯吱作响，仿佛它在弯腰查看它的猎物，准备将尖叫着的我拖拽到阳光下，然后……

"噢，我靠！"它惊慌失措地高声叫道，然后挣扎着进了树林。

在那一瞬间，我被改变了——而且我想，历史也被永远地改变了。我不知怎么把那个东西吓跑了，12岁孱弱的我！但更重要的是它说的话。当然，在那之前我也知道"我靠"这个词的存在，但我自己从未敢使用过，我也不记得听任何成年人说过。像墨菲那个弱智也许会悄声地嘟哝一句，但他说的不算。我一直认为它是语言原子弹，正确使用这个词应该会让大脑萎缩、耳膜爆炸。但那个不可见之物说了声"我靠"就逃走了，暴露了它的弱点，反而造成接下来我莽撞且有点愚蠢的行动。

"嘿，站住！"我起身追赶。

跟上它不费吹灰之力。它又不是戴维·克罗克特[①]。它笨拙而缓慢地跑着，一路发出声响。我能辨认出它蹒跚行进时闪烁

[①] 戴维·克罗克特（Davy Crockett，1786年3月17日—1836年3月6日），美国政治家和战斗英雄。他曾当选代表田纳西州西部的众议员，因参与得克萨斯独立运动中的阿拉莫战役而战死。

的身形。我追到不到6米的时候不得不放慢速度，不然我就要追上它了。我不知道接下来怎么办。我们跌跌撞撞地越跑越慢，直到最后，我索性站住了。

"等…等一下，"我说，"你…你想要什么？"我叉着腰弯下身体，好像喘不过气一样，尽管我并不需要这样做。

它也站住了，但是并没有回答，只是在那里发出呼哧呼哧的不均匀的喘气声。现在它站着不动，身形就难辨认了，但我想它肯定已经转过身来了。

"你没事吧？"我问。

"你是个孩子。"它用一种奇怪的，类似鸟叫的口音说道。"孩子"说成了"孩-爱-子"。

"我上六年级。"我站直了身体，伸手摊开手掌，表示我没有恶意。"你叫什么名字？"它没有回答。我上前一步，继续等待。仍然没有回应，但至少它没有逃跑。"我是雷·博蒙特。"我最后说道，"我住在那边。"我指了指，"我怎么看不见你呢？"

"今天几号？"它说的是"几-意-号-奥"。

我起初还以为它是说"资料①"。资料？我思索着怎么回答。我不想让它觉得我只是一个白痴小鬼。"我不清楚，"我小心地说道，"10月20号？"

---

① 上文询问日期用的英文是"date"，"资料"的英文是"data"。发音相似。

它思考着我的回答，然后问了一个让我无法呼吸的问题："哪一年？"

"噢！天啊！"我叫道。在那个瞬间，就算罗德·塞林①本人从树后突然蹦出来开始对着看不见的观众（可能包括我）讲话，我也不会惊讶。不过这事正在我眼前发生。"你知不知道你刚才……那个意思是指……"

"什么，什么？"它惊慌地提高了声调。

"你会隐形，你又不知道现在是哪一年？谁都知道现在是哪年。难道……你不属于这里？"

"不，不，我属于这里。1962年，没错，现在是1962年。"它顿了顿，"我并不是隐形的。""隐形"这两个字被它断成了4节。我听到像撕纸一样的刺啦声。"这只是一个骆驼。"它说。或者，至少我以为它是这样说的。

"骆驼？"

"不，光学迷彩②。"我眼前的空气变皱，滑落，露出一张黝黑的脸，"你没听说过光学迷彩吗？"

"噢，当然听过，迷彩。"

我想它本来是为了打消我的不安才显露真身，但效果却是

---

① 美国著名编剧、电视制片人，科幻电视系列剧《阴阳魔界》的主创。

② "骆驼"的英文是"camel"，"光学迷彩"的英文是"camo"，camouflage的缩略词。二者发音相似。

相反的。是的，它有两只眼睛，一个鼻子，一张嘴。它脱去光学迷彩，显露出熨帖的灰色三件套商务西装、一件白衬衫、一条红蓝条花样的领带。夜晚，在曼哈顿拥挤的街道上，我也许只会与它擦身而过——爸爸教导过我，在城里不要盯着怪人看。但在这午后的光线下，我能看到它的外表格格不入。比如说，它的发型并不是严格的平头，更像是头发茬儿，像鲁多夫斯基先生蓄胡须时的下巴。它实在是太瘦了，它的皮肤闪闪发亮，它的手指太长，还有它的脸——看上去就像一个芭比娃娃。

"你是男是女？"我问。

"有什么地方不对吗？"它吃惊地说。

我把头歪到了一边，"我想是你的眼睛。它们好像太大了。你化妆了吗？"

"我是个天生的男性。"它——他生气地从光学迷彩服里走出来，"眼睛没有性别。"

"你说没有就没有吧。"我可以看出他需要人给他带路，只是他自己好像还没意识到这一点。我暗暗希望他会向我挑明身份，简单告诉我他肩负的使命。我甚至想出个主意，怎么去联络肯尼迪总统，或者他想见的任何人，比如纽厄尔先生，也就是童子军团长，以前是个陆军上校——他应该认识某个将军，后者可以致电五角大楼。"你叫什么名字？"我问。

他把光学迷彩搭在胳膊上，"克劳斯。"然后把光学迷彩服对折，我等着他继续。

"克劳斯？"我问。

"我的名字是齐特曼星。"他像鸟叫一样念出名字。

"那好，"我说，"就叫你克劳斯先生吧。"

"好吧，博蒙特先生。"他不断地对折光学迷彩服。

"嘿！"

他继续对折下去。

"你是怎么做到的？我可以看看吗？"

他把它递给我。这套光学迷彩服比隐形的时候看起来更神奇。他把它叠成了一张15厘米见方的卡片，像黑桃皇后一样纤薄灵巧。我亲自对折了一下。它的两边好像融在一起了，大小应该正好能放进我的皮夹里。我在想克劳斯知不知道我差点拿着他超厉害的小玩意儿逃之夭夭，而他永不会抓住我。我能看见自己作为隐身英雄叱咤一生的荣光——《迷幻故事出品：隐身小子》！

我翻来覆去看着这张卡片，想知道怎么把它打开。它天衣无缝。如果我不能打开它，我怎么穿呢？"酷毙了！"我说。然后不情愿地把它还给了他。

真正的超级英雄不会偷别人的超能力。

我看着克劳斯把卡片插进背心口袋里。我不怕他。我怕的是他随时可能走出我的生活。我必须想办法告诉他我是他那边的，无论那边是什么。

"那么你住在这附近？克劳斯先生？"

"我来自毛里求斯岛。"

"那是哪儿？"

"在印度洋，博蒙特先生，在马达加斯加附近。"

我是玩《大战役》①时知道马达加斯加在哪儿的，我把这件事告诉了他。但除此之外我不知道该说什么。最后，我必须说点什么了——什么都好——来打破沉默，"这里很好。非常安静，你懂的，与世隔绝。"

"是的，我没想到会遇见任何人。"他看上去也很困惑，"10月26号，我在纽约市有事要处理。"

"纽约，那很远啊。"

"是吗？你觉得有多远？"

"80公里。也许100。你有车吗？"

"没有。我不开车。博蒙特先生，我打算坐火车。"

最近的火车站在康乃迪克州的新迦南。如果我步行的话，可能需要半天时间。还有两个小时天就要黑了，于是我说道："如果你的事情要到26号才能做，你需要一个住处。"

"我的计划是住曼哈顿的酒店。"

"那很贵。"

①《大战役》（英文名称 Risk），孩之宝旗下的 Parker Brothers 发行，是一种桌游上的战棋。

　　他打开钱夹给我看里面一沓崭新的钞票。一开始我还以为这一定是假钞，我从来都不知道本·富兰克林的肖像①也印在钞票上面。克劳斯冲我傻傻一笑。我立刻知道他要在纽约就会被人宰得骨头都不剩了。

　　"你确定要住酒店吗？"我问。

　　他皱皱眉："为什么不呢？"

　　"听着，你需要一个朋友，克劳斯先生。这里的规矩和……和你那个岛不一样。有些人做……你懂的，不好的事。尤其是在城里。"

　　他点点头收起了钱夹。"我知道种种危险，博蒙特先生。我受过特训，不会引起任何人的注意。"他拍了拍放光学迷彩服的口袋。

　　我没有指出他的特训和装备没让他逃过一个12岁小孩的眼睛，"当然，好吧。只是……你看，我有一个地方可以给你住，如果你需要的话。没有人会知道。"

　　"你的父母呢，博蒙特先生……"

　　"我爸爸会在马萨诸塞州一直待到下周五。他出差了，他是做窗户生意的。我妈妈也不会知道。"

　　"你邀请了一个陌生人来家里，她怎么会不知道呢？"

　　"不在家里，"我说，"我爸爸造了一个防空洞。你在那里会

————————————

① 100美元上的美国总统肖像。小主人公没有见过100美元的大钞。

很安全，克劳斯先生。那是我所知道的最安全的地方了。"

我记得克劳斯一踏进防空洞，就好像对我、他的任务以及整个20世纪都丧失了兴趣。整个星期日他都坐在里面，无视我想把他弄出来的努力。他看上去心不在焉的，仿佛是在倾听我听不到的对话。他不说话时，我们就玩游戏。起初，我们玩纸牌，基本上都是金罗美或者疯狂八①。下午，我回到家里去取跳棋和"强手棋"。尽管他好像并没有认真玩，但还是把我打了个落花流水，没有一局是旗鼓相当。但真正使我困扰的是：我明知这个人来自未来，却还忙着在强手棋里给雷欧大街造旅店！

星期一要上学。我打算把克劳斯锁起来，带走我自己和妈妈的两把钥匙。我以为克劳斯会反对，但他始终一语未发。我跟他说这是唯一能确保妈妈不会撞见他的方法。但其实，我不认为妈妈会大老远来防空洞。爸爸带她第一次参观了这里之后，她再没有踏足于此。她对核战的厌烦和对科幻小说的一样多。但话又说回来，我不在家的时候她干了什么，我一点头绪也没有。我不能冒险。何况，这也是一个防止克劳斯金蝉脱壳的好办法。

在1960年，就是肯尼迪赢了尼克松那年，爸爸没去度

---

① Gin and Crazy Eights，美国的一种纸牌游戏。

假，动手造了这个防空洞。它隐埋在离我家大约50米远的地下。没有任何特别之处——就是一间小小的地窖，上面什么也没建。入口是一块倾斜的钢制盖板，向下走5个台阶，又是另一扇钢板门。内部狭窄逼仄。有两张行军床、一个洗脸池和一个马桶。差不多一半的空间都摆满了物资和设备。没有窗户，闻起来有股霉味。但我很喜欢躲到那里去假装原子弹真的来了。

那个星期一放学后，我打开防空洞的门，克劳斯四仰八叉地躺在大行军床上，无神地瞪着眼睛，就跟前一晚我离开时一个姿势。我记得我当时有点担心，我想他可能是病了。我就站在他身边，可他对我的存在没有任何反应。

"你还好吗，克劳斯先生？"我问，"我买了《大战役》。"我把它放在他旁边床上，然后用盒子角推了推他想把他叫醒，"你吃饭了吗？"

他坐起身来，拆掉游戏包装，开始阅读规则。"肯尼迪总统将要发表全国演说，"他说，"今晚7点。"

我一时以为他不小心说漏了嘴，"你怎么知道？"

"昨晚发公告了。"

我发现他的发音进步了很多，"公告"只有两个音节。

"我在研究收音机。"

我走到洗脸池旁边置物台上的收音机处。爸爸说过我们不用的时候应该拔掉电源插头——好像跟炸弹爆炸导致电涌有关。

这是个崭新的全晶体管、多波段的希思牌[①]装置，我帮爸爸一起组装的。我按下按钮打开收音机，马上有女人开始唱起购物歌："价值向上涨、涨、涨；价格向下降、降、降！"我又把它关了。

"帮我个忙，好吗？下次你用完之后可以把插头拔了吗？如果你不拔的话我会有麻烦的。"说完，我弯下身把电源插头拽了下来。

我站起身来时，他手里拿着一张纸，"明天我需要一些东西，博蒙特先生。如果你能助我一臂之力我会感激不尽。"

我看了一眼这张清单，脑子很糊涂。他肯定是用打字机打出来的，只是这间防空洞里并没有打字机。

要买的：

1.一个通用电气牌的半导体收音机外加一副耳机

2.一副通用电气牌的备用耳机

3.两节永备牌的大功率9伏电池

4.一份10月23日星期二的《纽约时报》

---

① 这个牌子（Heathkit）是可以自行组装的，当时的一个销售模式就是相对低价卖给顾客，让他们自行组装，能达到接近工厂制造的水准，但是成本节约很多。

5.兰德·麦克纳利[1]的纽约市及周边地图

要换的零钱：

一共5美元的硬币

1.20个5分硬币

2.10个1角硬币

3.12个2角5分硬币

我抬起头，我能感觉到他的变化。他目光如电，噼啪作响流过我的神经。我知道我接下来要做的事很重要。"我不明白。"我说。

"我写的不清楚吗？"

我试图拖延时间："你看，在沃德山谷买个半导体收音机你差不多要付双倍的价钱。等几天吧——我们可以在斯坦福买到便宜得多的。"

"我比较着急，"他伸出手往我的衬衫口袋里塞了点什么，"我保证这些钱够你的花销。"

我不敢看，尽管我知道那是什么。他给了我一张百元大钞。我使劲把钱推回去，但是他走开了，钱飘落到我跟他之间的地

———————————

[1] Rand McNally，是一家美国的出版公司，专门发行地图、地图集、教科书，以及地球仪它也提供电子地图服务，以及商用的运输路线软件。总部位于伊利诺伊州史科基村郊区，它的配送中心位于肯塔基州里奇蒙。

板上，"我不能花它。"

"你得读一下钱上的字，博蒙特先生。"他捡起那张钱，把它拿到天花板上那只裸灯泡发出的光亮中，"这张纸币是对所有公私债务的合法付款方式。"

"不，不，你误会了。像我这样的小孩是不会拿着百元大钞去杂货店的。鲁多夫斯基先生会给我妈妈打电话的！"

"如果你不方便的话，我会自己弄到这些物品。"他又把钱递过来。

如果我不同意，他大概会离开并且一去不回。我开始生他的气——要是他跟我坦白那个我们都知道的秘密身份就好办多了，我就可以问心无愧地做他让我做的任何事。可他呢，对不该保守的秘密守口如瓶，举止可疑。这让我感觉很肮脏，好像我在包庇一个变态狂。

"到底什么事？"我问。

"我不知如何回应你，博蒙特先生。你拿着那张清单，现在读一下，然后告诉我哪件物品你不方便买。"

我从他手里一把抓过那张百元塞进了裤兜："为什么你不相信我呢？"

他僵了一下，好像我打了他一样。

"我让你住在这里，并且为你保密。你也得给我点什么吧，克劳斯先生。"

"那好吧……"他看起来很不安。"你可以留着那些零钱。"

"哦！天啊，真谢谢您了！"我厌恶地哼了一声，"好，好，明天放学我马上去买这些东西。"

之后，他好像又失去了兴致。我们打开《大战役》，他指给我看他的海岛的位置——只是它并不在那里，因为太小了。我们玩了三局，每一局他都打得我落花流水。我记得最后一局末尾，我不可思议地看着他在北非领地沿岸放置了厚厚一沓进攻部队的卡牌。南美洲，我的最后一块领地，要完蛋了。

"看起来你又赢了。"我说。我拿剩下的几张牌换了一些新军队，垂死挣扎发动反攻。游戏结束后，他研究了一会棋盘。

"我不认为《大战役》是一个恰当的模拟，博蒙特先生。打这样一场仗，我们两个应该都是输家。"

"这不可能，"我说，"两边不能都输啊。"

"能，"他说。"有时胜者会嫉妒死者。"

在我记忆中，那晚我第一次因为妈妈回应电视节目而感到厌烦。我以前也常常回应电视节目。每当巴芙洛·鲍勃问现在是什么时间，我都会大叫"现在是豪迪·杜迪①时间"——就像美国的每一个孩子那样。

"同胞们，"肯尼迪总统说，"不要让任何人怀疑这是我们所做的一个艰难而危险的尝试。没有人可以明确预见事态会如何

---

① 一个美国儿童节目。

进展，抑或付出怎样的代价和牺牲。"

我觉得总统看起来很疲倦，就像带队露营第三天的纽厄尔先生。

"我的天啊！"妈妈冲他大叫，"你要把我们都弄死！"

尽管马上就是她的就寝时间，尽管她在冲着美国总统大喊大叫，妈妈却看起来很漂亮。她穿着一件闪亮的黑连衣裙，戴着一串珍珠项链。她在晚上总是会好好打扮自己，不管爸爸在不在家。我估计大部分小孩都不会注意到自己母亲的外表，但人们总是称赞妈妈很美。加上爸爸也这么认为，那我也就接受了——只要她不开口说话。问题是，很多时候，妈妈喜欢无理取闹。她让我难堪时，她再好看也无济于事。我只想躲到沙发背后。

"妈妈。"

她向着电视倾斜身体，杯子里的马蒂尼都快溢出来了。

肯尼迪总统保持平静，"我们当下选择的道路充满危险，就像所有的道路那样——但这条路最符合我们作为一个国家的品格和勇气，以及我们对全世界的承诺。自由的代价总是很高——然而美国人总是选择付出代价。有一条路我们将永远不会选择，那就是投降和屈服的道路。"

"闭嘴！你这个蠢货，别再说了。"她猛地从椅子里站了起来，她的酒果然随之洒了出来。"噢，该死！"

"别激动，妈妈。"

"你不明白吗？"她放下了杯子，从茶几上的纸巾盒里抽出一张纸巾，"他想发动第三次世界大战！"她轻轻擦拭着裙子的前襟，这时电话响了。

"妈妈，没人想要第三次世界大战。"我说。

她不理我，擦身走过去，在第三声铃响时拿起了电话。

"谢天谢地！"她说。我可以从她的声音判断出那是爸爸。"那么你听到了？"妈妈听爸爸讲话的时候咬着嘴唇，"是，但是……"

看着她的脸，我为自己上了六年级感到难过。做回一个愚蠢的孩子多好，以为大人们全知全能。我想知道克劳斯有没有听演讲。

"不，我不能，戴夫。不。"她用手盖住电话，"雷米，关掉电视！"

我讨厌她叫我雷米，所以我只是把声音关小了。

"你现在必须回家来，戴夫。不，你听我说。你看不出来吗？那个家伙鬼迷心窍了。仅仅因为他对卡斯特罗①怀恨在心，并不意味着他有权……"

因为没有声音，切·亨特利②看起来好像是在自己的葬礼上讲话。

---

① 古巴领导人，1976—2006年在任。
② 新闻主播切·亨特利（Chet Huntley），曾在NBC主持晚间新闻节目。

"你不在，我不会进到那个地方去的。"

我想爸爸一定是在大声喊了，因为妈妈把电话听筒拿得离耳朵老远。

她等他冷静下来，然后说："雷米也不会进去。他会跟我在一起。"

"让我和他说。"我说。我从沙发上跳了下来。她瞪了我一眼，我立刻站住不动。

"为了什么？不，我们要把这件事说完。戴夫，听到了吗？"

她又听了一会。

"好吧，可以，但是你敢挂电话试试！"她招手叫我过去然后把电话甩到我手上，仿佛我在古巴布置了导弹。她昂首阔步去了厨房。

我实在太需要一个大人了，听到爸爸的声音我差点哭了。

"雷，"他说，"你母亲非常不开心。"

"嗯。"我答。

"我想回家——我会回家的——但现在还不能。如果我就这样离开，事件平息之后，我就会被解雇的。"

"但是，爸爸……"

"在我回家之前，你是顶梁柱。明白吗，儿子？到了紧要关头，什么事都要你来做主。"

"遵命。"我小声说。我听懂了他的言外之意——妈妈说的不算。

"等她睡着以后，我要你今晚去防空洞给水桶装满水，把所有的汽油从车库里取出来，储存在发电机旁边。接下来才是最重要的事：你知道那几袋大米吗？把它们拖到一边，还有那个运货板，下面有个活板门，用密封门的钥匙打开它。你会发现两支新枪和很多子弹。那把左轮手枪是点357口径的麦格农①。你小心点，雷，它能在汽车上打个洞，但是很难瞄准。那把双管猎枪很容易瞄准，但你必须离对手很近才能伤到他。还有，我要你从我的壁橱里把那支步枪拿下来，再从我的衣橱抽屉里拿出那把点38口径的左轮手枪。"他的语气仿佛明天再也不会到来一样。接着，他换了口气，继续说："这一切都是以防万一，好吗？我只是想让你做好准备。"

有生以来，我从未这样害怕过。

"雷？"

我当时应该告诉他克劳斯的事，但是妈妈款款走了进来。

"知道了，爸爸。"我说，"妈妈来了。"

妈妈对我咧嘴一笑，努力想表现出勇敢，但是并没有达到目的。她拿了一个新杯子，装满了酒。她伸出手来拿电话，我递给了她。

---

① 原文为.357 Magnum，是一种左轮手枪的子弹规格，由史密夫威信（Smith & Wesson）于1934年推出，是当时火力最大的手枪用子弹之一。在上市初期的20年，因为点357麦格农是系列中仅有的一种口径规格，因此被直接简称为"麦格农"。

我记得我那天一直等到差不多晚上10点，期间一直打着手电筒在被子下面看书。神奇四侠入侵拉托维利亚打败末日博士；超人哄骗五维先生米克斯杰兹皮特把名字再次倒过来说了一遍。我打开父母卧室的门时，能听到妈妈在打呼噜。好可怕，我之前都不知道女人也打呼噜。我思忖着悄悄进去拿枪，转而又决定第二天再说。

我偷偷溜到了防空洞，把钥匙插进锁孔里，想拉开盖板。它没动。这没道理呀，我又使劲拽了一下。钢制盖板嘎嘎作响，但还是没有打开。空气凛冽，响声在寒冷中传得很远。我屏住呼吸，聆听着体内血脉奔涌。房子依旧黑暗，防空洞安静如石。过了一会，我做了最后一次尝试，然后不得不对自己承认发生了什么。

克劳斯从里面闩上了门。

我回到自己的房间，但是睡不着。我不停地走向窗边去看纽约的上空，等待灭世之光一闪而过。我深信这座城市今晚会在热核反应的大火中燃烧，我和妈妈会随之惨死，死前还在重重地拍打关得紧紧的防空洞钢门。爸爸把一切交给了我，但我却让他失望了。

我不明白克劳斯为什么把我们锁在了外面。如果他知道核大战即将爆发，他大概想独享防空洞。但那样会说明他是个魔鬼，我仍然不觉得他是魔鬼。我试图说服自己他只是在睡觉，听不见我在门外——但那是不可能的。假如他是来阻止这场战争的呢？他说过星期四他在城里有事要处理。他可能正在里面做超越现代科学的事情，不能让我看见。又或者他有了麻烦。也许我们20世纪的细菌感染了他，就像它们杀死了H.G.威尔斯的火星人那样。

那个夜晚，在不安地走向窗前和警视着挂钟之间，我肯定梳理了100种不同的可能性。我记得我最后一次看时间是4:16。我试图熬夜面对末日来临，但没有做到。

第二天早上醒来的时候，我还没死。那么我就得去上学。我拖着步子走向餐桌时，妈妈的麦片粥已经准备好了。虽然她一幅神清气爽的样子，但我能感觉到她怀疑的眼神。我不对劲的时候她总是知道。我努力装作没事人一样。没时间溜到防空洞去了，我刚匆匆吃完早餐，她就立刻打发我上了公共汽车。

早课铃声刚响过，图希老师让我们打开《纽约州乡土地理》第七章"资源和产品"，并让我们自己默诵，然后就离开了教室。我们惊喜地面面相觑。我听到鲍比·科尼弗小声说着什么。应该是什么下流话，几个同学窃笑起来。第七章开头是一张标着产品符号的地图：两头画得很小的奶牛在宾厄姆顿^①附近

---

① 美国纽约州中部的城市。

吃草；罗切斯特①是齿轮和一副眼镜；埃尔迈拉②是一个加法机；
奥斯维戈③是苹果；尼亚加拉大瀑布上有一道闪电。爸爸曾承诺
有天会带我们去看瀑布。我有种不祥的感觉，我们永远没有机
会去了。图希老师回来时面色惨白。但她仍然让我们做了一个
拼写测试。我得了95分。我拼错的那个词是"谜团"④。热腾腾
的午餐有：美式炒杂碎、一个面包卷，一份沙拉，一碗奶油糖
果布丁。下午我们做小数的练习。

没人提到世界末日。

我决定在沃德山谷下车，去买克劳斯想要的东西，然后假
装不知道他昨晚反锁了防空洞的门。如果他提起这件事，我就
表现出惊讶。如果他没有……我不知道我会怎么做。

杂货店在邮局的街对面，沃伦家的埃索加油站旁边。它以
前是同一座建筑里的两间不相干的商店，但是后来鲁多夫斯基
先生买下了这栋建筑，然后拆了中间那堵墙。好玩的那一边有
钢笔、铅笔、纸、贺卡、杂志、漫画书、平装书，还有糖果；
另一边都是不好玩的五金制品和小家电。

我进去的时候，鲁多夫斯基先生正在打电话——不过他工
作时老是在打电话。他可以卖你一把锤子或者一包棒球卡，给

---

① 美国纽约州城市。
② 美国纽约州中部的城市。
③ 美国纽约州西部港口城市名。
④ 原文为"enigma"。

你讲个笑话，问问你家里的事，抱怨天气，同时还能保证电话那头开开心心。然而这次，当他看见我走进来，他却转过身去，电话线都缠在了他的肩膀上。

我快速地在小店里走了一圈，找到了克劳斯想要的每一样东西。我得吹掉半导体收音机盒子上的灰，不过电池看起来是新的。只剩一份《纽约时报》了。头条字太大了，看起来很吓人。

发现进攻性导弹阵地 美国对古巴武器禁运；肯尼迪准备对苏联摊牌

船只必须停航 总统神情严肃　甘冒开战风险

我把要买的东西放在鲁多夫斯基先生面前的柜台上。他的头歪向一边，把电话话筒夹在肩膀上，开始一样样算钱。报纸在这堆东西的最下面。

"你从什么时候开始读《纽约时报》了，雷？"鲁多夫斯基先生把报纸价格打入收银机，"我刚进了新一期的《神奇四侠》，你需要吗？"

"我明天再买吧。"我说。

"那好吧。总共12元47分。"

我把那张百元大钞给了他。

"这是什么，雷？"他盯着它，然后又盯着我。

我早就编好了故事："这是我在底特律的奶奶给我的生日礼

物。她说我可以用它买任何我想要的东西，所以我决定享受一番。不过我准备把剩下的存到银行。"

"你要买一台收音机？在我这？"

"唔……嗯。我想也许我应该有一台。"

他一时什么也没说，只是从柜台底下拿出一个纸袋，把我的东西都装了进去。他耸着肩，我猜他可能因为卖贵了收音机而惭愧。"你应该听听音乐，雷。"他悄声说，"你喜欢猫王吗？所有的孩子都喜欢猫王。"

"我觉得他不错。"

"你还太小了，不需要为新闻烦心。听到了吗？那些政客……"他摇摇头，"会没事的，雷。听我的。"

"没问题，鲁多夫斯基先生。我在想，你可以给我5块钱零钱吗？"

我能感觉到，我把钱塞进书包时，他在看着我。我以为他肯定要给我妈打电话了，结果他根本没打。我家在5公里以外的科布希尔。我只用了40分钟就跑回家了。新纪录。

我记得当我看到警灯时我跑了起来。警车在我家车道的碎石上留下了打滑的痕迹。

"你去哪了？"我穿过草坪时，妈妈突然冲出屋子。"哦，我的上帝，雷米，我担心死了。"她把我抱在怀中。

"我在沃德山谷下车了。"她快把我闷死了，我挣脱出来。

"发生什么事了？"

"就是这个男孩，女士？"州警从容地从屋子里跟出来。他戴着一顶和纽厄尔童子军团长几乎一样的帽子。

"是，是的！噢，谢天谢地，警官！"

州警拍拍我的头，好像我是一只走失的狗。"你让你妈妈担心了，雷。"

"雷米，你应该告诉我的。"

"麻烦谁来告诉我发生什么了！"我说。

另一个州警从房子后面走了出来。我们看着他走过来。

"没有任何入侵者的痕迹。"他看上去很无聊，我却想尖叫。

"入侵者？"我问。

"他闯入了防空洞，"妈妈说道，"他知道我的名字。"

"没有强行进屋的迹象。"第二个州警说道。我看到他和他搭档交换了一个眼神。"我没发现任何可疑之处。"

"他没时间，"妈妈说，"我发现他在防空洞后，就跑回家从卧室里拿了你爸爸的枪。"

妈妈拿着左轮手枪的画面令我害怕。我有童子军射击优秀奖章，但是妈妈连扳机和击锤都分不清。

"你没开枪打他吧？"

"没有。"她摇摇头，"他有足够的时间可以离开，但是我回去的时候他还在那。就在那时他喊了我的名字。"

我从没这么生过她的气，"你从不去防空洞的。"

她一脸迷惑，她在晚上经常这副表情，"我找不到我的钥匙。我不得不用了你爸爸留在过道门上的那把。"

"他说什么来着，女士？那个入侵者。"

"他说，'博蒙特太太，我对你毫无威胁。'然后我说，'你是谁？'他向我走过来，我想他说了一句'玛格丽特'，然后我就开火了。"

"你真的开枪打他了！"

两个州警肯定听出了我声音中的惊慌。第一个说："你知道这个人的事，雷？"

"不，我……我一整天都在学校，然后我去了鲁多夫斯基的……"我能感到我的眼睛发烫。我实在太尴尬了，我知道我就快在他们面前哭出来了。

州警的注意力不在她身上，妈妈显得很不高兴。"我冲他开了枪。三四枪吧，我不知道。我肯定没打中，因为他就站在那盯着我。感觉过了很久很久。然后他像没事人一样从我身边走过上了楼梯。"

"他什么也没说吗？"

"一个字都没。"

"唔……这真难住我了。"第二个州警说道，"开了4枪，但是防空洞里没有子弹孔，也没有血迹。"

"你介意我问一个私人问题吗，博蒙特太太？"第一个州警问。

她脸红了："我想我不介意。"

"你一直在喝酒吗，女士？"

"噢，那个！"她看起来放心了，"没有。唔……我是说，给你们打过电话之后，我是给自己倒了点。就是为了镇定一下情绪。我很担心，我儿子这么晚还……雷米，你怎么了？"

我自惭形秽，眼泪止不住地从脸上流下。

州警离开以后，我记得妈妈开始烤布朗尼蛋糕，我在看《超人》。我想出去找克劳斯，但是太阳已经落山了，我找不到借口在夜晚闲逛。而且，又有什么用呢？他走了，被我妈妈赶走了。我有过机会帮助一个来自未来的人改变历史，也许可以阻止第三次世界大战，但我搞砸了。我的人生，如同死灰。

那晚我一点也不饿，不想吃布朗尼或者意大利面或者任何东西。我在盘子里把食物推来推去，妈妈发出不高兴的咯咯声，为了让她闭嘴我就吃了几口。我很惊讶，原来恨她是那么容易、那么痛快的一件事。当然，她一点都没觉得，但是如果我不小心，在早上她会注意到的。晚饭后她看新闻，我上楼去看书。她冲着戴维·布林克利大叫的时候我用枕头包住了头。八点半，我关了灯，但我无法入睡。不久之后她也回卧室了。

"博蒙特先生？"

我一定是睡过去了，但是当我听到他的声音时，我立刻惊醒了。

"是你吗？克劳斯先生？"我凝视着黑暗，"我买了你要的东西。"房间里充满了难闻的气味，就像有时妈妈开车忘了松开手刹。

"博蒙特先生，"他说，"我受损了。"

我溜下床，仔细在黑暗中穿过房间，锁住了门，然后开了灯。

"噢！天哪！"

他如同噩梦一般倒在我的书桌上。我记得我那时在想，也许克劳斯不是人类，他甚至可能已经死了。他的身材比例都不对了：一只耳朵、一边肩膀以及一双脚都耷拉着，好像融化了似的。蒸汽之类的东西从他身上一缕缕冒出来——就是它们发出的气味。他的皮肤变得坚硬、发亮，外套也是。我也曾疑惑他为什么从不脱掉外套，现在我知道了——他的衣服是他的一部分。他的右手中间几个指头痉挛似的不停敲击着手掌。

"博蒙特先生，"他说道，"我计算过，你的胜率是 10^{16} 分之一。"

"什么胜率？"我问，"你发生了什么事？"

"你必须一字不漏地听我说话，博蒙特先生。我马上就要消失了，这对历史来说很糟糕。现在要由你来改变时间线的概率。"

"我不懂。"

"你们的政府大大地高估了苏联的核力量。如果你们先发制人，美国将会取得压倒性的胜利。"

"总统知道这件事吗？我们应该告诉他！"

"约翰·肯尼迪不会欢迎这种信息。如果他发动这场战争，他就要为几千万人的死亡负责——包括苏联人和美国人。但是他并不理解军备竞赛的未来。战争一定要在现在开始，因为随后的领导人将不断增加核武储备，直到他们掌控的核武库可以把世界毁灭很多次。人们没有能力为这种可怕的武器做长期打算。他们厌倦亡国灭种的念头，然后对此麻木不仁。军备竞赛减缓但不会停止，他们会因幸免战争而弹冠相庆。但是仍然存在着太多的武器，永远不会消失。三战不期而至。一战被称为终结所有战争的战争。而只有三战才有可能是终结战争，博蒙特先生，因为它将终结一切。历史将停在2019年。你明白吗？一年以后，再也没有生命了。全死了。世界成为一块炙热荒芜的大石头。"

"可你……"

"我不值一提，只是一个造物。博蒙特先生，求求你，胜率是10^{16}分之一。"他说，"你知道这是多么不可能吗？"他的笑声像打嗝，"但是看在那极为珍稀的几条时间线份上，我们必须继续下去。有这么一个人，纽约的一个政客。如果他在星期四晚上死去，就会制造出逼迫肯尼迪出手的事件。"

"死去？"这么多天以来，我一直渴望着他跟我说话，但是现在我只想逃跑，"你要杀人？"

"世界能够幸免，始于1962年10月22日星期五的三战。"

"我呢？我爸妈呢？我们活下来了吗？"

"我不能进入那条时间线。我没有确定的答案给你。拜托了，博蒙特先生，这个政客将会在3年内死于心脏病。他对历史没有伟大贡献，但将他暗杀会拯救世界。"

"你想要我做什么？"但我已经猜到了。

"星期五晚上，他将在联合国慷慨陈词。之后他会和他的朋友鲁斯·菲尔兹共进晚餐。10点左右他会回到华尔道夫大厦的住处。不是华尔道夫-阿斯多里亚酒店，是大厦。他会乘电梯到42A套房。他是美国驻联合国大使。他的名字叫阿德莱·史蒂文森。"

"停！别再说了！"

他叹气时，呼出的是一团刺鼻的云雾。"我的计算是基于两个数据点的时间线概率，博蒙特先生，我在你的防空洞里发现的，第一个是点357口径麦格农左轮手枪，上面堆着几袋大米。我认为你知道这个武器？"

"是。"我小声说道。

"第二个是放在行军床下面你收集的杂志。看起来你对未来充满兴趣，博蒙特先生。这也许会给你极度的勇气，让你去转移这条时间线避免火难。你要知道并不是只有一个未来。会有无数种未来，所有可能性都在其中得到表现，也存在着无数的雷蒙德·博蒙特。"

"克劳斯先生，我不能……"

"也许不能，"他说，"但我相信另一个你可以。"

"你不明白……"我惊恐地看着他脸颊上的一个疖子肿胀起来，爆裂了，喷射出一股恶心的黄色雾气。"什么？"

"噢！我靠。"这是他说的最后一句话。

他倒在了地板上，也许此时他已是一具尸体。更多疖子冒出来爆裂。我打开房间的所有窗户，又从壁橱里拿出电风扇，可我还是无法相信这股难闻的气味没把妈妈熏醒。在接下来的几个小时内，他差不多汽化掉了。

之后，地板上留下一滩又黏又黑的污迹，大小跟我的枕头差不多。我把房间一边的垫脚毯挪过来遮住它。除了一台半导体收音机、两节电池、一副耳机和87元53分以外，我没有任何证据表明克劳斯存在过。

如果我没有整整一天时间用来思考的话，也许我就会采取不同的行动。我不记得星期三我是否去过学校、不记得和谁说过话、吃过什么。我拼命地想着要做什么、怎么做。没有人能给我答案。图希老师不能，爸爸妈妈不能，《圣经》或《童子军手册》不能，当然，《银河》杂志也不能。不管我如何行动，都得是我自己的决定。那天晚上，我和妈妈一起看新闻。肯尼迪总统已经让我国的军事武装力量进入了最高戒备状态。有报道称一些苏联船只已经转向驶离古巴，其他的则继续开往古巴。爸爸打电话回来说他的出差行程缩短了，第二天就回家。

但是太晚了。

星期四早晨，校车来的时候，我藏在石墙后面。约翰逊太太按了两声喇叭就开走了。我带着书包，动身去新迦南。书包里装着收音机、电池、硬币、纽约地图，还有点357麦格农。钱包里带着克劳斯给我的剩余零钱。

我走了5个多小时才到火车站。我以为我会害怕，但我从头到尾都感觉很轻松。我不停地想着克劳斯说过的关于未来的事，说我只是亿万个雷蒙德·博蒙特中的一个。他们中的大部分人都在学校分析句法以及观看图希老师咬她的指甲。而我最特殊，正在步入史册。我超棒。我赶上了下午2:38的火车，在斯坦福换乘，刚过4点的时候抵达了中央车站^①。我还有6个小时。我给自己买了一只热乎乎的蝴蝶面包和一瓶可乐，琢磨着该去哪里。我不能那么长时间一直在酒店大堂里干坐着——那会引起别人注意的。我决定上到帝国大厦的楼顶。我慢慢地在公园大道走着，尽力不去看那些我将制造的鬼魂。在帝国大厦的大堂，我用克劳斯的零钱往家里打电话。

"喂？"我没想到爸爸会接电话。如果不是因为我知道这也许是我们最后一次谈话，我就挂掉了。

"爸爸，是我。我很安全，别担心。"

"雷，你在哪儿？"

---

① 位于纽约市曼哈顿。

"我不能说。我很安全，但我今晚不会回家。别惦记我。"

"雷！"他情绪失控了，"发生什么事了？"

"对不起。"

"雷！"

我挂了电话。我必须这样做。"我爱你。"我对话筒说。

我能想象出爸爸脸上的表情，以及他会怎样跟妈妈转达我的话。最后他们会为此争吵。他会大喊，她会大哭。乘坐电梯上楼的时候，我对他们生起了气。他不应该接电话。他们应该保护我，让我免于撞见克劳斯和他来自的未来。我才上六年级。我不应该有这样的感觉。观景台几乎空无一人。我完整地绕着它走了一圈，瞭望这座城市向各个方向延伸出去。天色昏黄，所有的建筑在夕阳的余晖里都成了暗影。我觉得我不再是雷·博蒙特了——他是我的秘密身份。现在我是超级英雄"炸弹小子"。我有带来核战争的力量。我可怕的目光所及之处，车辆融化，行人燃烧。

我爱这种感觉。

我从帝国大厦下来的时候，天已经黑了。我在第47大道买了一张烤肠比萨饼和一瓶可乐。我边吃边把耳机塞进耳朵，听起收音机。我搜寻着新闻台。一个播音员说安理会的争论仍在持续。我们的大使正在质疑佐林大使。我听了一会这个台，希望能听到他的声音。我当然知道他长什么样。当我还是小屁孩时，阿德莱·史蒂文森曾两度竞选总统。但我不记得他的声音是怎样的了。他可能会跟我说话，问我在他的酒店里做什么。我要为此做好准备。

　　大约9点整，我到了华尔道夫大厦。我拣了一把华丽的天鹅绒椅子，视线正对着电梯间。我在那坐了大约10分钟。没有人在意，但是一直坐着不动也很难。最后我还是站了起来，去了男厕所。我把书包带到了小隔间，关上门，然后拿出了点357麦格农。我把它对准马桶。这把枪很重，我能看出它会有很强的后坐力。也许我该用双手握住它。我把它放回书包，冲了抽水马桶。

　　我从洗手间出来的时候，不再相信自己会去枪杀任何人，或者能杀任何人。但我必须尝试，为了克劳斯。如果我真是注定要拯救世界，我就必须在正确的时间出现在正确的地方。我回到我的椅子上，看了下手表。9:20。

　　我开始想那个会扣动扳机的人，那个只存在于概率里的雷。是什么造就了不同呢？他读过《银河》上我略过的故事吗？和妈妈或者爸爸发生了什么矛盾？也许他能把"谜团"这个词写对。也许克劳斯在他的时间线多活了30秒。或者，也许，他只是那个我能成为的最好版本的一个我。

　　我累坏了。从早上到现在我肯定走了有50公里了，而且我有好多天没睡好了。大堂很温暖。人们谈笑风生。电梯开门关门的提示音如此轻柔。我试图保持清醒去面对历史，但我不能。我是雷蒙德·博蒙特，但我只是一个12岁的孩子。

　　我记得门卫在 11 点的时候叫醒了我。爸爸当晚直接开车到了纽约来接我。我们到家时，妈妈已经在防空洞里了。

　　那晚，三战没有发生。第二晚也没有。

　　我被罚了 1 个月不许看电视。

　　对大多数我的同龄人来说，在长大过程中最痛苦难忘的记忆是 1963 年的 11 月 22 日[①]。但对我来说是 1965 年的 7 月 14 日，阿德莱·史蒂文森心脏病发作，在伦敦倒地身亡。

　　我一直在做力所能及的事，去弥补那晚我没能做到的事。我一直在各种地方为这个事业出力。我是核裁军运动组织、争取明智的核政策委员会和地球之友的成员，一直在冻结核武器运动中积极表现。我认为绿党是唯一值得投票的政治组织。我不知道这样做是否能改变克劳斯那个可怕的概率。也许我们会多几条可以幸存的时间线。

　　当我还是个孩子时，我不在意孤独。可现在孤独却很难熬——带着这些秘密。噢，我有许多朋友，他们都是很棒的人。但是认识我的人都说我有一部分总是深藏不露。他们说对了。我想我永远都不会告诉任何人关于克劳斯的事，关于那晚我没做的事。这对他们不公平。

　　而且，不管发生什么，很大可能是因为我的过错。

---

　　① 肯尼迪总统遇刺的日期。

詹姆斯·帕特里克·凯利，美国科幻作家，从20世纪70年代开始发表作品，至今依然是科幻领域的重要人物。发表过一百多篇作品，被翻译成18种语言。多次提名斯特金奖、轨迹奖和星云奖。一直在给《阿西莫夫科幻》杂志写专栏。

获奖篇目有《像恐龙一样思考》［1996年雨果奖（短中篇），同年星云奖提名］；《燃烧》［2007年星云奖（长中篇）］。

本篇获2000年雨果奖（短中篇），同年轨迹奖提名。

柏林墙

（美）娜奥米·克雷泽 / 著

罗妍莉 / 译

现在是1989年2月，我是名大一新生。我正坐在学生活动中心里，边做微积分作业边喝咖啡，作业难得吓人，咖啡难喝到发指。这时有人拉过我对面的椅子，坐了下来，对我说："梅根。"

我抬头一看，她年纪很大，像我妈妈。她看起来还真有点像我妈，我本能地觉得寒毛倒竖："我叫玛吉，你是谁？"

"我都忘了还有玛吉这段时期了，"她说话的模样像在反省似的，"我是你，来自未来的你。"

我放下手中的铅笔："……哦？"我不知这个神经病是怎么知道我的名字的。也许是个离经叛道的学生，在做精神分析课的实验作业？面对这种完全难以置信的说辞，被随机选中的学生们一般都做何反应呢？"呃，你有何贵干？"

她身体前倾："你秋天应该去国外留学，去德国，西德，柏林。"

我朝她眨眨眼："我不会讲德语。"

"那就更该去了，你可以在那儿学德语呀。"

"可我已经选修过外语课了，"我答道，"法语。"

"就是这种想法让欧洲人老是拿美国人开涮。'我已经懂一门外语了！比一般美国人多懂了两门呢！'"

这话可真不客气。我气冲冲地瞪着她："喂，我妈去年就没让我去法国。虽然我们连保证金都交过了，而且那还是带监护人的两周短途旅行呢。你觉得她还会兴高采烈地欢送我去上什么海外留学项目吗？"

"你今年已经18岁了，她怎么阻止你？"

"她可以拒绝给钱啊！"我简直不敢相信她会这么说。

"你爸会站在你这边的，"她说，"上次你去法国的事情，他没能站出来反驳你妈，心里对你有愧。"

我交叉起双臂，想着跟我妈吵架的情形，想着我们俩吵的时候，我爸连待在屋子里都不肯。一想到他对此事颇为后悔，感觉还真不错。"嗯……为什么我去柏林对你来说这么重要？"

"因为今年11月，柏林墙就要倒了。11月9号。"

好吧，这显然是在开玩笑呢。"柏林墙要倒了，就在今年，你连是哪天都知道，简直太了不起了。我都等不及了。那现在我还是继续做微积分作业吧。"

　　她起身走开，然后转身面朝着我，双眼眯成一条缝，那副神情简直就跟我在镜子里见到的自己差不多。"你应该退选微积分这门课了，"她说，"你会拿个D的。"

　　到了5月份，她又出现了。

　　我们初次相遇的方式很奇怪，我没法忘掉她。是，她确实多半是个疯子，不过我还真的想过到海外留学办公室去问一问柏林留学的事情。问题在于，一想到要告诉父母我想去海外留学，我的脑海中就演起了电影，场景必定包括我妈的偏头痛发作、我爸的罪恶感。一般来说，反叛我妈的都是我弟弟，我是乖乖女。而且直到现在，就因为离开家乡爱荷华州到这里来上大学，我心里一直觉得内疚，尽管他们并未反对过。

　　4月份的时候，我终于去了趟留学办公室。我去得太晚，已经来不及申请秋季的项目，不过我还是迅速翻阅了宣传手册，里面随处可见微笑的学生们在嬉戏着，身旁是埃菲尔铁塔、罗马斗兽场、巨大的金色大佛像以及泰姬陵。我对金佛寺比较感兴趣，要是我妈妈能冷静下来的话，那里还真的值得一看。

　　对于微积分课，我的态度倒更积极一点。我因为那个女疯子的捣乱没法完成作业，心里便下了结论：也许她的出现是个神迹，告诉我应该去数学技能中心登个记，去接受免费辅导。那天下午从学生活动中心一出来，我就直奔那里去了。

　　她第二次出现的时候，是在图书馆里找到我的。"玛吉？"

她这次说话的语气更为犹豫。

我抬头一看："又是你？你怎么找到这儿的？"

"我对图书馆里最喜欢的几个位置有印象。"她在难看的橙黄色椅子上挨着我坐下。

我喜欢坐在这里，因为几乎没有什么人会来图书馆的这个区域。现在被一个疯子追着到处跑，倒让我不由得重新考虑这个策略到底有没有效，不过要是直接尖叫着喊校警过来，又好像有点不太成熟。"你想干吗？"

"我想让你去德国。你没有申请海外留学项目，对吧？"

我摇摇头。

"好吧，没事，你可以秋天请个假离开一阵，自己直接去。"

"那我到底该怎么跟父母说呢？"

"跟他们说你想旅行，很多学生都去旅行的，你不需要征得他们的同意。实际上，美国大学生可以申请打工签证——你可以在西德拿到6个月的打工签证，那你就不需要父母给钱了。"

"我去西德找份工作？"

"没错，就是这样。"

"可我不会讲德语，能找到什么样的工作呢？"

"你可以教英文啊。或者——我不知道，你总能找着点什么事干。"

我怀疑地看了她一眼："我妈可能会精神崩溃的。"

"总有一天你会认识到，她的焦虑症并不是你的责任。"

　　这句话简直跟我高中最好的朋友跟我说过的一模一样。我用自己特有的眯眼表情瞪她一眼："不管怎么着，你到底是谁？"

　　"你可以叫我梅格，我跟你说的是真的，我就是你。"她从兜里掏出个什么东西，看起来有点像个计算器。"看，我带了点东西来给你瞧瞧，这是我的袖珍计算机。"

　　我伸手接过来，那东西黑黝黝的表面很光滑。"看着好像没什么用啊。"我说。

　　"把你的大拇指放在屏幕上停留片刻。它是用我的指纹解锁的，巧得很，我俩指纹一样。"

　　我依言而行，那黑色的表面突然活动起来，呈现出一排排小小的图片。"有鼠标吗？"

　　"你的手指就是鼠标。点点你想打开的图标。"

　　我随便按了一个，里面忽然传出一阵音乐，整齐排列的图标随之消失。屏幕上出现了一连串的画面：一只飞翔的雪鸮的特写，一片林木景观，然后是一间拥有石壁的屋子的内景。

　　梅格过来瞧了瞧，"那是个游戏，"她说，"这个也可以拿来做些有用的事情。在未来我可以用它收电子邮件——未来每个人都可以。我可以拿它上网——未来几乎所有的信息都能在网上找到。里面还储存了我所有的音乐、照片和书籍。它也可以充当相机，摄像机，信用卡，GPS——就是一种会说话的地图，还可以拿来打电话。"

我盯着这玩意儿，里面的图像真是美轮美奂。"你刚才拿出来的时候，我还以为是个计算器呢。"

"它也可以当计算器用。"

"真的挺酷的，"我说，"我能留着吗？"

"不行，首先，你没法给电池充电。"她拿回那东西，"那现在我们能不能认认真真地谈一下，谈谈怎么把你弄到德国去？"

"那是不是未来的每个人也都有架时光机呢？"我问。

"不是，"说这话的时候，她的目光闪烁了一下，"不是，我的情况有些特殊。"

我盯着那部袖珍计算机，脑补了一下跟我父母去说这件事的场景：有个来自未来的女人叫我去西德，我知道她确实是未来的人，因为她有炫酷至极的未来高科技——不过，就算我真拿着这玩意儿去给我妈瞧，我也敢肯定，我妈绝对不会相信。

"好吧，"我说，"其实是这么回事：我得承认，你可能真的是来自未来，要说我是在发疯的话，那这种幻觉也实在是太细腻了点。但是——"

"但是什么？"

"上学期，我的微积分拿了个B+，而你原先以为我只能拿D！"

"你拿B了？"她难以置信地回答，"还是B+？怎么做到的？"

"呃，我到数学技能中心接受了课外辅导，然后——"

"数学技能中心，"她说，"我当初怎么没想到？"

"不管怎么着，"我又说道，"你看，你的可信度打了个折扣。我觉得吧，也许你确实是未来的人，但我们所属的时间线并不一样，因为我真的无法相信柏林墙在不到6个月后就要倒塌了。我的意思是，戈尔巴乔夫好像还挺不错的，真的带来了一些让人惊叹的变化，可是昂纳克呢——"

"10月份，昂纳克就要辞任了。"

我怀疑地盯着她。自从她上次来找我之后，我已经开始留意新闻报道了。尽管苏联方面捷报频传，可昂纳克却是个不折不扣的混蛋。而大权在握的混蛋们好像轻易不会说："哦，嗨，我刚刚认识到一件事：我是个混蛋，也许我该辞职了！"

"他马上就要生病了。"梅格说，"而戈尔巴乔夫受不了他，所以他会辞任，柏林墙会倒塌，而你可以在现场亲眼看见这一切。"

"但还有个问题：我没钱。'去德国吧'，你说得轻巧，就跟我可以随便搭个顺风车、分分钟就可以去了似的，我总得先买张机票吧——"

"信用卡就是在这种时候派上用场的嘛。"

"可我拿什么钱来还款啊？"

"你可以半工半读赚钱，要是你能去得成，欠一阵子债也值得。"

"我希望4年之内就可以毕业，可不想拖成4年3个月，尤其是我还打算毕业后的那个秋季就开始教学实习呢，得照这个安排来。要是我丢开这个时间表不管，就得耽搁到第二年秋天了。"

"哦，天哪，"她说，"教书。当然啦，你是照着教学实习日程表来做规划的。听着，你就应该忘掉这个事，你日后会痛恨教书的。我是说，你会在教学实习这一年就发现这点，可还是会继续拖上个三四年，才能清醒过来，换个职业。真的，既然你微积分能混上个B+，那现在就赶紧换成经济学专业算了，这对你以后的用处会大得多。"

"有什么用，"我问，"我是注定会成为投资银行家还是怎样？"

"不会，可你会管理一家专注大众健康的非营利机构，即便是这样，学经济的用处也要大得多，或者至少去学统计学啊。你可以退选教育研究这类课程，修一些经济、统计之类的课，同时继续读你的英文专业。"

"可我妈之所以没因为我这个英语专业抓狂，完全因为我选的是教育方向啊！"

"玛吉，忘掉你妈想要什么，你今年18岁了，你得自己作出选择！"

"是吗？可是她负责付我的学费，要是她不给我交学费了怎么办？"

"不会的，她就没拒交过我弟弟——她就没拒交过我们弟弟读戏剧专业的学费，那是以后的事了。"

"你说罗比会学什么专业？"

"没错，妈妈是会大发一通脾气，可最后她会接受的，她对什么事都是这样。"她重重叹了口气道，"至少你可以考虑一下。"

"考虑什么？柏林，还是我的专业？"

"柏林，"她说，"以及你的专业，不过主要还是柏林。"

"好吧，"我这么说完全是因为要不这么说的话，我显然就别想摆脱她，"我会考虑的。"

她疯了。

或者也可能是我疯了。

我并没真的请假，也没买什么机票。当然啦，我也根本没跟父母提起过这件事。可是1989年8月，我收拾行李准备回学校的时候，有天晚上，我半夜溜下楼，在文件柜里到处乱翻了个遍，最后找到了我的护照。

9月的时候，梅格敲响了我宿舍的门。我的室友当时出去了。其实我倒有点失望，因为我希望能有人见证有人从未来回来找我这件事。

我并没请她进来，可她还是进来了，我叹口气，等她进来以后关上门。

"去就对了，"她说，"买张机票，说走就走，哪怕挂科也值得。”

“我现在学的就是统计学，”我冷冷说道，“所以呢，你一边嚷嚷着，应该学统计学！太有用了！你长大以后就用上了！一边又说，那无所谓啦，这些科全挂了也没事，可是……”

“——一定要去柏林，没错。”她咬着嘴唇，“你本来可以休上一个学期的，我确实这么建议过你。”

“是啊，好吧，但实际上，我其实挺期待秋季返校的。”

她茫然地看了我一会儿，然后渐渐露出了然的神色：“皮特，因为皮特，对吧？”

“知道吗？作为一个号称来自未来的我的人，你对自己的生活好像记得不太清楚。”

她开始来回踱步：“那是因为我尽力想要忘掉曾经跟皮特好过这回事。哦，天哪！玛吉，他是我这辈子犯过的最严重的错误。”

“好吧，你可能觉得那是个错误，可我偏偏喜欢他！”

“他背叛了我们！还把性病传染给我们，玛吉——哦，不是那种，”看我脸色发白，她赶紧道，“上帝呀，要是他传染给我们的是艾滋病的话，我就不会在这儿了，因为还没等以后更先进的治疗方法发明出来，我们就已经没命了。性病是用抗生素可以治愈的一种疾病。谢天谢地，我们没跟那杂种结婚，他这会儿正干着兼职，打点零工，免得给他老婆付子女抚养费呢。我是说未来这时候。他现在看起来不错，但实际是个混蛋。”

　　我在床上坐下，"那个，"我说，"你原先是我的时候，有没有什么从未来跑回来的女人给你提什么建议？"

　　"没有，"她说，"否则我绝对不会跟那个脑子进水的杂种好上的。"

　　"这就对了，"我说，"你必须得自个儿把各种该死的错都犯一遍，用不着来自未来的哪个陌生人来搅和。知道吗？要是你当初也碰上这么个人，跳出来嚷嚷着：'哦，别跟那个人恋爱！他会把性病传染给你的！'那你说不定最后就跟个，呃，遮遮掩掩的同性恋凑一起了——"

　　"是啊，也别搭理罗杰。"

　　"那个我自己就发现了，谢谢。"我瞪她一眼。

　　"对，我应该想起来的，对不起。"

　　"你瞧，"我尽力控制住自己的情绪，"你似乎真的很想在1989年去柏林。既然你有时光机，那你干吗不直接去呢？"

　　"那是因为，"她咬紧牙关道，"但凡是离你超过400米的地方，我统统去不成，也就是说，在1989年，我就只能在明尼苏达州的诺斯菲尔德活动。"

　　"你为什么非得离我这么近？"

　　"因为就是这样的，我是说，时间旅行就是这样。"

　　"哦，"我有那么一两分钟感觉很糟糕，然后又道，"好吧，我的观点依然成立，这是我的生活，我得自己去犯错，我宁可你别插手。"

　　她站起来走向门口，就在离开之前，她转过身，看起来像是在强忍着眼泪，可她冲我微笑着说："你做得很好，维护你自己的权利。下次跟妈妈也试着自信满满，这对你们俩都会有好处的。"

　　10月18日，经东德政治局选举投票，埃里希·昂纳克下台。此时我才开始觉得，疯子梅格也许是对的。

　　未来的你读到此处，心里多半在想，也许是对的？难道只是也许吗？可你得明白，身处1989年10月，将要发生的事情还看不了那么清楚。我一时冲动，选修了德语初级（梅格来访时，我没向她提起这事，因为她说我男朋友的那些话实在让我受不了），我们在课堂上花了些时间，一起讨论当今世界大势。10月19日那天，有个同学说："我其实真的相信，在我有生之年，柏林墙会倒掉的。"

　　在我有生之年。不是的，要知道，下个月初就会倒了。

　　埃里希·昂纳克的下台并没让我马上跑出去买张机票。我确实去打听了一下去柏林的机票得多少钱，可那数目比我账上的余额要多得多，而且要是我真去了德国，我到底该住哪儿呢？一旦真的坐在旅行社办公室里，整件事就显得荒唐透顶，我向旅行代理道歉，因为浪费了他的时间，然后就离开了。

接着我一回家就把皮特甩了，既然梅格说的昂纳克的事没错，那性病的事情多半也错不了。

11月1日，我开始盼着梅格出现，可她没来。

第二天她也没来，我一连几个小时坐在学生活动中心附近，觉得这样一来会让她好找一点。我也去过图书馆，还去过计算机中心，只是为了预防万一时间旅行魔法有什么同一个地方她来不了第二趟的规定。

梅格没跟我说具体11月9日的几点钟柏林墙会倒（说真的，她说的那是什么意思？倒塌？那可是一堵坚实的巨墙啊，反复加固过；就算是来上一场地震，也不见得会对这堵墙造成多大影响），不过要是我7日起飞的话，就算途中有所耽误，应该也还是能赶得上。9日应该是周四，所以我决定，如果待到周日，也就是12日，然后飞回来，时间正合适。

我是说，要是我真去的话，那样安排就会很合理。

我父母一般是每周日等我打电话给他们，我可以4号先打个电话，就说12号那天真的会很忙，可能要等到很晚才能打电话，或者甚至会到周一。那直到我回国了，他们可能根本都不知道我去过西德。

旅行代理给我报的去柏林最便宜的路线需要兜个大圈子：我得先从明尼阿波利斯飞纽瓦克，纽瓦克飞罗马，然后再从罗马飞柏林。

"我会考虑的。"我是这么说的。

旅行代理看着我，满脸的失望："你该明白，这价格真的很超值，用不了多久就没了，要是你考虑的时间超过了一两个小时的话，多半就被人买走了，国际航班票价就这样。"

"哦。"我气馁地回应。

"要是你坐荷兰皇家航空的话，票价至少要贵一倍以上。"

加上各种税费，总票价是557.35美元，这价钱对我来说并不便宜，可我一想到上次巴黎那个项目的收费……"你能告诉我，柏林哪儿住宿最便宜吗？"

"有青年旅社，每晚收费大概在6美元左右，当然啦，我说的是在德国马克。你以前出过国吗？"

"没有。"

"要是你不介意的话，能问问你为什么这么想现在去西柏林吗？西德还有很多其他城市，比西柏林要美得多。"

"我有种预感，柏林墙下周就要倒了。"我大声说出口，不知听着有多荒唐。

"下周？"旅行代理挑了挑眉，怀疑地撅起嘴，"好吧，如果你说的是真的，那还挺刺激的，就算不是，我觉得去国外旅行一下总会有点收获。"她微笑道："那你要不要买票呢？"

557.35美元。我用力吞了吞口水。其实信用卡欠上这么一大笔钱不算什么，真正让我下不了决心的是以后怎么跟爸妈解释。我认识有人信用卡上欠了500块钱，就因为文艺复兴节的时候冲动购物；还有人刷卡买电脑。你瞧，在头一次去旅行社白跑了一趟之后，其实我也已经打听过不少这方面的情况。

这是我的生活，不是我妈妈的。

要是梅格能再给我打打气的话，我心里会更好过一点，可她并没在旅行社门口埋伏着等我，看来我只能自己干了。

我深吸了一口气，把信用卡放到旅行代理桌上："好吧。"

5号那天，梅格现身了。

"我把钱带来了，"她说，"你不用管我费了多大劲儿才搞到这么一堆20世纪80年代发行的百元纸币，我总算是办到了。"

"太棒了，"我说，"这样我就可以把这笔钱存到银行里，拿来还信用卡账单了。"

她呆立了片刻，仿佛没听清楚我说什么似的："你准备去了？"

"我已经买好票了。"我一直随身带着那张机票（因为生怕一不小心就给弄丢了），我把票掏出来放在桌上，"7号起飞，时间正好吧？"

梅格低下头，难以置信地盯着机票："你太厉害了，玛吉！"

"你说这种话可以吗？既然我本来就是你。"

她摇摇头："你比我原先可厉害多了。"

"这是多少钱？"

"有1000美金。"

"那我可以住比青年旅馆好点的地方了！"

"我想到一个地方，一到了柏林我们就可以去。我得去那边跟你碰头了。"她咧嘴笑起来，"钱我是弄到了，可要搞本带近照的护照，有效期限还得说得过去，就要麻烦得多。你想好怎么跟妈妈说了没？"

"我回来之前不会跟她说的，我跟每个老师说我有种预感，柏林墙就要倒了，我想去现场亲眼看见。要是我说中了的话，他们就允许我把错过的课补上。"

她朝我激动地大笑，然后把钱交到我手中："我们柏林见。"

梅格找到我的时候，我正在西柏林地下铁路站台等地铁。

"你有什么计划吗？"她问。

"我有本旅行指南，"我边说边拿给她看，"你有什么建议吗？"

"40年以后，我会知道该去哪儿的。1989年的话，就去克罗伊茨贝格区吧，那边靠近查利检查站①。"

克罗伊茨贝格的街道跟我想象中的西德大不相同，这是个贫民区，有大量的移民。

"40年以后，这里会是柏林最时髦的街区之一。"她说。

我左右打量一下："你是说我该投资房地产吗？"

---

① 东西柏林之间的外国人过境检查点。

　　她笑起来："向未来的人打听投资建议，这道德吗？"

　　"我不知道，这多半得看你是不是百分百肯定我去往的这个未来就是你所处的那个。"

　　"好吧。苹果的股票，90年代初买，那时候很便宜，而且每个人都会说你疯了。然后你就一直持有，要到二零零几年股价才会反弹。还有，要是有机会投资谷歌的话，你也要买。"

　　"古戈尔不是那个1后面跟了100个0的数值吗？"

　　"在1989年的话，是这个意思。"我们在交通信号灯前停下，我调整了一下双肩背包。"当然啦，也说不定我来过这儿以后，正好产生了蝴蝶效应，等你到未来的时候一看，每个人用的都是阿米加斯了。不过这个可能我是怀疑的。"

　　我们找到一家价钱便宜又整洁的酒店住下。

　　"你要是困了，可以睡个午觉。"梅格说，"不过9号那天你会熬通宵的，所以即使你不调整成德国时间也没关系。"

　　"你是在逗我吗？"我说，"我现在可是在西德啊，你叫我去睡午觉？是不是你也会建议我，在罗马经停的时候睡个午觉？"

　　"你在罗马经停过？"她惊讶地问。

　　"是啊，我还去看了斗兽场呢。"我拉开衣柜的抽屉，把背包里的大部分东西都倒进去，换上一件干净的衬衣，然后重新把轻了不少的双肩包再背上。如今我已经义无反顾地踏上了冒险之旅，我不但没像原先想象的那样觉得害怕，反倒兴奋异常：

"西柏林有很多景点，你想不想一起去？"

"我没法不去，"她说，"要是离你超出400以外，我就回未来去了。"

那天都去过哪些地方，我就不在这里记流水账了，只有一个地方必须提一下：柏林墙。梅格说，这是我们最后一次看见它倒塌之前的模样了。那里有座观景平台，所以我们可以在上面俯瞰。梅格和我凝视着边界对面。

亲眼看见柏林墙还是挺震撼的。墙的西侧到处是涂鸦，东面靠近墙边的高楼上，凡是朝西的窗户都用砖封死了，保证没人企图跳向自由国度。之前东柏林曾经爆发过大规模抗议，持续了好些日子，但从我们站的位置却什么也看不见。我们经过查利检查站时，梅格提醒我给那个写有"你即将离开美国防区"的警示牌拍张照片。我本来可以去趟东柏林的——他们立马可以发放一份快速旅行签证——不过因为梅格没护照，所以我们就没去。

9号晚上，梅格一副坐立不安的模样，不停地看表，就跟生怕她一不留神，柏林墙就塌了似的。"其实一两周内才会把墙拆掉，"她说，"只是从今晚起，边界就开放了。"

我们吃晚饭的时候，梅格看了看表道："新闻发布会差不多就要开始了。"

"那个我们能看吗？"

"不行，过一会儿西德电视台会播的。冈瑟·沙博夫斯基——也就是政治局发言人——正在召开新闻发布会，会有人递张纸条给他，然后他会开始宣读，一开始他并不明白纸条的含义，纸条上说，旅行法令作出了修改，任何公民均可在任意过境处自由出境。有个记者提问，新法何时生效，他会宣布'立即生效'。"她又看了看表，"再过差不多1小时，会有报道说柏林墙已然开放。"

"已经开始了吗？"

"还没有，那是临近午夜的事情了。"

我望向窗外寒冷的静夜，心里想着，要是她搞错了的话，我干的这些事该有多蠢啊。

我们俩回酒店房间看了场足球赛，比赛结束之后，晚间新闻开始了。我听不懂，梅格给我翻译了一下：头条是关于新闻发布会的。电视里播放了一段视频剪辑，里面有一个穿灰西装的男人，透过镜片盯着一张纸条，然后镜头切换到柏林墙，看起来依旧杳无人烟。

"东柏林人也会听到同样的新闻，"梅格说，"虽然他们不准看西德新闻，但其实每个人都在看。"

我们重新穿上外套，向查利检查站走去。西柏林人正在聚集，虽然还没有多少人。柏林墙东面传来一阵高音喇叭的播报声，随着人群越聚越多，从墙背后传来的嘈杂声也越来越大。有人在有节奏地反复喊道："开门！开门！"

没有枪声，暂时还没有。

西德人群屏息等待着，墙背后人群不断云集。东柏林人就紧紧挤在门后，一旦卫兵们开火就将是场大屠杀——枪口下会产生第一批伤亡，而下一批伤亡则是由于人群的踩踏。

开门！开门！

在我身边的梅格紧紧攥住了我的手。

10:45，伯恩霍莫大街检查站的东德边境卫兵首先让步了：他们打开了大门，让东柏林人潮水般涌出。没过几分钟，其他检查站也一一效仿。

对于未来的你，这并不令人惊奇，因为1989年11月9日对你而言只是柏林墙倒塌的一个夜晚而已。你可以查影像资料，不过可能是作为资料片看的，还可能是用袖珍计算机看的，还可能是在历史课的时候。

可我就在现场。

第一批冲过边检站的人们简直以为是在做梦。这些人属于第一拨来到边境检查站的：要是卫兵们在慌乱中开了枪，他们已然命丧于枪林弹雨之下，根本没有后撤的可能，因为他们身后挤满了人。他们有好几个小时不知该何去何从，而此刻——此刻他们被喜极而泣的西德人牢牢抱住，紧紧握手，接过一杯又一杯香槟、一扎又一扎啤酒、一束又一束鲜花，还有西德货币，好让他们能去买上些属于自己的啤酒、香槟和花束。

人们在哭泣、在歌唱（当然了，还有痛饮）、在拍照、在欢呼。

忽然有群跟我年纪相仿的西德人爬到了柏林墙顶上；这主意好像不错，梅格和我跟着他们爬了上去。一群东德人也爬了上来，加入我们的行列。有人放起了音乐，我们一起共舞，这是一场喜悦和自由的奇妙舞会。我心想：即便是每一门课都挂科，即便父母亲都不认我这个女儿，为了这一刻，也是值得的。

我看向梅格，想跟她说说心里的想法，却发现她正伸长脖子找什么人，脸色因为担忧而有些阴沉。接着她抓住了一个年轻人，他正在离我们几步之遥的地方跳着舞，而她脸上的阴云也随之消散。

"来吧，"她用清晰的德语说，连我都能听懂，"我们去西柏林找个地方，比如通宵营业的咖啡馆什么的，我来给咱们买点夜宵。"

他叫格雷戈尔，是东柏林人，会讲英语，尽管讲得磕磕巴巴，口音很重。他跟我同龄，也是18岁，想问我些关于美国的事情，还有我在德国干吗。这恐怕很难解释得清楚了，即便没有语言障碍也一样。

梅格没怎么说话，大部分时间，她都只是盯着格雷戈尔看。我不太明白她脸上的表情是什么意思，可看他吃东西的时候，她双手却紧紧绞在一起（说实在的，他完全是在狼吞虎咽。本来新闻播报的时候他正准备吃晚餐，时间已经晚了，接着他就空着肚子跑到边境检查站来了，在人堆里困了好几个小时。）

"格雷戈尔，"梅格突兀地开口，这时他的三明治已经快吃完了，"我需要你给我个承诺。"

"哦？"

"答应我你永远不学抽烟。"

这个要求也太随意了点。我笑起来，格雷戈尔看着我，用英语说："这是谁？你妈妈吗？"

"她来自未来，"我说，"会预言。"

格雷戈尔好像并没完全听懂，可他困惑地看了她一眼道："你能预言？"

"对，"她急促地说，"东西德将于1990年10月3日统一，如果你开始抽烟的话，活不到45岁就会死。不好意思——"她突然站起来，大步朝洗手间的方向走去。

格雷戈尔睁大了眼睛，乐不可支地看看我："非常感谢你的款待。"他说，"要是边境一直开着，我还能再过来的话，我还想再见到你，可你朋友就不一定了！"

"这我不怪你。"找说。

他在纸巾上草草写下东柏林的地址，然后问道："我能来这家餐厅找你吗？明天晚上？你在德国待多久？"

"我买的是周日回国的机票，明晚我会再过来的。"我说，

"我会等你。"

"好，"一阵灿烂的微笑照亮了他的脸，"你等着我，至于你朋友呢，看看你能不能说动她去参观下景点吧！"

"这主意真不错。"我咧嘴大笑道。

几分钟后，梅格回来了，双眼红红的，默默付了账单。我们一路沉默地走回酒店。

在房间里，我说："你认识他吧。"

"认识。"

"他就是你回来要找的那个人吧。"

她盯着酒店房间的墙壁，脸绷得紧紧的："是。"

"所有这一切——说动我来这儿，花钱给我买机票，其实是为了格雷戈尔吧。"

"是。"

"为什么？"

"因为我想见见他，见他最后一面。"

在未来，梅格和格雷格尔相识时已经40岁了，她说那时她年纪太大了，生不了孩子了。我做了个鬼脸，她轻声笑起来，没再继续这个话题。他们是在工作中认识的，就在她之前提到过的那家大众健康非营利机构。她负责政策相关工作，他则进行一些调查研究。两人的恋情狂热而激烈，认识刚4个月就结婚了。

"当然了，妈妈歇斯底里地发作了一回，"她说，"不过从某一时期开始，我已经学会了视而不见。"

可是不久格雷戈尔便去世了，44岁，死于肺癌，梅格确信那是由于吸烟所致。

"那要是现在就让我俩认识是错的呢？"我说，"现在、今天、就在这儿把我俩丢在一起的话，万一我们搞砸了呢？就算40岁还会再见面，却对对方完全没兴趣了，怎么办？"

"我想过这问题，"梅格说，"可是我拿定了主意，要是我能说动他别抽烟，要是他可以长命百岁……那就值了。就算他这辈子跟别人在一起也好。"

我想着格雷戈尔，想着我们彼此短暂的一面。我的确完全可以想象出跟他在一起的情形，可跟谁结婚就很难想象了，不过想象自己变成梅格那么老也一样不容易。

"我们以前常常幻想着……在此处相识，"她边说边朝窗外的西柏林挥手。"我的意思是，说实话，我确实曾经有过预感，柏林墙会倒塌。大家都说，'可能是哪天吧'！而我想的是，就快倒了，很快就要倒了。我也想过要来这里……可我没来。因为没钱，因为妈妈……当然了，他当时就在这儿，他跟我讲过，黑暗中在大门那儿等了几小时，在柏林墙上起舞，还有饿得前胸贴后背！我知道，要是我能找到他的话，只需要请他吃顿晚饭，他就会跟着我走，去哪儿都行。我并没认真想过……这以后的事。"

"你也是这么做的。"

"这跟我想象的并不一样，"她说，嗓音有点干巴巴的，"是他，可又不是他，看见他这副模样……"

"尤其是当他看到你的时候，完全是把你当成跟他母亲一样年纪的人。"

"嗯，也是也不是。他看着你就像看见了……"

"别说了，"我说，"我的事你已经搅和得够多了。"

她沉默了。

"不管怎么着，你那架时光机是哪弄来的？"我问，"干预历史不可能合法吧？"

"要知道，时光机不会为我们改变任何事，我的微积分依然还是拿D。"

"那格雷戈尔还是会死吗？"

"会，在我的世界里，他已经死了。"

"你费尽心机来到这儿……"

她耸耸肩。"是格雷戈尔造的时光机，那是他最后一个项目。借助他造的时光机来见他……似乎很合适。"她朝我狡黠一笑，"这是我最后一次来找你了，你不会再见到我，直到有一天你照镜子的时候，我才会再度出现。"

"这么想想真可怕。"

她走向门口，可又转过身来，手放在门把上："要知道，你的未来是你自己的，由你来创造它，由你选择和谁在一起。"

她希望我会选择格雷戈尔，和他共度更为长久的人生。我从她眼里能读出这种想法。但她终于还是忍住没说出口，只是最后一次朝我热切地微笑，然后走出门外，关上门。

我等了几分钟——好给她足够的时间，走到离我400米以外的地方。然后我穿上外套，走回柏林墙，去玩个尽兴。

娜奥米·克雷泽，美国科幻、奇幻作家。短篇小说《请发猫照片》曾获轨迹奖、雨果奖；长篇小说《猫网钓鱼》获爱伦坡奖最佳青少年长篇小说，并获得轨迹奖、北极星奖等奖项提名。作品被译为多种文字。先后出版了5部青少年小说，短篇作品也屡屡刊登在知名幻想期刊和网站上。

本篇获2014年阿西莫夫读者选择奖。

美景三居

（美）凯伦·哈伯/著

罗妍莉/译

"三居公寓出租，风景优美，位于波特雷罗山区域，月租1200美金，包水电。"那则广告上说。

听着简直跟做梦差不多。过去这半年来，我在旧金山市面上看过的每间公寓，连要挤进等待名单都还得排队呢。

"朝南，可饲养宠物。"

这可真是锦上添花了。

然后我便发现了关键所在：好吧，这间公寓的"出租年代"是1968年。

别误会，我并没有年代歧视，而且老天知道我有多想住在旧金山。

我第一次北上是在2007年，我和家人一起寻幽探秘，参加了那场"时光回溯泛太平洋博览"。展览很有意思,不过我更喜欢的是旧金山这座城市,阳光明媚的山坡,色彩鲜艳的花箱点缀的街道,有轨电车叮当作响的数字化铃声在凉爽的空气中飘荡,以及薄暮时分悄然掩至的雾气。这儿简直就是天堂,尤其是在我在圣费尔南多谷的烈日下煎熬了整整13个夏天之后,这种感觉就更强烈了。我暗自发誓,总有一天,我会再来。

我说到做到——尽管时间整整过去了17年,期间还经历了一次离婚。我刚从加州大学伯克利分校法学院毕业,一通过律师资格考试,马上就到旧金山来了。

很遗憾,这儿住的地方紧张得很——简直就是爆满。早在2003年,市政府就制定了苛刻的建筑限制条例,结果也是如愿以偿:所有住宅建设不仅全部停工,而且直接销声匿迹了,全都迁往条件更为宽松的东面,到康特拉科斯塔县发展去了。

我在湾区的每家地产中介那儿都登记了,但我能淘到的那些出租房里,条件最好的也不过是间一居室——其实倒不如说是个大号的衣帽间,只是带了上下水而已——位于尤巴城内,一套重新装修过的复式公寓里。房子到我位于旧金山金融区的上班地点,要花上3小时的通勤时间,这就压根谈不上什么良好的生活品质了。

所以,看见这则广告的时候,我一阵雀跃,可刚跳到半空中,却又冷静下来。我前面说过,我没有特别讨厌某些时代,但我也算不上那种多愁善感的历史脑残粉,成天就盼着穿越回耶稣受难现场去。不好意思，我只是觉得现时现刻就挺好的了。一贯如此。想想我们家其他人的情况，我这种品性的确有些独特。

我奶奶总是住在1962年，过去10年一直如此。她说，那是美利坚还怀抱着泱泱大国自信的最后时光，而且治安也很好。她喜欢前计算机时代的安静祥和，"放轻松点儿，小克莉茜，"她在离开前对我说，"别那么死板，生活在过去没什么不好的。"

我哥哥生活在1997年，他在那边穿了鼻环、唇环和眉环，头皮上纹成红黑相间的一堆同心圆。我隔三岔五就会收到他用电邮发来的消息："过来玩儿吧，咱俩一块儿去泡吧。你难道都不休假的吗？我还以为女孩子都喜欢找乐子呢。"

至于我妈，好吧，她喜欢1984年。不过确实，她一直都有着不同寻常的幽默感。

不好意思，我最喜欢的就是现实世界，我的双脚始终牢牢扎根于当下。我就是这种人，实际又倔强。按照奥林匹斯山的森严等级，我应该会被安排在紧挨着宙斯左手的地方吧，就在大理石饰带浮雕上雅典娜所在的位置。没错，我甚至同样有着灰色眼睛、褐色头发，和这种严肃务实的态度很搭。我身材高挑，肌肉结实，恰好符合你们对战争女神/商业律师形象的基本认知。就连我的身材也颇具实用性——谁不想找个看起来令人胆寒的律师呢？

　　我压根也没想过什么回到从前。关于时间旅行出过的那些岔子，大家都还记得。我在伯克利上法律预科的时候，有个名叫莎莉的同学，那年圣诞假期，原本她想去曾曾祖奶奶曾经生活过的法国小村子过几天，可萨克拉门托的一次电涌却把她送回了14世纪。这可真是个破地方，她要不是离开之前打过了疫苗——她还为此抱怨个没完——身上就该长满疱疹了，颜色和大小准跟烂掉的油桃差不多。

　　在莎莉差点染上黑死病的意外事件过后，我就跟自己说，我对时代跳跃这种诱惑完全不感冒。那些关于修业旅行的网络广告——1598美元即享耶稣受难加罗马之劫套餐；黑暗时代和启蒙时代联程，两周2100美元，餐费小费全包之类的（这些旅行套餐尤其受日本人欢迎，他们都快成时间旅行瘾君子了。但那又如何呢？反正他们半点也没耽误现实中的上班时间），我连看都不看。

　　即便是韩国人造出了能在家里或者办公室使用的便携式旅行舱，我也只是耸耸肩，依然坚持活在当下。可这次当我看到报纸上那条广告时，我四下打量了一番我现在住的这间公寓（或者说蚁巢）那几堵灰泥粉刷的墙壁，瞬间就将我那些固执的实用主义观念都抛到了九霄云外。一间位于波特雷罗山上的公寓！1纳秒间，智慧女神雅典娜就变身成了冲动的墨丘利。

　　我把个人信用档案发给杰瑞·拉斯金时——就是广告上写的那位地产中介，心情激动，以至于双手发颤。邮件才刚发出去，马上便收到了一条约见信息，邀我前去看房。这位中介显然是半点时间也不肯浪费啊。

我们的会面约在他位于田德隆区的办公室里。他身材矮小，勉强才到我肩膀高，深色头发，有脱发迹象，面团一样的鼻子就跟没烤熟的饼干似的。他的办公桌后面摆了一架三菱哑光黑时间旅行舱。我不自在地盯着那玩意看。

"想去看一眼房子吗？"他问我，一边朝那架旅行舱做了个手势。

"哦，好的，当然了。"我深吸一口气，进了旅行舱。

突然间出现了一堆色彩和声音的碎片。我置身于一片白色空间的高处，正在下坠。接着，我已踏进波特雷罗山上的一间公寓里，惊奇地摇晃着脑袋。

时间旅行那光芒闪烁的运输效应余威仍在，杰瑞已经开始得意扬扬地向我推销起来："这绝对是个宝地，这种挂牌出租的物业，打着灯笼都难找。"他在绿色丝质西装肩头轻轻一拂，掸去一根几乎看不出来的线头。"隔个五年能有那么一回吧。"

确实无可挑剔。阳光明媚的开阔房间，镶着松木护墙板，光线充足，适合栽种植物。硬木地板。而且卧室外面还有个小阳台，夏日午后，我可以在阳台上看雾气越过双子峰飘来。

拉斯金跟上足了发条似的说个不停，完全没察觉我心中的狂喜，他继续喋喋不休地说着："你可以在衣橱里装个时光旅行机，每天早晚上下班用。这可算是捡了个大便宜。算算看，你靠轨道交通往返尤巴城，通勤费就得花多少钱？"

用不着他费劲劝说，我已下了决心："我租了。"

"租期两年，"他说，"在这签字。"然后他又挥舞着另一张纸："这上边也得签。"

"这是什么？"我又变回了雅典娜，怀疑地盯着他头顶汗津津的地中海。"要是是宠物限制条款的话，那我得抗议，你们的广告里头压根儿也没提到这一点，我可养了只猫。"其实我是把麦克希斯养在公司的——办公室的空间比家里大多了，可我懒得跟他说。反正不管我去哪儿，或者去什么年代，都得让它跟着。

"没事，没事，"拉斯金忙道，"只要你把押金交上，你完全可以带着你的猫咪。这只是份标准的不干涉合约而已。"

"不干涉合约？"

他像看白痴一样看着我。我可不喜欢这种感觉。

"你知道的，"他用抑扬顿挫的音调背诵起来，"不得改变过去，否则过去就会改变你，时间法的规定。你们这些律师最明白了吧。你，而且仅有你，将对过去的各种事件和人物等等的任何错位负责。看一下附属细则，然后签名吧。"

我的脊梁骨上忽然突如其来地打了一阵冷战。不干涉？好吧，我为什么要干涉过去呢。早晨的阳光透过客厅宽敞的玻璃窗倾泻而入，山坡上有一片片白云高高飘过。我甩开不安的感觉，签了名。

1周后，我搬进了新居，挂起了我为数不多的照片，铺好一张张地毯，对自己的这片私人空间十分满意。麦克希斯对于运输效应并不怎么在意，不过它显然对新居环境的改善表示了认可。把每个角落都闻过一遍之后，它就与阳光约会上了，一整天都跟着阳光的步伐，从一个窗户挪到另一个窗户。

我随生活的钟摆摇摆着，公司和家，上线时间和下线时间，两点一线。幸亏有了时光机，每天我可以随时离开家，片刻后再返回。这为我带来了大量高质量的生活时间，我可以在红色灯芯绒沙发上依偎着麦克希斯，或是独自流连在比现代更小、更舒服的市中心。我心怀感激地沿着海滨漫步，去买酵母面包，在北海滩的爵士俱乐部里点上一杯咖啡消磨时光。到处都充满了颜色、生命力和乐曲：带着迷幻色彩的浮华海报，用幻彩荧光漆的油墨印刷而成，宣告一些名字怪异的乐队抵达，比如什么"杰克逊的飞机"[①]之类；人们头发蓬松，衣着鲜艳，态度友好得有些幼稚，东一堆西一堆地群集在大街上，巴士中，以及嬉皮街和阿斯伯里沿街那些老房子里。我迷恋上了过往——至少是旧金山的过往。

在上线时间里，上班的地方，他们问我，怎么能眼睁睁看着历史在身边流逝，一声不吭呢？

"你就从来没想过要警告谁吗？"资深合伙人比尔·霍桑

---

① 指成名于旧金山的著名摇滚乐队"杰斐逊飞机"。女主角对摇滚没兴趣，记错了名字。

说，"你就从来没想过，要给马丁·路德·金或是罗伯特·肯尼迪打个电话，跟他们说：'离酒店阳台远点'，或者'别进厨房'①吗？"

"比尔，你可真不要脸，"我说，"你明知道那样做是犯法的。"

其实，当吓人的刺杀和示威队伍走上街头时，我热切地旁观着。这是活生生的历史啊。我开始明白，为什么人们会对过往着迷：这比看视频可要真实多了。

在我生活的1968年，马丁·路德·金在孟菲斯遇刺，罗伯特·肯尼迪则在洛杉矶遇害，而楼下的公寓里，有人搬了进来。

楼下空了这么久，我都开始以为那也算我的地盘了呢。哦，我知道，有些其他的上线时间的租客也会在某个早晨出现，打扮得奇奇怪怪的，也不跟谁来往。我在附近也见过那么一两个，我猜他们也跟我一样，是上线时间里的住所老大难，不过我一直都躲着他们，他们也躲着我。我们行事都很谨慎。

楼下的人搬进来的时候，我正身处上线时间，没在城里。我发现他们存在的第一个迹象，是摇滚乐原始的节奏，那声音穿透了我钟爱的深色地板，断续夹杂着装有扩音器的电吉他高亢的疯狂哀号。嘭嘭啪——嘭嘭啪——整整5个小时，我心里来来回回琢磨着各种法律策略，好为杀人找个正当理由。对不住，法官大人，这是正当防卫。他们的音乐把我搞疯了，要是我没

---

① 马丁·路德·金和肯尼迪分别遇刺于酒店阳台和厨房。

阻止他们的话，整个社区都会陷入危险，整个历史都因此被改写，所以我不得不出手，难道您不明白吗？

大概凌晨3点，有人关掉了音乐。

第二天，我睡眼惺忪出门丢垃圾的时候，遇见了我的邻居。他正坐在后院里，抽着根香喷喷的烟，那味道提神的烟雾懒洋洋地盘绕在他头顶，长波浪金发直垂到他肩胛骨下。他穿着条牛仔裤，上身是一件褐色的仿麂皮背心，除此而外，他的脚趾甲里全是黑乎乎的污垢。

"我是达菲。"他说完把头朝着旁边一个体格健壮的女人一甩。她穿了件薄棉布长裙，上套一件村姑衫，正站在门廊里，一脸恍惚地朝我微笑，跟嗑了药似的。"那是帕尔瓦蒂。"

帕尔瓦蒂微金红色的头发编成两条粗大的长辫，垂到她膝盖以下，她戴了副金丝眼镜，镜片在草上折射出五颜六色的反光。我饶有兴味地盯着她，我都忘了，在这个年代，人们还用体外装置来矫正视力呢。

达菲又甩了甩头，这回是冲着个小淘气——顶了张脏脏的小脸，黏糊糊的金发，大大的蓝眼睛。"我们的孩子，彩虹。"

彩虹用手背擦了擦鼻涕，盯着我瞧，他们一家三口都盯着我：盯着我看不出男女的小平头发型、严肃的西装、深色的鞋、锃亮的公文包。我意识到，在我刚搬来的嬉皮士邻居眼里，我看起来多半像是那种男装大姐。

"嗨，"我说，"很高兴见到你们。"我开始上楼梯，往自己家走。

"真牛！"达菲盯着我的公文包说，"你是个秘书，还是女演员或者别的什么？"

"是别的什么。"我已经走进家门，趁他还没来得及再问之前，赶紧把门关上。

周末，我去金门公园散步，穿过公园走上长长一段路。公园翠绿而美丽，挤满了跟达菲看上去差不多的人，大概都是他的亲戚。

"和平。"他们说。我点点头。

"爱。"

我微笑。

"给我点面包吧，好吗？"

我摇头走开，大惑不解——我看着像面包师什么的吗？

为了去杂货铺的时候代步用，我买了辆浅黄绿的大众甲壳虫——三手经典款，装了块带凹痕的紫色护板，我跌跌撞撞地开着这辆车，沿着街区开过几回之后，就熟练掌握了里头古里古怪的老古董变速杆和离合器的用法。

嗯，至于衣服呢，我在社区军品店里淘到了二手牛仔裤，还有件粉红相间的宽大上衣，是用薄棉布扎染的。我穿上上衣的时候有些痒，放到洗衣机里以后，把我的内衣也染成了灰粉色，不过这是很好的伪装。我在脑袋上再扎上一块红色大手帕，盖住短发，这么一来，我就一点儿也不显眼了。

我很快就了解了我邻居的作息：他们晚上通宵不睡，音乐声震得我的住处地动山摇，然后白天成天睡大觉。彩虹显然没上学，有一回，我向窗外扫了一眼，看到她正抬起头盯着我住的地方，满眼渴望。我尽力假装看不见她，装得很费劲。

一天深夜，吉他声还在嘶吼，我正准备打开噪声阻尼器，这时却响起了敲门声。

"谁啊？"

"达菲。"

我把门拉开一条缝："怎么了？"

他眼皮耷拉着，从眼缝里乜斜着我，笑得昏昏懵懵："我觉着你可能愿意来参加派对。"

"不了，谢谢，我得睡了。"

"别这么冷冰冰的嘛，"他说，"帕尔瓦蒂去见她家里人了，就咱俩。"

我差点笑出声。很少会有男人用他现在那种眼神看我。要是在现实时间，我认识的律师当中有那么一两个，他们对我发出这种邀请的话，我兴许还会乐意接受，可面前这个老古董的脏兮兮的懒汉，我可没兴趣。

"对我来说，这派对太小了，我不去，谢谢。"

"嗨，帕尔瓦蒂不介意，不管下一步发生什么，她都没问题。"

"那可恭喜你了。但愿情况糟糕的时候，她能认识个好律师。"我把门关上。

从那以后，让人开心的是，公寓里安静了——我有至少一星期没听到达菲的音乐声。没见到他或彩虹，也没见到他们家的朋友们，只有一回，我去外面丢垃圾的时候，彩虹出现在客厅的窗户旁边，把她的小手按在窗玻璃上，盯着外面的我。我朝她微笑，她并没报以笑容。当她转身走开的时候，我看到她的小手在窗玻璃上留下了脏兮兮的污迹。

我在现实时间待了1个星期，忙一个重要的案子，等我回去的时候，发现我的邻居又换人了。

达菲和他的家人不见了，取而代之的是两个瘦瘦的男人，二十来岁，黑长发，留着胡子，跟以前的租客一样，也喜欢那种嘈杂的吉他音乐。他们一般都当我不存在，那倒也没关系。

一天深夜，我的噪声阻尼器运转完关掉后，我听见一个孩子的哭声。是那种无望的高声恸哭，完全不指望有谁会来安抚似的。孩子无论如何也不该发出这样的哭声，无论什么年代、在什么地方。

我从床上爬起，留神静听，又听见了那哭声，于是把前门打开。然后就再也听不到了。夜色寂静，只听到我脚下地板的吱嘎声。是我的幻听吗？我回床上时，麦克希斯用力打了个哈欠，发出一阵懒洋洋的呼噜声。

"没什么，"我说，"做了个噩梦。"

第二天晚上，我又听见了那哭声——孩子绝望的哭声，在全世界的每个人都早就睡着以后。

两天后，我看到了她。

彩虹正站在后院里，前后摇晃着，眼睛半闭，一副醉了的神情。

我向前朝她迈了一步："亲爱的，你没事吧？"

她睁开眼，瞳孔张得大大的，几乎吞没了她蓝色的虹膜。

"彩虹，你妈妈呢？"

"妈妈——"她看着我，小脸露出一副要哭出来的表情，奔回屋里。

从此以后，我再也没听到过那哭声。

我遇到过一个可能在照顾彩虹的人。一天早晨，我出门丢垃圾的时候，他正等在外面。

"嗨，妹子。"

我对此人直接无视，心里想着侵权行为，想着文契约束，想着彩虹。

突然间一只手搭上我肩头："我说，你聋了啊！"另一只手已经粘在了我屁股上。

我朝他的方向侧过身去，他凑得更近了点。我一把攥住他的胳膊，往下一蹲，用力一拉，他头朝下倒在地上，四仰八叉地栽在一堆垃圾桶里。有片刻工夫，我还以为失手把他摔死了呢，结果他呻吟着，翻过身子，侧躺在地，像是惊呆了，抬头偷偷打量着我。

"别碰我，"我一字一顿说得清清楚楚，"我不认识你，也不想认识。"我踢了踢他脑袋旁边的垃圾桶，以加强语气。他瑟缩着点点头。

后来他没再骚扰我。不过有天晚上，我回到家，发现公寓门被人蓄意破坏过了：看样子有人企图撬锁进屋。幸亏我从上线时间带了一个安全密封器来装上。甭管是哪个家伙干的，那人在木门的门把上方刻了两个字："婊子"，仿佛这样便已心满意足。

给我记着，我心想。

我任凭那道粗陋的刻痕留在原处。

夜晚的哭声又回来了。我开始想到底该不该给谁打个电话，可是该给谁打呢？达菲和帕尔瓦蒂去哪儿了？他们真是她的父母吗？20世纪60年代的旧金山，又能找到什么样的儿童福利保护机构？彩虹有没有可能获得比如今更好的条件？除此之外，时间法规定的一清二楚：不得干涉。

我不知该怎么办，所以只好就这么耽搁下来了。可俗话说得好——当断不断，必受其乱。

一天晚上，我11点才穿越回家，屋里却漆黑一团，到处浓烟滚滚。起火了。可火在哪儿呢？我没发现火源。我摸了摸地面——烫，滚烫。来不及再犹豫了，我给消防队打了个电话，一把抱起麦克希斯，已经一只脚迈出了门外，这才又想起时光旅行机。我边骂边把时光机拆下来，扔进我公文包里，跑下楼梯。

我踏上人行道的时候，楼下那套公寓已经彻底被火焰吞噬了，熊熊烈火轰然腾空。楼上那层也着起火来，我看着火焰舞动着，沿窗帘向上飞腾，将我房前的玻璃崩裂。我想象着火舌舔舐着我的地毯，被子和衣物，将其燃尽。我的生活付之一炬。消防车正沿街疾驰而来，我已能听见警笛那震耳欲聋的尖啸声。

周围左右的房屋中亮起了灯，一张张睡眼惺忪的脸透过窗户和打开的门往外窥探。我流泪了——也不知是被烟熏的，还是出于恐惧——眼泪打湿了麦克希斯的毛。它拼命挣扎着，想要逃离这些奇怪的声响、人群和黑暗。最后，我把它塞进了我那辆甲壳虫车里。

消防员们踢开楼下公寓的门，闯了进去，用橡胶软管向那地狱般的现场射水。这一切要不是发生在我自己身上的话，我说不定会觉得这富有年代感的一幕挺有意思。

那些消防员干得挺不错，不到一小时，大火就已经平息。烧焦的木头散出缕缕浓烟，高高冲入空中，但明火已灭尽。

里面一具具尸体被抬出来的时候，我浑身颤抖着，在一旁观看：早已焦黑的尸身面目全非，三分像人，七分倒像烧焦的枯木。共有9具尸体，层层剥落，散发出难闻的臭味。还有一具，比其余的都要小些，最后才抬出来，那是彩虹。

"在后窗那儿找到的，"消防员的脸被熏得漆黑，嗓音嘶哑，

"我觉得她应该是想打开那扇窗户逃出来的，可那该死的窗子被封死了。"他轻轻将她放下，"天哪，我家里也有两个小家伙呢。真他妈丢人！"

"是啊。"我不敢再多说什么。我尽我所能，飞快地转了个弯，离开了现场。那晚我在一位邻居家借宿了一宿。第二天早晨，我等到这位好心的邻居出门，去造船厂上班以后，给时光机接上电源，设定为自动回收模式，然后带着麦克希斯回到了现实时间，直接进了杰瑞·拉斯金的办公室。

"你这个混蛋，"我一把揪住他那件廉价银色西装外套的翻领，"你租给我的时候，早就知道那房子会着火的吧？"

"什么？"他盯着我沾着烟灰的脸，眼中有真切的恐惧，"我真不知道，克莉茜，你一定要相信我。"

我摇晃着他，晃得他牙齿嗒嗒作响："按法律规定，你必须先执行一次时基扫描实验，好就潜在的危险向租客作出警告。"

"我做过，做过的，记录很清白，原先的业主肯定对保险公司撒谎了。"

"这是疏忽危及他人罪，"我又道，"这罪名听着怎么样？你想被控犯下了一桩重罪吗？"

这一回拉斯金的双眼惊恐地睁大了，我把他放下，他忙向后退去，直缩到办公桌后面。"现在咱们先冷静一下，"他说，"我看你好像也没事，你平平安安地逃出来了，没错吧？我会把押金退给你的。我发誓，我不知道。"

　　我决定不再浪费口舌了，跟拉斯金根本犯不上。我又回到尤巴城，找了处单间公寓，勉强能容下我和麦克希斯。尽力遗忘吧。

　　白天还算轻松，旧金山在我眼前上演着活色生香的好戏：金门大桥在阳光下光芒闪烁，海湾中漂浮着星星点点的太阳能帆船，缆车鸣响着录制的电子铃声，吉拉德利广场上安装的电动鼓风机吹来咖啡和巧克力的香味。我的工作能让我全神贯注，这很幸福。

　　可是每到夜晚，我的睡梦中便充斥着一个个小女孩，脏脏的小脸，大大的蓝眼睛，吓坏了的小姑娘们的手和脸挤在一面墙后——一面坚固的玻璃墙，火焰在她们身后熊熊燃起。

　　"救命！"她们哭喊道，"救命啊，妈妈！"

　　"救命啊，爸爸！"

　　"救命啊，克莉斯汀！"

　　一天早晨，上班路上，我乘坐的车开进鲍威尔车站时，我向窗外投去一瞥，此时，旁边平行的轨道上，另一辆列车也已进站，车上有一个小姑娘，一双大大的蓝眼睛，正一脸严肃地紧盯着我，双手按在车窗上。我垂下眼帘，看着手中的网络报纸，等我重新抬眼向外看时，她已消失不见，但她刚才停留之处，玻璃上赫然留下两个脏脏的小手印。

　　那天晚上，我回到了过去。

　　我重返1968年，站在那座房子外面看着，看火势逐渐转盛。

一团团令人窒息的浓烟向上腾起时，我一动不动地看着。我看到一个女人——那就是我——正从楼上的窗户向外张望，眼神愤怒而恐惧，怀中抱了只橘色的猫。那真的是我吗？我来不及多想。

我看到楼下窗边有亮光一闪。一张小脸，大大的眼睛。是彩虹，她正在拼命拔窗栓。浓烟充满了她身后的屋子。她反复拍打着窗户，一边咳嗽。

就在那时，我捡起一块石头。

消防车在远处呼啸。

我看见自己沿着楼梯下来，飞也似的冲到一旁，冲出了我的视线之外，后来我才想起来，我是在把麦克希斯塞进车里，背朝着房子。

然后，我笨手笨脚地改变了历史。我砸破了玻璃窗，把手伸进窗里，参差不齐的碎玻璃划破了我的双手和双臂，我抓住那孩子，把她拖了出来。火焰紧追在她身后，窜到窗台边缘，可这一回，火却无法吞噬她了。不是今天，不是这次。

彩虹紧抱着我，一面抽泣，我轻柔地摇晃着她。

"没事了，亲爱的。"我小声说。我的手蹭了她一脸鼻涕烟灰，可我不在乎，她还沾着。

当她终于安静下来，精疲力竭地入睡后，我把她交到一位邻居手里，自己悄悄离去。我可不想有谁发现，在那儿有两个我。

　　重返现实时间，我好好洗了个澡，包扎好伤口，又喝了两杯香醇的苏格兰威士忌陈酿——产于1991年。

　　第二天早晨，我给吉米·吴打了个电话，求他帮我个忙，他掌管着旧金山警察局的数据库。

　　"她名叫彩虹。"

　　吉米从1968年下半年开始，替我搜索这个名字。他找啊找啊，可根本找不到彩虹，连半点蛛丝马迹也没留下。

　　"见鬼了，克莉茜，"他说，"那年他们全都叫彩虹。要么就叫晨星，或是爱和平。我需要真名，比如塔米，或卡蒂，或莎拉，还得有社保号码。要是知道姓什么就太棒了。"

　　这条线索就这么中断了，就在五十六年前的波特雷罗山上，一座冒烟的房子后院里。在我能察觉的范围内，什么异常也没发生——时间线上，连一丝异样的涟漪也没有荡起。麦克希斯没变成绿毛，我也没插上翅膀。阴冷的夏季阳光下，旧金山依然闪烁如常。我猜，有些人压根儿就是可有可无的，无论何时，他们都不会产生任何影响。

　　她活到长大成人了吗？还是活15岁那年，在靠近雷西达的某个加油站厕所里服毒过量而死？我打破了那些书上规定的每一条时间法，是否仅仅是推迟了她的死期？我不知道，不过有一件事我心里很清楚——现在我睡得比以前好了。

　　日常工作的节奏分散了我的注意力。我的伤口愈合了。过去的记忆逐渐淡去，后退到了一个让我觉得舒服的距离。

大约3天前，我接到一个电话，是卡斯特罗的一个地产中介打来的。

"克莉斯汀吗？我从杰瑞·拉斯金那儿要到了你的电话。"

"我对下线时间的公寓没兴趣。"

她喘着气笑起来："哦，我只经手现实时间的地产。我有两处物业想请你过目。第一处简直美轮美奂，是波特雷罗山区域的一套三居公寓，分成楼上和楼下，原先本来是座双户住宅。你一定得亲眼看过才能相信。"

一切倏然静止，只余轻微的沙沙声响。我又看见了那扇窗户，窗上印着脏脏的小指印。

"喂？喂？"

我重新开口道："我已经看过了。"

"那不可能，这套公寓才刚刚开始出租。"

"相信我，我看过了。实际上，我在那套房子上已经花了太多时间。"接着我便挂了电话。

凯伦·哈伯，美国科幻作家，1955年生，2002年雨果奖得主。科幻作家、编辑、评论家，著有多部长短篇小说及著作，包括《星际迷航》系列之一。

本篇被《时间旅行者年鉴》等多部精选集收入。

新来的伙计总加班

（美）大卫·埃里克·尼尔森/著

梁宇晗/译

"额地个娘亲嘞①，"星期一的新伙计之一钻出盖在传送门上的帘子，低声叨咕着。"这他娘的太亮堂了！"

听到此话让我安心了不少：他们讲的英语还挺现代的，也就是说他们要听懂情况介绍也不会有太大的困难。话说回来，我正需要这样的安慰，因为这批星期一的新伙计们头戴棒球帽，身穿汗衫和带纽扣的裤子，怎么看都是一副衣冠不整的模样。他们的手看起来尤其糟糕，指甲长不说，里面还有黑色的污垢。在尝试把他们塞进纸制一次性全身工作服、短靴、戴上小白帽之前，我们得在大水槽那儿好好跟他们谈谈肥皂的使用方法及效果。其中年纪比较大的那几个也许会拒绝戴上白色乳胶手套。

---

① 此处作者故意不使用现代标准语法，以便对来自过去时代的人和现代人的语言习惯做出区分。

我不知道为什么会有这种顾虑，总之，来自1920年以前的人，就是有可能一看到白手套就吓得屁滚尿流。

我本来应该把这些都教给德科，但今天德科也是第一天上班，他自己都快吓傻了。有100万个小细节需要注意，但关键点只有一个：我们不能让来自过去的一粒沙子、一颗灰尘在生产车间里飘来飘去；如果有任何微尘进入到玻璃和液晶显示屏之间，这些平板电脑就不能投入市场，我的小组就会被扣分——而品控部的莎朗小组会得到我们被扣掉的分数。莎朗声称这个月她们的分数必然比我们高，我俩决定月底分出高下之后一起去吃比萨、打保龄球，输者买单。我倒是不介意给莎朗买啤酒、租球道，但那样的话，她就该连续第三个月赢我了，我怕她骄傲。

我咧开嘴，露出一个既温暖又自然的微笑。"嘿！伙计们！"我喊道，同时拍了几下手。此举并没能第一时间吸引他们的注意力，但他们都安静了下来，并且强迫自己朝我这边看。"欢迎来到'及时供货'制造与物流公司！我叫泰勒，是人力资源部的，而这位，"我指着德科，这家伙站在新伙计们身后的帘子边上，帘子后面就是传送门，帘子因为他们带来的热量仍然在翻动着，发出噼噼啪啪的响声。"他名叫德科，是人力资源部新来的我的助理。"他们显然没有理解这番话任何内容，包括德科也是如此，他和这些新伙计们一样被这个充满奇迹的新世界给完全震住了。

"好了，我的工作呢，就是给各位简单介绍一下你们的工作，然后再把你们带到车间去，你们就可以开始干活了。我不知道在那边雇用你们的人是怎么说的，我这里再重申一下：你们今天需要干12个小时的活，其中8个小时按照联邦最低工资标准，也就是每小时7.25美元计薪，另外4个小时算加班，给1.5倍工资。"

大多数人似乎翻起了白眼，或者是因为身处于未来，或者是因为他们的算术不怎么好，而且已经习惯了受骗上当。

"1.5倍，就是10.87美元。是以当前的美元计算的。今天你们每个人总共能得到，嗯，差不多100块的工资。你们的工资是以当前美元计价的，但在你们实际领取报酬的时候，你们可以选择领取各种形式的实物，只要你们确定在你们来的地方那东西行得通就成，金子、银子或者随便什么都可以。不过，这个问题你们需要在完成工作之后，跟人力资源部的负责人安妮去谈。哦，还有一件事，你们回去的时候得按照你们当时的法律缴税。大家有问题吗？"

一个靠近前方的人清了清嗓子。他的脸又瘦又长，像是一只老鼠；他年纪并不太大，但他脸上的每一条皱纹都特别显眼，就好像是用黑色的煤灰——或者其他什么肮脏的东西，像他们指甲缝里那样的——画出来似的。他短暂地活动了一下他的下颌，这使得他散乱的络腮胡子翻腾起来，当他开口的时候，说出的话带着浓重鼻音的爱尔兰口音，但音调却比我想象的高了整整一个八度。

"是真的吗，"他说道，"现在的总统还是一个黑——"他突然不再说下去了，但他说的那个词——尽管在他本人听来很可能并无什么不敬的意思——已经很接近"黑鬼"和另一个以"黑"字开头的词儿了，要是我在工作场所大声把那个词儿说出来，要不了多久就能收到法院的传票。

"没错。他的名字叫巴拉克·奥巴马，是美国第44任总统。同时他也是一位律师以及知名的田径运动员。他母亲是来自堪萨斯的白人，他的父亲则是来自非洲的黑人，而且他有13个妻子。"

新伙计们纷纷发出惊讶的叫嚷声。

"我只是开个玩笑，"我说，于是他们安静下来。"他只有6个妻子，另外还有两个丈夫。"

这回只有一声低沉但却清晰的感叹从人群中传出来，"老天啊！"这声音在空调吹出的清风之中来回飘荡，久久不散。不过除此之外，绝大多数人看来都已经对未来世界的各种奇迹感到有点厌烦了。他们想赶快开始工作，拿到报酬，然后回家。

爱尔兰络腮胡斜眼看着我，显然在怀疑我是一个满肚子谎话的家伙。

"把我们召集起来的人说，合约里还包括一餐饭。是真的吗？"

"没错！"我欢快地说道。"时间是在中午。人们管它叫

'午餐'，"我用手在空中划出巨大而又充满恶意的引号，"地点是在'午餐室'。完全是赠送的，你们想吃什么就吃什么。"

"赠送，意思就是免费，不会从我们的工资里扣钱？"

"没错，就像风吹一样自由，就像草长一样自由。"我向他保证道。

"有啤酒吗？"他仍然不太相信。

"抱歉，爱尔兰人。有果汁、咖啡、茶、汽水，但是如果一家工厂的餐厅里提供啤酒，OSHA[①]会把我们的皮剥下来的。"

一个靠后的老头惊呼起来："这个奥萨是什么人？"

"是个身高20米的人，"我毫不犹豫地回答道。"1952年的时候他占领了加利福尼亚和华盛顿，要求我们每年给他上贡人皮。去年奥巴马王子终于把这事解决了。"我转着眼珠子，表达出极具戏剧感的讽刺，"谢谢您，奥巴马。"

完全被弄糊涂了的人们连气儿都不敢喘，一片寂静。

"还得些日子呢。"爱尔兰络腮胡低声说道，然后转过头，把一口带血的痰吐在灰色的工业地毯上。

"没错！"我尖声尖气地说道，同时转过身，"别管那些了，先生们，你们的时间非常值钱！在你们所有人全部打完卡之前我们不能开始给你们计时。我们赶紧到楼下的车间去洗洗手，换好衣服吧。"

---

① 即 Occupational Safety and Health Administration，职业安全和健康署。

我们说了一箩筐的好话，终于成功让新伙计们洗干净了手臂和手，穿上皱巴巴的纸质工作服。这样一来，在他们第一次晨间休息之前，德科和我就没什么事情可做了，所以我带着他一起去了休息室。在走廊里的时候他什么都没说，眼睛却一直转来转去，就好像他害怕被一个狙击手一枪带走一样。我知道这种感受，9个月前我刚开始干这份工作的时候也和他一样。他自己能克服这个困难。他是我经手培训的第一个人，但如果我本人的行为有任何指导意义的话，那我可以模仿库伯勒·罗斯的"痛苦的五个阶段"，写个"时间转移调整阶段论"，比如说"看到传送门并且吓得呆住""通道中的你无比恐慌"以及"在休息室里崩溃"之类的小文章。

德科等待着，直到休息室的门关紧并且发出咔嗒一声。"那个，"他小心翼翼地说，"我认为这份工作的招聘广告内容非常模糊，可能会引起一定的误会。"

"不，没这回事，"我注视着贩卖机里的松饼，就好像我想买一包似的。

"不！"他开始激动起来，"就是！就是很误导人！那里——那些——"他的呼吸十分急促。"从时间机器里走出来的牛仔！"他终于把他想说的话给说了出来。

"伙计，"我转过头，注视着他的眼睛。他的瞳孔缩得很小。"伙计，"我用平稳的声音说道，同时上前一步，伸出一只手按住他的肩膀，就像9个月之前安妮对我做的那样。"没关系的，听我说：你现在换气过度了。你需要把你肺里的全部空气都呼出来，然后尽可能不要吸气。如果你一直保持这样呼吸，你就会感觉到你的手臂开始刺痛，然后是麻木，最后失去控制，然后你很可能会昏过去——"这话显然不该说，我发现德科的双眼绝望地来回转动着。"这是完全正常的，"我坚定地说道，"你不会因为靠近传送门而生病。你没有任何危险。你只是过度换气了，和任何一个完全正常的人被完全正常地惊吓了一下并且感到有点不舒服是一样一样的。像我这样呼吸，德科：把你肺里的气都呼出来，"我像我所说的那样做了，然后用沙哑的声音说："现在憋住气，直到你忍不了了为止。"我们站在一起，屏住呼吸。德科咳了一下，然后开始大口吸入新鲜空气。"别这样！别大口喘气；稍微吸入一点空气，然后再呼出去，重复。我们做个4轮，你就会觉得舒服多了。"

"招聘信息完全是在误导人。"他平静地说道。"他们应该……嗯……公开像这样的事情。"

"没关系的。"我说。"我是说，这是一个商业秘密。但是说真的：假设你今天早上停好车，结果发现停车场上全是挡板上带着橘红色三角形标志的小马车还有马，那跟现在的情况有什么区别吗？你就把这些人都当成阿米什人不就行了吗？就是这样。没人会在招聘信息上把这些也写出来。你的同事们有点古怪，没别的了。每个人都有一些古怪的同事。"

"但那些可不是牛仔啊。"

"我们这儿的也不是牛仔，"我说，"他们是煤矿的矿工。"

"为什么？"

"因为他们挖煤啊。"我笑着说，然后轻轻拍了拍他的肩膀。德科不情愿地挤出一个笑容回应我。要是你对着别人笑，别人就会对着你笑，所以假如你想降低说服别人的难度，你就得一直微笑。这是基础的人力资源管理小窍门，迟点我会把这些都教给德科的。

然后，德科又皱起了眉头。

"但是，说实话，我还是不明白：为什么是这些人？"

"因为这里是田纳西，"我说，"而那条散发出光芒的隧道的另一头则是另一个时代的田纳西的相同地点。"我知道这话严格上来说是错误的——除非田纳西州的这一块地方曾经聚集着一大群留着大胡子并且带有芝加哥口音的屠宰业者——但从前安妮就是这么告诉我的，而我也应该这样告诉德科。"只不过从前没那么多人会到这边来：我们曾经遇到过农民、煤矿工人、拓荒者、印第安人，什么样的人都有。工作都是些装入电路板、用己烷清洗玻璃、基础的焊接、包装之类的简单工作。只要工作积极的人立刻就能学会，而且薪水又很高——对他们来说可以说是天文数字。如果他们把工作搞砸了就没机会再来了。至少安妮是这么说的。所以说他们很好用，又便宜，而且还是美国人。"

"美国人？"

"货真价实的百分百美国人制造的平板电脑。我们还在与联邦商务部探讨减税、申请资金之类的事情，不过——"我能看得出来德科已经被我弄晕了，这简直就像是一场信息大爆炸。"不过，管他呢。"

"你为什么要那样调戏他们？"德科问，"你为什么要编关于总统的瞎话吓唬他们？"

我自己也不知道，所以我露出一个虚假的微笑并且扬起眉毛，像是胸有成竹似的："为什么不呢？"

星期二又来了另外一批煤矿工人，爱尔兰络腮胡又回来了，但这次他的胡子刮得干干净净，一副欢快的模样。我注意到他的眼角处没有了藏污纳垢的鱼尾纹——实际上那里根本没有任何皱纹。

等我那篇充满欢乐的欢迎辞说到"大家有问题吗？"这一部分的时候，爱尔兰络腮胡似乎感觉非常快活，简直都快要跳起来了。

"你们这儿的姑娘都穿啥衣服？"他问。和昨天一样，他的声音里仍然有那种轻快的调子，但却又缺少了木炭烟、煤灰又或者其他什么东西经年累月地沉积下来的黏稠感。"在舞会上穿啥？在海滩上穿啥？别的地方呢？现在的睡袍和泳衣都是啥样的？"我忍不住露出微笑。

"基本上什么都不穿，我猜这就是你在打的坏主意。我是说，相对而言。"

其他的新伙计们都咧嘴笑开了。

"你们有肖像名片或者那一类的东西吗？"他抖着眉毛如饥似渴地问道。他这副模样简直就像是演出滑稽戏的小丑。

我大笑起来，"当然了，爱尔兰人。休息室里有几本《时尚》《体育画报》，还有《VIBE》。等会儿吃午餐的时候我带过去。"其他的新伙计们热切地点着头。

"现在的人能飞了是吗？"他继续道。

"是啊，乘着很大的飞机，很大的，呃，运输工具，可能有两个火车车厢那么长，装满了人。火车车厢有很大的翅膀。"

爱尔兰人扫视着和他一起来的时间旅行者们，眼睛瞪得老大。"看见没！看见没！我早告诉你们了：奇迹！未来世界的奇迹！"他又转向我，"今年是哪一年？总统是谁？"

"啥总统①？公司的吗？你是说CEO吗？"我问。我本来想说是马丁什么的，又或者是"马尔滕"。我记得他好像是荷兰人。

爱尔兰络腮胡恼火得脸都皱了起来，"不是，谁关心那个！我是问美国总统是谁。"

"还是巴拉克·奥巴马。"我有点被他的反应逗笑了。这一次，他眼睛里似乎燃起了好奇的火焰。

"一个爱尔兰人！"他大声宣告道，另外几个新伙计也点着

---

① 总统与总裁在英文中同为 President。此处文中的"我"故意曲解爱尔兰人的问话。

头，发出表示赞同的咕哝声。"美国有了一位爱尔兰人总统！"

德科扑哧一声笑了出来，就像一个坐在教室后排的小男孩听到一个漂亮女生放了个屁。

"不是。"我也忍不住笑了起来。"他是一个非裔美国人。肯尼迪曾经是我们的——"

但我没有机会说完这句话，因为这个没有络腮胡的小爱尔兰人已经一拳打在我的嘴巴上，他的脸呆滞而了无生气，只有因尴尬而生出的怒火把两颊烧得通红。他一次又一次地挥拳，击打着我的眼睛、脸颊、耳朵，勾拳打中我的脖子侧面，他一直都没有停手，直到他的指节皮肤在打到我前额的时候崩裂，并且被一个秃顶老头和一个留着没修剪好的大鬓角的胖子给拉开。

当德科走进休息室时，我正坐在房间里，用一个装在塑料袋里的冷冻有机玉米煎饼按着我的脸。

"我准备给人力资源部写一份报告。"德科在冰箱里四处乱翻的时候，我对他说道。"真是太让人痛心了。我很伤心。如果这些小爱尔兰人会随时随地发狂，因为内战之前的事情把人打成这样，那就应该给我们配个保安什么的。还得给我们提供危险岗位的额外津贴。"

德科把我午餐中的可乐递给我，"如果我们的新伙计是从现代的中国西部或者其他什么地方传送过来的，而不是这些蓄奴的乡巴佬，肯定就不会发生这种事了。"德科走向无声的自动贩卖机，投入1美元换来一瓶室温的柠檬饮料。"我在网上学了半节商贸导论课，里面那本教科书上有个'小知识'栏目提到过这么一回事。

我想他说的是传送器，但是这些传送器不太正常。使用传送器的1000个人里有7个人左右出来的时候是炸裂状态，而且根本没办法修复这个问题。他们是可以找中国人来干活儿，本来要付300美元的活儿100美元就能打发了，可是保险费太高了。这生意运行不下去。"

"为啥时间传送门不会这样呢？"我说着，拉开可乐上的拉环。

德科耸耸肩。"书上没说啊，后来我的笔记本电脑系统崩溃了，登录信息丢失，也就没再继续学那门课。你在大学里没学过供应链管理的课程吗？"

"没有，我主修的是德国语言文学专业。"我的伤处一说话就很疼。

德科抬起眉毛，"那你怎么跑这儿来了？"

"因为我除了'嘿，我学过德国语言文学'之外没准备别的方案。"

德科笑了起来，摇了摇头。"你挺不错的，泰勒。我之前在一家沃尔玛超市工作，那儿的管理人员全是傻瓜。好吧，反正其他的煤矿工人都被这场斗殴吓得半死，我猜那个爱尔兰人最近一个月肯定在好几家不同的公司干过这样的事，一直都没出过什么乱子。他几乎就像是一个游客。特别开心。"

"这就是问题所在，"我回答道，肿胀的嘴唇互相碰撞的痛感让我哆嗦了一下，"我昨天是第一次见到他。而且昨天的伙计们都很迷茫，因为根本没有别的公司拥有传送门。"

德科耸耸肩，"那你得问问那些亚洲女孩。"

"什么亚洲女孩？"

"刚才把爱尔兰人从你身上拉开的那个秃顶的人说了，上次他跟'乱拳'爱尔兰人一起听介绍的时候，讲话的是'穿着内衣的天仙美女'，爱尔兰人迷糊了一整天！"德科冷笑了一声，"不过他们刚才都朝他大喊大叫，让他回到传送门那头去，所以我想这事情算是过去了。"德科喝了一口柠檬水，立即摆出滑稽的苦脸。

"这真是太难喝了，热得像尿一样。"他说。

"机器坏了呀。你听听看，里面的制冷机都没在响呢。"微笑其实挺疼的，但我就是没办法压下笑意。德科是个不错的家伙。"易拉罐也是温的，你没摸出来吗？"

"呃，以为里面可能比那凉一点。这——"他拉长了脸，摇着头，就像被一窝蚂蚁钻进了鼻子的狗，然后又喝了一口："这太可怕了。"

星期三来的又是煤矿工人，但是没有爱尔兰络腮胡，这挺不错的，因为我的脸颊仍然感到一阵阵的剧痛，我开始怀疑他大概是把我的骨头打折了。我没写关于受伤情况的报告，也没投诉，就是单纯地不想费那个劲。我不希望再看到他，而且我不得不承认，我根本没有胆量去面对一个曾经用拳头重击我的脸的家伙。

　　星期四来的是造枪匠、锡匠和箍桶匠，这些人都穿着双排扣长礼服，头戴翻边帽。他们说话时会用"余""尔""汝等"之类的词儿，但说句实在话，他们在平板电脑生产线上做出了不可思议的成绩，简直就是现象级。其中有4个人要求他们的报酬以燕麦支付。你知道价值100美元的燕麦在300年之中经历了怎样的通货膨胀吗？我不得不叫德科带着安妮的公司信用卡去了一趟山姆会员店。这些手艺人花了20分钟时间才把所有的燕麦运到传送门的另一头，他们把袋子从一个人的肩膀上传递到另一个人的肩膀上，那动作会让你联想到当年建造金字塔的工人们或许就是这样传递砖块和砂浆的。为了保持节奏，他们唱起了一首关于海盗的歌，这首疯狂的歌曲，我绝对应该把它录下来放到油管上去，不幸的是我在接受雇用的时候就签下了一份保密协议。

　　星期五早上我到得略微迟了些，因为前一大晚上我跟莎朗还有德科一起唱卡拉OK去了，我和莎朗在外面待到很晚。早在我看到这一天的新伙计之前就已经准备好了要发表我的欢迎辞，但在我看到他们的那一刻，所有的词语都在我的口中化为灰烬。

"他们怎么这么年轻，真奇怪。那发型又是怎么回事？"德科说。

这十几个新伙计瘦骨嶙峋、皮肤苍白，留着淡褐色的平头。他们还只是孩子，但他们的面容却非常苍老。他们大多数都穿着又宽又大、看起来布料相当粗糙的衣服，只有一个女孩不是如此——她有着黑色的纤细头发，同样理成平头，眼睛也是黑色的，穿着一件破烂的像是连衣裙的东西。他们全都穿着一种沉重的、裂了缝的、像木屐一样的靴子，而且就像块状焦油那样没有定型。他们并没有穿着那种绣着黄色星星或是各种颜色的倒三角形的条纹睡衣，但他们空洞的眼神已经说明了一切。他们的眼睛就像你会在历史频道播放的黑白片里看到的那样，了无生气地注视着铁丝网和铁路轨道。

他们注视着我，我也注视着他们。

"你们来自哪一个劳改营？"我用德语说道。我之所以会用德语说出"劳改营"这个单词，还是因为大学期间在某个不堪回首的约会夜看了一场《辛德勒名单》。那时候我脑筋有点不大正常。我想这就是人们所谓的活到老学到老。

"他们来自莫诺维茨，"黑发女孩用英语说道，并且朝着苍白的男孩们点了点头，"但我是从奥斯威辛-伯克瑙来的。"

"好的。"这个词像一块鹅卵石一样从我的嘴里掉了出来，"好的，我想，"然后我再次换成德语，"对。我会用德语来作介绍。欢迎大家来到——"

"Nie①！"她愤怒地打断了我的话，我的嘴立刻紧紧闭上，仿佛她不仅仅打断了我的话，更拉紧了我的某一根弦。她继续用英语说道，"我来这里只是因为我可以帮他们翻译：波兰语、英语、德语、意大利语我都会说。西班牙语也会一点。还有意第绪语。你说英语就行了，让我来翻译。"

所以我用英语开始致辞，但我根本没努力去让他们相信我。我只是像一个对功课毫无兴趣的小孩朗读课文那样机械地叙述着。在我刚说完半句话的时候她就开始对那些男孩们说话了。她的言语中有些词像是德语，但整体而言，那不是德语。我猜那是意第绪语，但我无法确定。在那之前我没有听到过这门语言，在那之后也没有。

她比我一开始以为的还要年轻得多，也许只有十几岁。她和那些男孩子们一样留着平头，这不仅使得她看起来年纪更大些，更有一种……古典的感觉。我说不清楚。她的样子就好像应该要用石灰石雕刻成30米高的雕像，守卫在巴比伦的神墓门前，而不是像现在这样穿着破烂连衣裙和古怪的沉重靴子站在我们的接待厅里。她很美。我知道这话让我听起来像个变态，但这是真的，我说的完全是实话。她将会是我这一辈子见到过的最美的女孩。

"有什么问题吗？"终于，我说到了这一句。

---

① 德语：永不、绝不。

她看了德科一眼，然后用德语说，她只有一个问题，或者也可以说是要求。她把她的要求提了出来。我觉得自己恐怕是听错了，所以我重复了她所说的最后一个单词。她点头表示确认。

"Jah①。Gift。"

我的脑子一时间还无法转过弯来，只是沉默地注视着她，而且也根本没有意识到自己已经多长时间没有说话了。男孩子们开始不安地相互交换眼色。

最终，德科拍了拍手说道，"好了！"他的声音就和我往日的一样完美，充满了刻意雕琢的欢快感，"我们赶紧到楼下的车间去洗洗手，换好衣服吧。"

他催促着他们走进走廊，我则下意识地跟上了他。

"她想要一件礼物？"当我们从生产车间外面的一排排水槽和挂起来的纸质工作服之间走过的时候，德科问我。

"是的。"我麻木地回答道。

我没有向他解释，德语里的"Gift"是"毒药"的意思。

我没有像平常那样跟德科一起到休息室去，而是上楼去见安妮。人力资源部的办公室只有两间，并且都很小，还没有窗户，位置在电销部的边缘上，至于电销部则差不多占了整整一

---

① 德语：是的。

层楼，密密麻麻的格子间里坐满了穿着卡其裤、戴着耳机的家伙们。当我从他们之间穿过时，没人抬起头来看我一眼。

安妮是一位大号的女士：无论是双手、脖子还是大腿都比其他女士大一号。要是她站起来的话，很可能会比我高一个头，要知道我也不是个矮子。就像所有大号的人一样，她也不是那种能坐着听你说话的人；她的个性和她的体格一样需要占据巨大的空间。

但这天早上，安妮听着我说话，一次都没有打断过我，这很快就让我感到毛骨悚然。我的语言开始变得磕磕绊绊的，我尝试着放慢速度，但尽管如此，我还是听到我的语速越来越快，声音越来越响，音调越来越高。最后，安妮终于大发慈悲打断了我。

"泰勒。"她亲切地说道。"你搞错了。田纳西州没有集中营。"

"安妮！"我有意压低声音，但我知道那些电话推销员已经听到我了，"安妮，我没有说他们来自孟菲斯的集中营，我是说他们来自奥斯维辛。奥斯维辛，安妮！我是说他们现在就在我们的生产车间里，'劳动带来自由'，就像集中营门口的标语那样！"

安妮咬住下唇。"我明白你感到心烦意乱，"她谨慎地说道，"但你需要明白你所说的事情是不可能的——"

"他们正在一楼组装平板电脑！"

"——传送门的工作原理并不是那样的。"

"你根本就不知道传送门的工作原理是怎样的！"现在我真的在喊了，那些电话推销员们都在听着，而且我很可能使得某些正在进行的推销电话变得相当的复杂了。

安妮深吸了一口气。"你所说的话并不贴切。直到今早8点钟为止，那些工人——不管他们是谁或者来自哪里——都只是某些地方坟墓里的骷髅。他们现在仍然是。你本周曾经见过的所有工人都已经死了一两个世纪了。今天的这一批工人也没有什么不同。"

"当然不同！他们不会因为尘肺、肺炎、落石或是衰老而死——"

"他们之中有很多都是因为肺炎而死的。"安妮柔声说道。她的眼睛特别明亮，但是没有泪水流出来。

"我们可以把他们留下来，"我绝望地尝试着。

"他们不是流浪猫，泰勒。而且，把他们从他们自己的时间流里拉出来，塞进我们的时间流里，我不知道这样做是否明智。"

"这简直太疯狂了，"我说，"还用得着担心什么时空悖论吗？就在昨天，我们刚刚把300公斤该死的燕麦送回内战前的美国！"

安妮重重地哼了一声。她的脸色鲜红，但话语缓慢而又冷静："你说得对，泰勒。我不知道传送门的工作原理到底是怎样

的。我不知道为什么把金块送回1877年不会产生问题，但我们
却不能允许任何人停留超过12个小时。我不知道。"她转了一
下她的艾龙办公椅，然后拉开一个文件柜抽屉，从中取出一份
光滑的促销单样品。"这就是我对传送门工作原理的全部了解。"
她把这张单子递给我，但我根本就用不着接过来：单子上面的
单词还不到100个，而且还全是些营销方面的重点，诸如"顶级
性价比""美国制造、美国人制造"之类，此外就是车间以及我
们那间接待厅的照片。

　　"请不要公开讨论这上面提及的内容；在第三季度之前我们
不会向媒体公布这些信息，而在那之后，我们将向我们的战略
合作伙伴提供独家的生产和物流服务。"

　　新闻稿上接待室的照片是用Photoshop处理过的。在那张照
片上，监视面板旁边没有帘子，传送门无遮无挡地显露出来，
看起来就像是墙上的一个水汪汪的蓝洞，相当蹩脚，跟廉价电
子游戏里的图片差不多。真正的传送门只是一个向空气中不停
吐出热量、从而折射周围光线的洞，类似炎炎夏日的烤肉坑。
虽然我这么一描述听起来好像没什么大不了的，但是真正看到
它——或者至少像我这样从帘子的缝隙处略微瞥到——就完全
不同了。在那道帘子后面是一条长得不可思议的走廊，但它并
不通向任何地方，只是在极深远之处有一些微光闪烁，但它们
太远了，不可能是针孔之类的东西。天空上有一颗明亮而又不
会移动分毫的圆点，就像是一颗远方的行星，但除此之外天空

中并无星星闪烁。

"如果你不知道这其中的原理是怎样的，这样做会有什么后果，你又怎么可以这样做呢？"

"你知道电力的原理是怎样的吗？"安妮把新闻稿放回抽屉，同时提出了一个令我颇感意外的问题。

"我当然知道！"我下意识地回答道。

"那给我解释解释：它的原理究竟是怎样的？它有多危险？谁会受到它的伤害？后果又是什么？"

我立即像个傻瓜一样张口结舌，说不出话来，好在安妮并没有让我维持这种状态太久。她说的没错：我脑子里只有一张模糊的图片，上面画着涡轮机及其周围的卡通形态的闪电符号，还有某种叫作什么"右手定则"的东西。除此之外，我对于电力的原理根本一点都不明白。

"我们是在田纳西，"她用平静的语气说道，并且用力憋住残留的泪水。"即使是在今天，我们所有的电力也都来自煤。这些火电厂每年产生的烟尘会使大约1万名哮喘病患者失去生命。我知道你有一颗善良的心，所以你才会为楼下的那200名工人的命运感到悲伤，但在你大发慈悲之前，我想请你告诉我，你是否曾经为了那1万名现在还活着、但明年之内就会死去的美国人而感到悲伤呢？那些工人早就已经死了，他们只是从坟墓里得到了12个小时的缓刑期。至于为他们复活，那不是我们能够做的。"

"是啊,"我厉声说道,"我们只能为返校计划及时提供平板电脑。"

"是的,"她冷静地说,"那就是我们的职责。"她不再注视我的眼睛了,开始整理桌面上的一些纸张,然后打开她的笔记本电脑。"我很高兴你能将你的这一关切告知我。我保证将尽快将此事提交给公司高层进行讨论。"

我再次走进休息室,准备穿上我的夹克衫,再拿上车钥匙。我看到德科正坐在休息室里,手拿一罐柠檬饮料。"兄弟,我用谷歌搜了一下她说的那个什么莫诺维兹。她说的其他东西我都没听懂,可能是因为她有口音吧。那些孩子们是从集中营里来的。"

"我知道,德科。"

德克皱起眉头,"你怎么什么都没说呢?"

"我去了人力资源部办公室找安妮——"

"我是说,在走廊里的时候你为什么啥都没说?你为什么不告诉我?是我让他们洗手、穿衣服的。是我让他们去工作的。那有点……我现在感觉很不好。"

"我得到沃尔格林①去,"我告诉他。

"给那个翻译小妞买礼物吗?"

"是的。记得上午要让他们休息两次。还有分发零食。"我

---

① 美国最大的连锁药店。

把钱包里的所有现金都掏了出来。"从自动贩卖机里买了分给他们就行。对了，还有，在生产车间里放点音乐。"

"音乐？哪一种？"

"我不知道。摇……摇滚乐。葛林米勒、贝西伯爵。多下载点摇滚乐，他们爱放多大声就放多大声。但是……"我对自己感到憎恨，但我却无法阻止自己继续说下去。"但是不要太大声了。别……别把我们今天的数字搞砸。我们还是得生产出足够的产品，而且要通过质检才行。"

我在沃尔格林的货架过道里漫无目的地来回走着，实际上，我并不知道我可以给那个波兰女孩买到什么样的毒药。我在清洁剂的区域停了下来，因为这里的货基本上都有毒，但我想到那女孩狂吞通乐①、派素②或是其他不知名小品牌清洁剂的画面就一阵恶心。另一方面，几乎不可能把这些东西通过传送门偷偷带回集中营。也许和安妮谈话根本就是一个错误。也许我来到沃尔格林而没有去五金店也是一个错误。

我看了看我的手表；如果我不能在中午之前赶回去的话会发生更多的问题。

我朝隔开药剂师的防弹玻璃望过去。我其实并没有一个明确的计划，我只是知道那里面有足够的芬太尼、氧可酮以及乱七八糟的止痛药。每天都有不少蠢货吃了太多止痛药意外死

---

① 洁厕剂品牌，主要成分为氢氧化钠。
② 洁厕剂品牌，主要成分为松树油。

掉了。

因此，我走向普通的止痛药货架，拿了一瓶最大的杂牌扑热息痛片，是没有糖衣的那种便宜货，它们可以容易地服下，迅速在胃里溶解。

下午晚些时候，防火警报响了。这座大楼的另一部分负责芯片生产，而当防火警报响起的时候，你不会到处翻找你的夹克衫、系鞋带或者敲击键盘，你只会迅速而又冷静地大步走向最近的出口。

德科和我把新伙计们带出了逃生通道。组装车间没有窗子，而他们显然也根本没有想过标着绿色"紧急出口"字样的灯是什么意思。这是一个田纳西早春的下午，天空晴朗无云，相当温暖。新伙计们呆呆地望着开阔的草坪，铺着柏油、热气蒸腾的停车场，排水沟的陡峭堤岸，还有更远处茂盛的小树林。没有铁丝网，没有高墙，没有哨塔。为什么要有那些东西？过去的景象一定非常糟糕，因为少数几个曾经见过我们大楼之外的世界的新伙计全都被惊得目瞪口呆。在这种极少出现的情况下，也根本没有人试过要逃跑。

德科开始给想吸烟的人分发香烟，所有人都各拿了一支。他把空烟盒压扁塞进口袋里，然后走了一圈，给大家点上火。一个男孩蹲了下来，抚摸着许久都没有修剪过的草坪，就好像那是一张巨大的绿色地毯。这个时候，警报解除信号响了起来，因为那本来就是假警报。每一次都是。防火警报响起会把生产线搞得一团糟。我们故意放慢脚步，等他们抽完香烟才把他们带回大楼里。

在一天的工作结束时，我们再一次给新伙计们打卡，这时我们才发现那个波兰女孩不见了。

尽管德科和我已经下了班，我们还是坐在休息室里，手拿从坏了的自动贩卖机里买来的室温汽水。我们本来可以去任何地方，但是我们没有。我不知道德科是怎么了，但我自己是因为累得不想动。不是干了什么重活儿之后的那种累——我意识到我根本就不知道所谓的"重活儿"到底是什么样的。我猜我是因为思考得太厉害才会这么累的，因为对时间旅行进行古怪的微积分运算，因为思考我对于那些被送入毒气室或者以各种形式处死的男孩们应该负有怎样的责任、波兰女孩的逃亡，以及在我们的谈话之后安妮会怎么做。

我们很长时间都没有说话。我啜了一口我手里热乎乎的百事可乐，尽管它尝起来就像是不发泡的蓄电池酸液。

"那个火警是我拉的，"德科突然说道。

"好。"我说。

"我以为，"德科显得有些沮丧，"我以为他们会把那当作是一次休息。"

我又啜了一口百事可乐，"人没有那么简单，德科。"

我把那瓶家庭装的杂牌扑热息痛片从夹克衫口袋里掏了出来，用两只手将药瓶来回翻转。我没有勇气把这东西交给她。那是一种最糟不过的死法。它会对你的肝脏造成不可修复的损伤，你的身体会慢慢地被各种毒素充满，最终因为器官衰竭而死。一般来说，如果你的肝损伤是自己有意造成的，你就只能排到等待器官移植的队列的末尾。更不用说这条队列有多长了。如果有人立马把你送到了急诊室，医生会给你洗胃、灌入活性炭以及各种解毒剂，防止你的肝脏被烤焦。但如果没人将你送医，你就会因为无法排出正常代谢产生的毒素而在数天之内死亡。那会让你感到疼痛。非常疼痛。而且医生也根本没有办法治疗你，只能给你吗啡用于止痛、苯二氮用于镇静，直到你的心脏最终停止跳动。

我哥哥本在他大一那年服用扑热息痛自杀了。那是他在北卡罗来纳度过的第一个学期，在感恩节假期开始时，本的室友们要赶一趟飞往康涅狄格的早班机，他开车把他们送到机场，然后他回到宿舍，吃下一整瓶的扑热息痛。他用佳得乐把它们冲下去，然后躺在床上，直到第二天早上宿管们挨个宿舍查房、确保学生们把小冰箱清理干净了的时候才被发现。他在医院里住了两天后死了。他的皮肤和眼睛都黄黄的，像是一块巨大的瘀伤。在他最后的一段时间里，他只是不停地抖动着并且发出呻吟，就像一条癫痫发作的狗。那时我一直都坐在他的身边，思索着为什么他要这样做。我那时上高三。

后来，我在达特茅斯学院读了1年半的时候，才发现我根本不知道我那么努力学习进入大学到底是为了什么。我没有朋友——甚至连室友都没有——我睡不着觉，也完全无法想象我的未来会是怎样的。某天早上，我意识到我终于明白了本当年所处的境地，而我之所以买了床头柜上的那瓶经济装扑热息痛片也不仅仅是为了节俭。所以，我选择了退学。

也许服用扑热息痛自杀也比在德国化工厂里充当奴工翻译、最后被送进毒气室更好。我对此表示怀疑，但我毕竟不是奴隶。无论如何，这都无关紧要。那个女孩已经解决了她自己的问题，尽管她曾经身处于污泥和化工品的地狱里，忍饥挨饿不知多少个月，瘦得跟电线杆子似的。她干得比我好多了，而我连一顿饭都没饿着过。

"德科，"我谨慎地说道，"你知道他们发现是你干的了，对吗？生产区、接待室，还有走廊，到处都有监控摄像头。"

"这简直是世界上最糟糕的工作了，"德科呻吟着，低头趴在他交叠的双臂上。

"我不知道，"我说了个谎，"我做过更糟糕的工作。"其实在今天之前这还不是个谎话。"至少我们还属于人力资源部，这几乎算是个管理岗了。我是说，我们有理财计划、牙医保险什么的。"

"还有谁在干这种事？"德科的声音显得有些闷闷的。"除了及时供货，还有谁有传送门？"

"没有。至少我不知道，但我是去年看到的广告，在那之前我真的不知道这方面的消息。"我的声音哽住了，因此我又喝了一口百事可乐，然后用手指轻轻戳着脸颊，试图让自己重新恢复镇定。

"什么？"德科咕哝道。

我并没有说什么，并且正打算这样回答，但立刻，我也听到了另外一个人说话的声音。

我转过身。休息室里仍然只有我和德科两个人，但现在我们之间出现了一个传送门。德科站在传送门的"正面"，而我则处于它的"后面"，所以我只能看到空气因热量而产生的扰动，还有德科脸上反射的从另一个空间照过来的诡异的光。传送门里的那个声音再次响起，而我感觉到我的胸腔发生了共振，就像那声音是透过我的身体传播的一样。

那是一位女性的声音，说的是中国话，可是由于她的语调过于抑扬顿挫，而我的中国话只相当于小学水平，一时间还无法理解她的意思。

德科向传送门伸出手去，他的手消失在热气流的折射之中。当他的胳膊穿过那条界限时，它发出耀眼的光芒。我不得不眯起眼睛，这简直就像是在观看日食。然后德科的手缩了回来，手里拿着一张纸。他仔细地阅读着上面的文字。

这时我听到安妮从通往电梯的走廊里走来，大声叫着德科的名字。

"呃，不。"德科说道，他的眼睛看着我的方向，但不是看着我，而是看着传送门里面的那个人。"我现在还没准备要找新工作呢。"

"德科，接受这份工作。"那个声音说。

他将身子朝旁边倾斜，从而他可以从传送门的边缘看到我——而我则根本看不到传送门的边缘在什么地方。"泰勒，我不想。"他的声音听起来像是站在跳水台尽头的小孩。

安妮沉重的脚步声在走廊里回荡。

"德科，安妮知道是你拉响了警报。"她再一次叫出了德科的名字，"安妮知道是你帮助了一个来自30年代已经死了的女孩逃到我们的时代。"

德科看起来非常迷惑。"泰勒，安妮准备怎么做？解雇我吗？叫警察来抓我？我只是报了一个假的火警。我可以说那只是偶然的事故——"

安妮不是一个人来的。我听到了对讲机发出的尖锐噪声，还有一些大块头的家伙试图快速潜行时发出的轻微声响。

"安妮不会叫警察的，德科。如果安妮发现你在这里，我敢说哪怕有任何警察想要再找到你，也都会无迹可寻了。"

那个说中国话的女人又说了些什么，但德科仍然倾斜着身子望向我。他咬了一下嘴唇，然后点了一下头，站了起来，走进了传送门，随着一道闪光，他的身体划开了空气组成的细弱帘幕，消失在另一个空间里。

那个中国女人开始向"其他人"发起呼叫——实际上，就只有我一个。她说了一些话，大概是关于附加福利、供冥想的休息时间、可选的素食食谱等等之类的，有很多我都没听懂。

在外面逐渐变得昏暗的天空之下，那位从集中营里逃出的波兰女孩一定正在田纳西春天的灌木丛中奔跑着。很快就会有人去追捕她了。但她健壮、年轻，并且会说差不多6种语言，拥有着极高的积极性。在这片机遇之地上，足够的积极性会带来很多东西。

我站了起来，从传送门那散乱的边缘处绕到正面。那个说着中国话的女人用歌咏般的腔调说三福企业可以提供的大量优良工作机会。从传送门的正面看，它就像是充满了明亮的波纹光线的水池。我觉得我似乎看到了某些东西在里面移动，有些区域的光芒比其他区域更少波动，但也许那只是因为我的眼中涌出了泪水。

"泥嚎！"我用小学水平的中国话喊道，"泥嚎吗！请问有没有永久移民的机会？"

那个声音停了下来。

现在安妮在大声叫着我的名字。和她在一起的那些大块头已经不再徒劳无功地试图潜行了。

"有的，"在深邃的光芒中游动的女士终于回答了我的问题，"偶尔会有。只有最出色的员工才行。"

好吧，我知道这有点过于唠叨了，但我要说的其实只有这一件事：你们可以在三福制造公司找到很好的工作机会和很好的朋友，我强烈建议你们去试一试。只要在这份弃权声明书上按下手印，穿过我们这道非常安全并且便利的传送门，你们看到的一切会让你们无比惊奇。

大卫·埃里克·尼尔森，美国科幻作家。曾获阿西莫夫读者选择奖。作品多发表在《阿西莫夫杂志》《奇幻科幻杂志》等业内著名科幻杂志上，并被收录进诸多年选中。

本篇获2014年阿西莫夫读者选择奖。

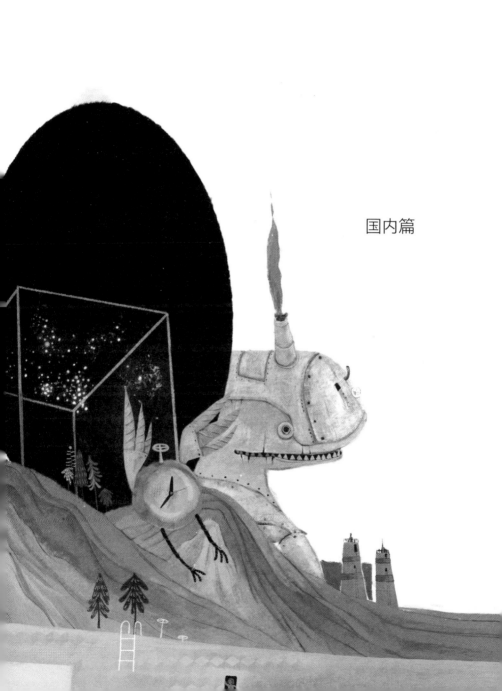

国内篇

与龙同穴

宝树/著

1

世界上最倒霉的事情是什么？

想象一下，你孤身一人，远离所有的亲人、朋友、邻居、路人，事实上是远离全人类，困在一个伸手不见五指的黑暗洞穴里，洞口已被崩塌的石块堵死，凭你的力量根本不可能挪动半分。你又冷又饿又累，身上还有几道伤口在流血。

在外面，同样是伸手不见五指的黑暗，整个世界都变成了一个不见天日的洞穴，地球被数公里厚的尘埃云包裹住，摧毁一切的狂风吹过死寂的大地，巨大的雷霆声透过厚厚的岩石传进你耳中，也许几百公里内没有任何活物。

这是核战之后的世界吗？即便在那样的世界上，还有一些人躲在地下堡垒、深海潜艇或者太空站里。但你很清楚，在这个世界上只有你一个人在呼吸和思考，除了你之外，一个人也没有，也许一只灵长目动物也没有。

当然，人类还有希望，遥远但是一定会出现的希望。六千多万年后，会有一些猿猴从树上下来，学会直立行走和打磨石斧，脱掉一身长毛，再过上一两百万年，占领整个星球，创造出文明、科学和该死的时间机器。总有那么一天，你知道的。

而现在，你单独一个人，又冷又饿又累，还带着伤，被困在白垩纪最后一天（或者新生代第一天？）一个被掩埋的洞穴里，怀念着6500万年后的太空咖啡、分子甜点和机器女招待。

还有比这更倒霉的事情吗？

有。

想象一下，这时候，你听到了背后传来了让你毛骨悚然的——鼻息声。

2

当然，当然，不管怎么说，对你来说，这肯定不会是世界上最糟糕的事情。因为真正被困在那个洞穴里的人，不是舒舒服服坐在椅子上看书的你，而是我。

　　我纯属脑子被1万道宇宙射线穿过，才想到回白垩纪看什么恐龙。在这个时代要欣赏恐龙，有20种以上可以乱真的VR电影和游戏可以选择。宏伟壮丽的《中生代漂流》，血腥刺激的《屠龙英雄传》，科学严谨的《巨龙家族》，应有尽有。完全没有必要花百倍以上的数字币，亲自回到6500万年前去闻那些大爬虫的臭屁。

　　但怎么说呢？那个新出来的"白垩纪文艺之旅"的广告真的很吸引人，那是在白垩纪的三维立体实拍的，内容也不是身子笨重的蜥脚巨龙、张牙舞爪的霸王龙之类的俗套，而是在翠绿的山谷间，一个静谧的小湖边，周围开满了形态奇特的远古花卉，一群顶着漂亮头冠的禽龙在姿态娴雅地饮水；不远处，两头憨态可掬的小甲龙在打着滚嬉戏，几只宛如仙鹤的小翼龙拖着长尾，鸣叫着掠过湖面；两个身段窈窕、面容姣好的姑娘——人类姑娘哦——穿着轻柔的纱衣，骑着温顺的三角龙在湖边留下倩影……当然，姑娘不是重点，重点是在时光深处漫步的意境！如果能在这湖边拍张帅帅的三维立体照，发在"生活场"里，注明来自白垩纪，那多有范儿！至少比烂大街的土星环观光游之类酷多了。

　　所以，在"生活场"里看到前女友和她的新男友在土星环下拥吻的立体照之后，我第一时间就预订了这个超文艺的白垩纪时间旅行团。2116年8月20日早上10点，我在河南南阳的恐龙遗址公园被准时传到了时间的彼岸。

　　但穿过时空门之后，我的下巴掉了，半天没找到。

　　冷风刺骨，似乎正当冬日。那个风光绝美的小湖早就干了，只剩下一堆发臭的烂泥巴，周围也只有一些稀稀拉拉、半死不活的蕨类植物，绚丽的花卉无影无踪。暂时没有看到一头恐龙，当然也没什么身穿纱衣的姑娘。要是在这里自拍，你不说是白垩纪，别人还以为是荒废百年的日本福岛。

　　游客们不满地抱怨起来，导游忙解释说，由于传送的时间久远，时空传送又具有"量子不确定性"，上下误差能有几万年，未必能碰上最好的时节，当初的广告视频不是承诺，只供参考，这些合同上可都是写明的……

　　许多游客大怒，当场和她吵起来，要旅行社退钱。不过想想也知道，退钱肯定是没戏的，既来之则安之吧。我不管他们，自顾自在附近逛了起来，觉得说不定还能找到点有趣的东西。谁知刚走到小湖对岸，就听到导游的声音通过在头顶巡逻的蜂机远远传来："各位游客，请立刻返回时空门，请立刻返回时空门！"惊惶高亢的声波在山谷间反复回荡。

　　"出什么事了？"有游客问。

　　"控制中心刚刚发现，我们登陆的时间坐标出现严重偏差，比原设定时间晚了135,493年231天3小时25分钟17秒，正好遇到了K-T事件的发生！目前的情况极度危险！请大家立刻返回时空门，有序撤离！"

　　游客们都惊呼起来，纷纷往时空门的方向跑去，只有我莫名其妙，拉住一个往回飞奔的中年人问："她说什么？'凯替事件'？"

"你没看旅行手册吗？导致恐龙灭绝的事件！"那中年人说，见我还不明白，往天上比画了一下，"就是小行星撞地球！"说完甩开我跑了。

我望着一望无际的蓝天，心中纳闷，但还是跟着人群一起往时空门的方向跑去。一边跑一边问："那颗小行星会撞到这里？"

"不是，"中年人回头说，"应该是墨西哥那块。"

"那不是在地球另一边吗？"

"你以为恐龙是怎么灭绝的？"中年人像看白痴一样瞪了我一眼，"很快整个地球都完蛋了！"

仿佛为了给他的话作证明似的，恰在这时，大地像跷跷板一样猛然抬起又落下，地震了！

我正在迈腿快跑，脚下不稳，一个狗啃屎摔倒在地，沿着斜坡滚下了干涸的湖底，沾了一身烂泥，等我忍痛爬起来，大部分人已经逃进了几百米外的时空门，平平安安回到了22世纪。导游守在门口冲着我和几个剩下的游客在叫着什么，在她身后，叽以看到一道妖气腾腾的黑色云团从天边涌来，夹杂着恐怖的电光雷霆。

我使尽吃奶力气向她跑去，该死的地震还没有结束，大地像暴风雨中的甲板似的不住摆动，两边的山体纷纷崩落，发出轰雷般的巨响。我只能像醉汉一样七扭八歪地艰难前进，心里许愿只要能活着回去，这辈子再不进行时空旅游，再给太阳系红十字会捐1万块数字币。

离时空门越来越近了，200米，100米，50米……但此时，黑云已经笼罩了天地，像是宣告恐龙时代结束的大幕落下。清场的狂风已经吹来，带着呼啸的沙尘，简直要把大地刮掉一层皮，导游见我还差几步，高喊了一声："快来！我在时空门那边等你！"便转身进去了。

这算什么等我？！我暗暗发誓，等回去一定好好投诉这个狗屎一样的"文艺之旅"，又决定给红十字会增加1万块捐款。我竭力加快了脚步，但离门边还有几米远，黑色的云团已经铺天盖地地袭来，将我吞没。

我本以为还能坚持走几步到门边，但眼前一黑，我就像狂风中的纸片，不由自主地飞起，不知飞得多高。眼前一片昏暗，身边是炽热的粉尘，那是半个地球之外高能撞击的产物，烧灼我的皮肤，涌进我的口鼻，再过几秒钟我就要被烤得外焦内嫩了……

被烤熟之前，死神终于改变了主意，把我随手抛在了什么地方，我不知滚了多少圈，但居然还没摔死。风稍微弱了一点，但空气仍然炎热得如要燃烧。我抬头张望，但此刻周围的能见度已经低得像深夜，什么也看不清。隐约看到前面似乎有一个山洞，我便连滚带爬地向山洞跑去。此时又是一阵地动山摇，身后石块如雨坠落，我只有拼命往里钻，不管这里是什么地方，哪怕多活1秒钟也好。

好不容易，地面停止了震动，上面也没有石头落下，我靠在洞壁边上，只觉浑身像被火烧一样，肺里痛痒难当，抚着胸口拼命咳了半天，把刚才吸进去的粉尘咳出来，又打开衣服的降温功能，驱散周围的炎热，过了几分钟才好受了一些。伸手去摸刚才进来的地方，貌似已经被一块天降巨石给堵死了。

"真他妈的！"我在黑暗中连声咒骂，"好端端出来旅游，竟然碰到小行星撞地球！世界上还有比这更倒霉的事吗？！"

这并不是一个真正的问题，但却被一个声音回答了。

"呼哧……呼哧……"

那是某种呼吸声，不算响，但绝不是幻听。同时，我才注意到周围有一股难以形容的腥膻气息，背后的联想让我顿时毛发直竖。

那是什么？到底是什么？

"嘎！"一声又像蛙叫，又像鸟叫的怪声在黑暗中响起，随即耳畔风生，某种东西在黑暗中扑了过来！

3

"妈呀！"我吓得魂飞魄散，大叫一声，转身就跑，却忘记了根本无路可逃，"砰"地正面撞上了岩石，顿时头破血流，伤上加伤。

我没工夫叫疼，背后好像已经被什么锋利的东西够到，我一低头，又向另一个方向逃去，身后的黑暗中，看不见的怪物紧追不舍，我能听得到沉重的脚步声。没几步又到了一个死角，我绝望地紧紧贴着石壁，感到腥臭的热风伴着湿气从黑暗中吹来，某种似乎是从喉咙深处发出的咆哮在洞中来回震荡，可以肯定，这声音的主人近在咫尺。

一个软趴趴、湿嗒嗒的东西已经碰到了我的后颈，我本能地闭上了眼睛，等着被不知什么样的怪兽吃掉，这时候，我的心跳肯定已经超过了200下。短短二十多年的人生在眼前放起了电影：工作被炒，唯一一次恋爱被女朋友甩了，买智能玩偶买到假货，大学作弊被抓，中学被同学校园暴力，小学被逼着上各种苦不堪言的补习班……悲惨的一生啊，这么说来，死了也不算太可惜……

等到这幕电影放到我人生最早的一个记忆——4岁跟爸妈去太空城被失重吓哭——之后，我才发觉了蹊跷，为什么我还能活着回忆完这一切？也许我已经在它的肚子里了？但是……至少我还能感到自己疯狂的心跳。

难道刚才的一切是幻觉？并不是，咆哮和腥风仍然就在身后，那湿乎乎的东西还会不时碰到我，那究竟是什么鬼东西？为什么它不干脆吃了我？

这时我才想起来，手上的智能表就有手电功能。我犹豫了一下：也许看得到那东西比看不到更可怕……

最后，我还是以最小幅度转过身，战战兢兢地打开了手电。一束光从我的手腕射向对面，山洞里亮堂起来。

我看到了一副噩梦般的画面：距离我的脸只有零点几米的地方，是一张恐怖的血盆大口，上颌与下颌之间张开几乎有120度，上上下下都长满了小刀般的獠牙，猩红的长舌头在牙齿间翻动着，向外伸出——这也是它刚才一直碰到我的部位。在巨吻的下方，两只镰刀般的巨爪也在疯狂地挥舞着，堪堪从我身边几厘米处掠过，只要被碰到一下，就是被开膛破肚。

突如其来的光线让那怪物吃了一惊，它发出愤怒的叫声，向后退了几步。这下我能看清它的全貌了，那是一只四分像鳄鱼，三分像鸵鸟，三分像袋鼠的动物，用粗大的后腿站立，浑身长满了难看的红黑色条纹，身上都是疙疙瘩瘩的皮肤。它的爪子很长，但脖颈更长，所以够不到嘴的前面。它的头骨高高隆起，头顶长着一排威风的蓝色羽毛，羽毛下方是一对很小的、鳄鱼般的眼睛，正放出狡诈的目光。

毫无疑问，这位黑暗杀手是一头恐龙。

我也看清了周围的环境。这不是什么深不可测的神秘溶洞，只是一个普通岩洞，长大概有七八米，宽大约3米，高也是三四米左右。山洞中有不少动物的骨骼和石块，还有一些树叶，但除了进来的入口，没有任何其他出路。

这是这头恐龙的巢穴吗？它在这里吃掉了多少动物？我恐

惧地想，为什么它还不吃我？

这头恐龙不知怎么没法再接近我一步，只能在离我几厘米的地方进行徒劳的尝试。我小心翼翼地抬起手电，照向它身后，才发现答案，它身上和我一样，有好几处伤口，正在往下淌血，左腿上的伤口尤其触目惊心，一大片血肉都翻在外面，这家伙大概是刚才在周围觅食，在逃进山洞之前，也被末日的死亡风暴整得很惨。

但主要阻碍它行动的，是洞壁上出现的一道横向裂缝，大概也是地震造成的，天知道怎么搞的，它的尾巴末端正好被夹在裂缝中，被半座大山的重量压着，无法摆脱，这家伙的尾巴已经绷得笔直，却还是差个零点零几米，无法够到我。

我的心脏仍然在胸腔里打鼓，喘息不已，但大脑恢复了一点思考能力。不管怎么说，看来我暂时不会死。我端详着山洞的大小和角度，靠在石壁上挪动着，尽量找了一个离它最远的位置，但顶多也就能拉开一两米。恐龙见我越移越远，最后做了一次攻击的尝试，但尾巴上的疼痛让它鬼叫了一声，不得不缩了回去。它的眼珠转了转，大概也知道无望再碰到我，又退了一步，慢慢卧倒在地上，粗重地喘息着。

我端详着眼前的恐龙，估算着它的实力。它的身高和我几乎一样，也就是1米8左右，整个身体大概有三四米长，看起来体型很是壮硕，体重应当有300到500公斤，当然不可能和霸王龙、棘龙之类的大家伙比，在恐龙电影和游戏里，这种小恐龙就和侏儒差不多，最小功率的激光枪都可以轻松干掉一群。但当它真正站在你面前一两米外，中间没有任何阻挡的时候，就完全不是那么回事了。

我又打手电确认了一下，入口的确已经被一块哪怕霸王龙也挪不动的巨石堵死了，暂时无法脱身，我坐在一块大石头上，打开背包，摸索着可能用来对付这头恶龙的家伙。

每个参加史前旅行的游客都会担心碰到凶猛的食肉动物。但时间旅行管理法规不允许我们携带任何武器，担心如果随意杀死一头史前巨龙也许会改变历史。再说，动物保护组织也会提出抗议，造成很多麻烦。当然，对这种事不会毫无防备。为了保护我们，时间旅行社也派遣了若干带有麻醉枪和其他武器的智能蜂机在我们头顶巡航。当遇到有危险的猛兽时，可以将它们麻醉和赶走。可现在，那些蜂机不是坠毁，就是被超级风暴吹到地球另一边去了，只剩下手无寸铁的我。

我在背包里摸了半天，东西很多：自动牙签、折叠激光笔、音乐光屏T恤、眼镜式VR游戏机、变形交感体验内裤——换句话说，什么有用的家伙也没有。

那恐龙还在盯着我，和它对视让我越发毛骨悚然。我想了想，把手电的亮度调低了，智能表依赖太阳能，平时虽不用充电，现在可未必能用多久。

知己知彼，百战不殆。我得先搞清楚这究竟是头什么龙。我搜索着自己那点不多的恐龙知识，很多还是旅游前恶补的。

它的身形有点像伶盗龙，看爪子像恐爪龙，头颅很大，又像是厚头龙……先别管它是什么龙吧，重点是植食性的还是肉食性的？看这满口的獠牙，答案应该很明显……

我想到一个办法，让智能表的镜头对准了恐龙，放出一道绿光，在恐龙身上进行扫描，恐龙一惊，向后缩去。但瞬息间，通过几道射线，我已经获得了它从皮肤到骨头的整个模型和海量数据，通过内置的数据库进行匹配，很容易判明到底是什么物种。过了片刻，智能表盘就在我眼前投射出了一排排的文字资料：

物种分析结果：

真核生物域

动物界

脊索动物门

脊椎动物亚门

四足形类

蜥形纲

双孔亚纲

主龙次亚纲

鸟臀目

兽脚亚目

伤齿龙科

蜥鸟龙属

很抱歉，无法确定具体物种。

看到最后一行，我气得咯血三升：说了半天全是废话，连什么物种都搞不清楚，有什么用？

不过，随后浮现的一行字又让我转忧为喜：

扫描发现，该生物受到严重创伤，背部大面积烧伤，左腿正在失血，第六尾椎骨断裂，健康水平C-，需立即救治。如有需要请联系动物福利中心，联系方式……

救个头啊，死得越快越好！

4

就这样，我坐在山洞角落里的一块平整石头上，盯着那头什么蜥鸟龙，等着它一命呜呼。这当口地球上的恐龙九成九都转世投胎去了，你还赖在这世界上干什么呢，早死早超生嘛！应和着我的祝福，它躺倒在地上，身上的伤口汩汩流血，不时动一下爪子，发出咕咕的呻吟声，看上去每一秒钟都比之前更加衰弱。

我又瞄了　眼表上的时间显示，上午10:47。当然是2116年的时间。我们在10点整穿过时空门，从我到达白垩纪到现在，发生了那么多事，居然只过了47分钟。

而我清楚，时空门还在外面开启着，将持续整整12个小时，也即是我们此次白垩纪之旅的时长，这是事先设置好的。纵然是毁天灭地的灾难也不可能摧毁时空门，因为它并非由实体物质构成，只是时空扭曲造成的一个孔洞，看上去就是一个直径两米的光环，里面看起来是一个光的漩涡，幻化出缤纷的颜色。

我回忆着时间旅行的基本知识：从2116年那边来说，时空门只会出现几秒钟，不论你在白垩纪待多久，都是瞬间返回，返回后，时空门也就关闭了。这也就意味着，未来没有可能派人来救我。就算再派人来，因为时间旅行本身的"量子不确定性"，不可能同时准确定位时间和空间。如果要精确回到这个时间点，也许你会出现在地心或者外太空，如果要精确回到这个位置，往往不是跳到几千年前就是几万年后（这次事故也是因此而发生），找到我的机会微乎其微。我知道的几次时间旅行失联事件，都是给家属一笔抚恤金了事，没人会去找那些倒霉蛋。

所以，唯一的生机是我能在12小时，不，11小时又13分钟里，爬进那道迷人的光门。但现在的问题是，我怎么能离开这鬼地方？

管不了那么多了，先等眼前的恐龙死了再说，我想。

煎熬中，又是半个小时过去了，蜥鸟龙渐渐停止了身体动作，眼睛也逐渐闭上了。死了？我侧耳聆听，仍然能听到细微的呼吸声。它的肚皮也在微微起伏中，看来只是昏过去了。我微感失望，但告诉自己，耐心，再耐心等一会儿。

　　我又等了大半个小时，已经过了12点，恐龙的呼吸仍然存在，而且渐渐趋向平稳匀长。我又打量了一下它腿上的伤口，发现居然已经凝固了，没再流血。它死不了，至少一时半会死不了。

　　现在该怎么办？

　　亲自搞死它！我一咬牙，决定动手，但身上没有任何武器，只有一个背包，总不能拿它去砸吧？

　　等等，砸？我的视线落在身边，心中一亮，暗骂自己不开窍，怎么没有武器，这地上可有的是！

　　我捡了一块拳头大的石头，又放下了，这玩意还不够给恐龙挠痒的。又抬起一块足球大小的，足有十来公斤，但还是觉得不够分量。左顾右盼，再没有合适的石块，我找了半天，焦急中摸到屁股下的石板，心下一动：这块石头差不多有两个枕头那么大，可以把整个恐龙脑袋都压在底下，这回不信你不死！

　　我弯下腰，吃力地将这块大石头抬了起来，感觉它至少有四五十公斤重，绝对没有远程抛过去的可能，只有自己走过去砸。我双手抱着石头，吃力地挪动脚步，虽然只有不到两米远，但每步都步履艰难，身上的伤口仿佛又都裂开了……再坚持一下！我只有想象着自己在抱前女友……只是重了一点……马上就到了，一步，又一步……

　　终于到了恐龙面前，它仍然紧闭着双眼，对自己即将面临的死刑浑然不觉。去死吧！我用力想将大石块举起来——怎么举不起来——再用点力——用力——

"砰"的一声巨响，石头落在了地上。

"啊！"

"嘎！"

发出"啊"的是我，那块大石掉了下来，悲惨地砸中我的右脚尖……也不知骨头断了没有。

发出"嘎"的是那头蜥鸟龙，它被我惊醒了，看到敌人在眼前鬼鬼祟祟的，它发出一声怒鸣，猛然跳了起来，冲着我就咬！

我把伤脚从石头下挣出来，连滚带爬地鼠窜到刚才的安全角落里。惊魂初定，回头一看，却发现蜥鸟龙一个猛跃，竟生龙活虎地跳到了我的面前。这不可能！它的尾巴明明——

我的目光扫过它身后，那半根尾巴的确还压在裂缝里。

但是已经……脱离了身体。

5

失去尾巴，重获自由的恐龙兄不顾疼痛，毫不犹豫地咬向我。我仓促间低头避过，撒腿又往它身后跑去。它的尖爪从我耳边划过，我侥幸脱身，可没几步便到了山洞尽头。蜥鸟龙也转身冲了过来。

不可能再逃了。我心一横，像大猩猩一样，用手捶打着胸口，歇斯底里地大叫起来："哇啦哇啦，稀里哗啦，你的死啦死啦地干活……"

蜥鸟龙果然被我唬住，暂时停住了脚步，歪着头看着我。

我其实已经吓得魂不守舍，但形格势禁，再无退路，只有一个劲地蹦跳叫嚷，巴望把它吓得缩回去。但蜥鸟龙并没有被吓退的迹象，只是换了个角度，饶有兴味地继续看着我的"表演"，就像在看猴戏一样……混蛋！究竟谁是动物啊？

"咿……呀……"

为了维持人类的尊严，我没有继续学猩猩的动作，而是一声长啸，打了一套太极拳，指望用东方功夫把它镇住。我把"揽雀尾""白鹤亮翅"等玄妙招式一招招使出来，可身子越来越吃不消，特别是被砸中的右脚火辣辣地疼，感觉脚掌都快断掉，却还不得不继续下去，这时候，发生了一件更悲剧的事，我刚使到"左蹬脚"，受伤之余，重心不稳，一个趔趄，竟仰天而倒。

我一时爬不起来，蜥鸟龙见我这套"黔之驴"的开胃表演结束，也向前走来，打算正式享用哺乳类大餐。眼看它举起利爪，就要行凶。我情急之下，掏出折叠激光笔，一束白灼的激光激射而出，正中它的左眼！

可惜，这不是那种能融化金属、刺穿飞船的激光，只是用来进行指示的光束，功率非常之低，最多是在皮肤上引起一点灼热感。但强光恰好对准了恐龙的眼睛，让它眼睛一痛，惊恐中发出"呱"的一声大叫，扭头逃窜。我趁机爬了起来，继续呼喝着，连连晃动手上的光束，就像挥舞光剑的绝地武士一般。蜥鸟龙恐惧不已，口中发出呜呜的声音，垂下断了半截的尾巴，一步步退后。

我又一次死里逃生。不管怎么说，这多进化了6500万年的脑瓜还是蛮管用的，我颇感欣慰。

但现在又能怎么样？

只能等死——不是它死，就是我死。

山洞里暂时又恢复了平静，蜥鸟龙被激光笔吓住，不敢再进犯，乖乖地趴在另一边，我当然也不敢再招惹它，只希望它尾巴上的伤口再大一点，让这家伙的血早点流光。

但蜥鸟龙开始像小狗一样舔舐自己的伤口，似乎还颇有效果，血又渐渐止住了。我又开始感到焦急，激光笔的电不久就会用完，到时候还有什么能制住它？

正在着急，另外有什么动物"咕咕"地叫了起来，声音居然就来自我身边。我吓了一跳，手忙脚乱地找了半天，才发现发出叫声的"怪兽"是我的肚子。

我稍微松了口气，再看看时间，僵持了这么久，已经是下午一点，从出发到现在什么也没吃，也难怪腹饥难忍。这么一想，更觉得手足无力，饿过头了。先吃点东西再对付那饿肚子的恐龙，不是会更有优势一点吗？即便要死，做个饱死鬼也好过当饿死鬼。

我盯着恐龙看了几眼，见它仍然在专心地舔舐着自己的伤口，并没有太注意我这边，才略感放心。我从背包中拿出了一袋真空包装的压缩食品。这东西本来不是常规的午餐。午餐由时间旅行公司负责，包括烤肉、炸鸡、蘑菇沙拉和薯条，我们本来会在湖边野餐，还有歌舞表演……现在这些都别想了，这袋食品属于野外求生套装，时间旅行公司在每个人的背包里都放了一份以防万一。据说是高度压缩的能量食品，吃几口就可以抵上一顿饭。不过这东西我从来没尝过。

我把真空包装打开，里面的食品迅速膨胀变大成一种白色的固体，手感像橡皮，但还要厚实很多。我抱着吃橡胶的决心咬了一小口，发现虽然难嚼，味道还颇为鲜美，感觉是一种人造肉类。我吃了两口，慢慢感到自己的胃部被某种温暖的东西充实起来。

我吃了大概有十分之一就饱了，正要将剩下的压缩食品放好，却发现蜥鸟龙昂起头，一对小小的眼睛死死盯着我，鼻子抽动着，腥臭的涎液不住从獠牙间流下来。我想起一件事，闻了闻手上的食物，的确散发着一股淡淡的肉香，这东西不可能瞒过肉食动物的鼻子。蜥鸟龙应该也饥肠辘辘了，怎么经得起食物的诱惑？果然，它慢慢站起来，又一步步试探性地走过来。

我威吓地喊了两声，祭出法宝激光，把它吓退了几步。但毕竟食物的诱惑太大，这回恐吓战术也不灵光了。它稍等片刻就又向我靠近，从喉咙里发出古怪的威胁声。我更加频繁地扫动激光，结果事与愿违。一开始恐龙还怕它三分，后来发现只要不碰到眼睛，就算落到身上也没什么大不了，甚至连躲都不躲了……

激光没用了，这也就意味着，蜥鸟龙有恃无恐。眼看它越走越近，随时会发起进攻，怎么办？

只有一个法子。虽然我不想用，但是……没办法了。

我深吸一口气，将手伸进背包，拿出了最后的秘密武器。我暗自叹了口气，将它打开，像扔手雷一样抛向那正在逼近的恶龙。它似乎也感到了不对，高高跃起，将剩下的一大块人造肉叼在口中，一仰头，吞了下去。

6

我放弃了可以吃3天的食物，总算换取了恶龙一时的平静。

它又回到自己的角落里，卧在地上，静静地消化着从未享受过的美餐。人类可以支撑3天的食品，对它来说也许只够吃一顿半顿。我只希望食物能够在它胃里待的时间久一点。让我在被它吃掉之前想出脱身之计来。

时间一分一秒地过去，大约半小时后，我感到身上发生了一些奇怪的变化。除了肚子饱了之外，伤口也不疼了，似乎都开始愈合了。头脑变得敏捷，身上的力量也在增长，甚至有一种神清气爽的感觉……

　　我想到了什么，找出刚才那包压缩食品的包装袋来一看，果然在成分里有"生命急救素（0.25%）"的字样。这生命急救素与时间机器并列为22世纪以来最重要的发明。它不是一般的化学或生物制剂，而是一种微小的智能纳米机器，能够修补伤口，杀灭细菌病毒，代替红细胞增加血液运氧能力，中和体液中的钠离子以取代对水分的需求，以及根据人体的实际状况进行其他调整。在野外应急的压缩食品中含有这种成分倒也不稀奇，还正好能帮助我应对紧急状况，真是天助我也！不过唯一的问题是……它只能帮助人吗？

　　我望向对面的蜥鸟龙，巴望为人体研制的生命急救素不适用于它，最好和它的免疫系统发生冲突，让它赶紧给我死翘翘！可现实又一次让我失望了。蜥鸟龙的伤口也有明显愈合的迹象，它站了起来，甩了甩头，挥舞了一下前肢，精神抖擞。更糟糕的是，它还在盯着我，歪着脑袋，小眼珠不住转动，一副好奇的样子。暂时还没有进一步行动，但是估计也快了。

　　没错，生命急救素让我的健康恢复到良好的水平，我还练过两年中国古拳法，但面对同样恢复了健康活力的、体重至少300公斤的恐龙，我想多活1秒钟都难。要和眼前的上古巨兽周旋，还得靠我那多进化了6500万年的大脑。

　　要说我这脑子还真灵光，左顾右盼中，我无意间抬头向上看去，竟然发现了一个逃生的办法。我头顶3米处有一块明显凸出的岩石可以容身，而下面有一些石缝和岩面不平处可以搁脚，应该是能够爬上去的。但那家伙会不会也爬上去？我又看了对面的恐龙一眼，从它的体型断定没有这种可能。

只要爬到上头就安全了！眼看蜥鸟龙也越来越躁动，我不敢耽搁，转身就往上爬去，但山岩光滑，第一脚就差点滑脱。该死！我身为猿猴的后裔，不能连看家本事都丢掉了！我手脚并用，总算爬上去了一步，下一脚再踩在另一边的石缝里，再上一步……

我吃力地往上攀爬了几步，爬到一多半时，回头往下看去，又吓得魂飞天外。蜥鸟龙已经悄没声息地走到了我刚才待的地方，就在我的正下方，正仰着头好奇地看着我。鼻尖距离我的脚跟好像只有几厘米，只要稍微跳起来一点，就可以咬住我的脚，把我拽进地狱。我忙拼命往上攀去，祈求能及时逃出这恶魔的死亡之吻。总算又上了好几步，还有1米，半米，几分米……

我终于抓住了那救命的石头外沿，但把脑袋伸上去，看清楚上面的结构时，又不由得叫一声苦。原来在下面看不真切，其实那凸出的大石上方并不是一个平坦的台面，而一大半是坡状的斜面，斜斜地没入山体，人根本没法待在上头。看起来只有先下去了……等等，下面有什么来着？

我终于意识到了自己的悲惨处境：我是上也上不去，下也下不来了。

7

5分钟过去了。

这5分钟对我相当于50分钟，可以搁脚的地方非常狭小，我几乎是用右脚的脚尖支撑身体，比芭蕾舞演员还要辛苦。但这是目前唯一能避开下面恐龙尖牙利爪的地方。可这样显然支撑不了多久，我到底该怎么办？！

雪上加霜的是，该死的蜥鸟龙跑到我这里来原来不光是想看我在干什么，它还有更迫切的生理需求。它蹲了下来，在我刚才待的地方拉了一大泡屎。我就在这堆粪便的正上方，差点被臭气熏晕过去。这可恶的家伙，难道想把我熏下来吗！

就算熏不下来也待不了多久了，我想，目前的法子只能是再吓唬那死恐龙一下，把它吓跑，最好吓死。可怎么吓它呢？激光那套已经不灵了，还有什么比这更令它害怕的？还有什么？

我的脑子疯狂地转了起来。倒还真让我想出了一个好办法。

我在智能表上按了几下，调出了一个视频，用三维外放模式投射到了洞穴中央。洞穴里出现了一群昂首阔步行走的巨龙。

这是一段科普视频，是前几天旅行社发送给我们的材料，内容低幼，是给小孩子看的，我只看了半分钟就关掉了。不过幸好没删，还存在数据库里，此刻正好可以调出来。

"在中生代的古老地球上，"一个浑厚苍凉的画外男低音响起了，这声音是电脑合成的，模仿100年前一个赵什么的播音员，很有感染力，"生活着一群被称为'龙'的神秘生物。它们是地球上所孕育的最庞大的陆地动物，曾统治这个世界1亿5千万年之久，在漫长的史前岁月里，演绎出一幕幕气壮山河的生命史诗……"

随着他的讲述，梁龙、腕龙、剑龙、三角龙、霸王龙等各式各样代表性的恐龙种群出现在洞穴中央。或走或卧，或捕猎或打斗，视频里没有出现蜥鸟龙这种小角色，但是身下的蜥鸟龙已经被吸引了全部的注意力，转过身好奇地看着这些远房兄弟。其中不少在几千万年前就灭绝了。

一群禽龙出现了，脚下的蜥鸟龙变得更加兴奋，甚至围着它们转起了圈子，一副跃跃欲试的样子，我估计禽龙是它的主要食谱。我稍微调整了一下画面，让禽龙的影像投射到对面的石壁里，而且渐渐变小，仿佛正在走远。蜥鸟龙果然上当，跟着冲了过去，脑袋一头撞在了石头上，摔倒在地。可惜并无大碍，它随即又爬了起来。

此时，男低音又响起了："……6500万年前，一颗小行星终结了恐龙王朝，给地球的生物圈带来了一场灭顶之灾……"画面上，显示出大山一样的小行星穿越无边太空，飞向地球，冲进大气层。正是几小时前所发生的事。它以每秒几公里的高速撞击到了地球上，一个几十公里的大坑出现在日后加勒比海的位置，海啸席卷了整个墨西哥，数万亿亿吨岩石碎裂开来，飞向空中，越过几百公里距离，又变成火球坠下，整个地球颤抖着，被迅速扩散的黑色云团所吞没……

各个大陆上，一群群恐龙悲嘶着狼奔豕突。被地震摔倒，被岩石砸中，被大火烧成焦炭，在灰尘中窒息……蜥鸟龙刚才还在兴奋中，一下子被画风的突然转变吓得失魂落魄。视频中的合成画面对它来说完全是真实的。它大声怪叫起来，疯狂地上蹿下跳，想找到隐蔽地点，但它已经分不清视频和真实世界了。在光与影的变幻中，这可怜的蠢货一遍遍撞在石头上又摔倒，身上血花飞溅，就像一只想飞出玻璃瓶的苍蝇，非把自己撞死为止。我看着竟有点不忍心，但问题是，你不死我就得死啊！

眼看这招就要奏效，但忽然间，山洞又开始了剧烈的颤抖，见鬼，怎么偏偏这时候发生余震？

"啊呀！"

我本来已经是强弩之末，很勉强才能站住，此时更支撑不住，从落脚的石头上跌了下来，悲惨地摔在那一泡龙便上……

但此时我也顾不得污秽恶臭，地震还没有结束，坚实的山脉就像是积木搭成的，疯狂摇撼着。上头不时有石头碎屑坠下，堵在洞口的石块似乎在移动崩塌。整个山洞随时都可能化为乌有，我看到蜥鸟龙用一个奇怪的姿势缩成一团，把脑袋弯到了两腿之间。我也只能捂着脑袋，龟缩在山洞的一角。心里忽然想到，如果我们俩被压扁后，骨头叠在一起，几千万年后变成化石出土，会被当成什么物种？

好在这次余震很快就结束了。我居然没受什么伤，抬头一看，惊魂初定的蜥鸟龙伸出头，和我对视，似乎也没出什么大事。再次死里逃生的喜悦从心底升起，我情不自禁地冲它笑了笑，感谢上苍又给了我们一次生命的机会……呃，好像哪里不对……

果然蜥鸟龙又站了起来，一步步朝我走来。我忙吩咐智能表继续放刚才的视频，但它压根不回答我，大概是被蜥鸟龙的粪水泡坏了……这次真的要被吃掉了吗……

我再次绝望地闭上了眼睛。

8

不知怎么回事，我也没一开始那么惊恐了。在凶残的恶龙面前，手无寸铁的我坚持了好几个小时，可毕竟人力难以胜天。那就这样吧，我想，不要再做无谓的挣扎，死得有尊严一点。反正就算没被它吃掉，我也逃不出去，也许只能死得更悲惨……

我能感到蜥鸟龙已经站在了我跟前，但一直不见动作。我忍不住又睁开了眼睛，蜥鸟龙的确离我很近，但大概是我身上沾了它的粪便，它嗅了几下，似乎也感到恶心，不知如何下嘴，只是围着我打转。

同时，我也发现了一点不对：它头上那一圈浓密的蓝色羽毛全都消失了。

这家伙刚才乱窜中撞了好几次石壁，掉几根羽毛自然不稀奇，但不至于一下子都掉光了吧？掉到哪里了？我环顾四周，才发现答案就在眼前。

但这个答案……不可思议。

一个似乎是木头打磨的弯曲物体上插着很多根羽毛，就掉在我的脚下。看起来类似一个发箍或者一顶帽子，木头上还隐隐可以看到一些雕刻的粗糙花纹。

这是……一个人造物？

可这是人类诞生前6000多万年。

难道这东西是某个穿越者留下的？还是——

我惊骇地忘记了一切，只是僵在那里。就在这时候，恐龙又做了一个奇怪的动作。它的左上肢不知怎么动了几下，爪子就当啷一声，掉在了地下。

我更惊得头脑一片空白。向那爪子看去，原来是某种类似手套的东西，上面的利爪连着下面的某种皮革，我还没看清楚是什么，另一只"爪子"也掉了下来。

我看到了这只蜥鸟龙真正的前爪，3根指头细长而灵活，明显可以干别的很多事情，比如制造和使用工具，而那只金刚狼式的"长爪"，只是佩戴在手上的工具；我还看清了它身上的红色条纹，有一些花里花哨的线条，不太像是自然生成的，仔细看来似乎是用什么颜料画上去的装饰；就恐龙来讲，它的脑袋有点太大了，头骨高高隆起，显示出后面有一个容量可观的大脑，它的目光看上去就像会说话一样——

难道这头恐龙——

有智能？！

我目光又扫向四周，发现了更多之前没有注意到的细节：洞里的石块和骨头形状各异，有的明显是打磨过的工具，几个头骨放得颇为整齐，像是装饰品，角落里的树叶精心铺成床铺的形状……毫无疑问，这种恐龙确实是智慧生物。

我感到一阵天旋地转，原来自己一直自命不凡的智力优势只不过是可笑的幻觉，我不由自主地双膝一软，几乎要跪倒在地，求这恐怖的旧日支配者饶命，但刚要跪下，蜥鸟龙已经反过来冲着我举起前肢，慢慢趴在地上，低垂头部，把屁股和尾巴翘得老高，口中发出某种低沉的声音。

这难道是吃掉猎物前的某种仪式？不，不像，这样毫不设防，对方明显可以攻击它最脆弱的地方，没有比这更傻的做法了。除非……除非它是在……

求饶？

不会吧，我不敢相信，明明是我被它逼得无路可逃，束手待毙，它如果是智慧生物，会不知道？

但是且慢，如果从蜥鸟龙的角度看呢？突如其来的恐怖风暴席卷天空，然后出现了一个怪物，像是来自地狱的小恶魔。最初，自己受惊之下，当然想立刻干掉对方。但对方的手上会发出可怕的强光，然后用食物喂饱自己，治好了自己的伤口，还让自己看到他降下天火，毁灭无数巨龙的异能……

没错，任何会思考的生物都会得出一个结论：对方是天神下凡，必须立刻表示顺服，否则只有死路一条……真是聪明反被聪明误呀。

蜥鸟龙顺服地伏在面前，我的大脑飞速转动着，思考着眼前的局面。从来没听说有任何古生物学家发现白垩纪的恐龙进化出了智慧的，但摆在面前的事实无法否定，看来是蜥鸟龙的一支在白垩纪最末期的几万年里产生突变，智力突飞猛进，达到了原始人的水平，已经能够制造简单的工具和装饰品，可是在它们能发展出更高级的文明之前，那颗小行星毁灭了一切……好险，这个星球差点就没人类什么事了。

在人类之前6000多万年，地球上已经诞生了其他智慧生命，这是何等重大的发现！我激动地想，全世界所有的媒体都会争相报道，我的名字会和第一个发现恐龙的人一样家喻户晓！等等，第一个发现恐龙的人是谁来着……不管了，反正我的名字会家喻户晓！

我不由兴奋地手舞足蹈起来，但一时过于兴奋，刚刚受伤的脚趾又踢到了石头上，一阵剧痛把我带回了现实：要是不能离开这鬼地方，就算发现人是恐龙进化来的也没用。

既然蜥鸟龙暂时不敢再攻击我，我总算可以把注意力转移到离开这里的问题上。我关闭了视频，调亮了手电光，再次照向出口处，却意外地发现刚才的余震后，原来那块山一样的巨石翻倒了，但是出口处还是被一堆新坠落的石块堵死，绝大部分我根本不可能搬动。

等等，虽然我搬不动，但是……

我望向乖乖伏在地上的蜥鸟龙，嘴角慢慢露出一丝微笑。

9

咱们工人有力量，

嘿！咱们工人有力量！

每天每日工作忙，

嘿！每天每日工作忙，

盖成了高楼大厦，

修起了铁路煤矿，

改造得世界变呀么变了样！

……

伴着慷慨激昂的老歌，蜥鸟龙忙忙碌碌地清理着出口外的石块，用有力的前肢把一块块石头搬起来，从洞口运到洞穴深处放置。

刚才我稍做了几个动作示意，它就明白了，毕竟进化出了智商，它也知道如果不能出去，只有困死在这里，所以它赶紧行动了起来。

我则趁机把被它弄脏的衣服脱下，换上了光屏T恤，这东西不但可以显示动画，还自带音乐，我便放音乐给它助威。倒不是我不想帮忙,有些小石头还是可以搬动的,但是如果暴露出自己本质上只是一只身体孱弱的小动物,连大点的石头都抬不起来,蜥鸟龙又不是傻的,说不定就看出猫腻,还是小心点好。

不过这上上个世纪的歌声还是蛮有效的,恐龙兄一开始有点害怕,但音乐不愧是全宇宙通用的语言,它很快扭起了屁股,喉咙里发出"咯哒咯哒咯咯哒"的声音,好像是打拍子应和,看起来很兴奋。大概它现在认为这场浩劫不过是神灵的考验,自己一定能离开这里吧。

但渐渐地,洞穴后部堆满了石头,外头还是没半点打通的迹象,好不容易搬开一块,上头的其他石头又压了下来,我的心也渐渐沉了下去,也许半座山都塌下来了,那根本就没有清空石头的可能。

但我深深吸了口气,感觉和外头的空气还是连通的,那么洞口的石头也许不会太多?否则空气也不会流动,不管怎么说,死马当活马医吧……

一个小时,又一个小时过去了,转眼间已经是(2116年时间)下午6点多,距离时空门关闭,已不到4个小时。半个山洞里都堆满了石头,但洞口的石堆毫无减小的迹象。光屏T恤的电量也耗得差不多了,我只有把音乐声关了,蜥鸟龙耗尽了力气,也蔫了下来,动作越来越迟缓。终于,把一块大石放下后,它无力地坐倒在地下,喘着粗气,望着我,眼神中都是焦躁和怀疑。

　　它不会又凶性大发吧？我惴惴地想。当它发现我其实什么都干不了，也没法帮它脱困的时候，我的生命也就要进入倒计时了。我觉得嗓子发干，我想告诉它，只要它肯听话乖乖干活，就算死了也能上天堂，那儿有72头还没生过蛋的小母恐龙等着它……可惜语言不通，没法让它理解这些精妙的神学知识。

　　"orororrrrrr……"蜥鸟龙盯着我，忽然甩动着脑袋，发出一种难以形容的声音，像是祈求，又像是啜泣。我不知道该如何应对，蜥鸟龙又站起身，朝我走来。

　　"你、你干什么？冷静，兄弟，冷静，咱有话好好说……"我结结巴巴地说道，都不知道自己在说什么。

　　但这次，蜥鸟龙并没有攻击我的意思，而是从我身边走过，走到我身后的岩壁处，伸出一只爪子，指着它呜呜地叫了起来。

　　这是玩哪一出？我顺着它的目光看去，不由大吃一惊。

　　在几块岩石的表面，刻画着很多图案，大部分只是石头表面上一些简单的线条，一些涂有颜料的也十分黯淡，不仔细看根本看不出来，以至于我在这里好几个小时都没注意到。但细细看来，这些原始图画其实十分生动活泼。寥寥几笔，就勾勒出巨龙漫步，翼龙高飞，还有鸟类和哺乳动物穿插其间。最多的当然是这种智慧蜥鸟龙，有的画面中，七八头蜥鸟龙在一起捕猎一头泰坦巨龙，一头勇敢的蜥鸟龙正在高高跃起，跳上巨龙的背脊；有的画面中，它们在围猎一群禽龙，手中拿着某种标枪状的武器，有几根已经刺进了禽龙的背上；有的画里，它们手执武器，手舞足蹈，不知在打仗还是跳舞；有的画里，一只蜥鸟龙身边围着很多蛋，几只小龙正在从蛋壳中爬出，显然是母亲和她的孩子……还有很多我不明其意的图案。天，这简直就是一幅白垩纪的《清明上河图》！

而面前的这头蜥鸟龙，望着这些岩画，哀伤地叫着，甚至把脑袋放在石面上摩挲着。显然，岩画里的那些蜥鸟龙和它关系密切。可能是它的祖先，族人，画中甚至可能有它和它的亲人的存在……

如今它们安在？

不用问了。也许它亲眼看见了亲人的惨死，也许它是这场浩劫中还活着的最后一只智慧蜥鸟龙。

泪水渐渐湿润了我的眼眶，对我来说，最多是我个人死在这里，但我的人类同胞还有百亿之众，在6500万年后享受着文明开化的生活，甚至飞向宇宙深处；但并不比我们愚钝，甚至可能智力更高的一个古老种族，没有任何过错，却因为天体间的引力游戏，而注定被来自外太空的灾星彻底灭绝……

蜥鸟龙蹲在我身边，可怜巴巴地望着我，我不知不觉地把手放在了它的头顶，轻轻摸了它一下。等反应过来，我自己也被自己的动作吓了一跳，忙缩回了手。但它却靠了过来，用身体蹭了蹭我。它的身子十分暖和，并没有所谓冷血动物的感觉。

"兄弟，这不是世界末日，"我无力地试图安慰它，"一切都会好起来的。天上的黑云终会散去，大地会重新郁郁葱葱，鸟儿会飞翔在天空上，各种野兽会重新繁衍生息，这个世界会迎来新的盛世，你们……呃，你们会在遥远的未来被重新记起，被后来者永远怀念。我们还会发明神奇的机器，跨过亿万年时光来拜访你们……"

蜥鸟龙继续呜呜了几声，也不知听懂没有。但不管怎么说，它似乎感到了我的善意，表现得很是温顺。我想起来，包里还有一瓶太空彗星水，其实我早已口渴难当，但怕又被这家伙夺走，一直藏着不敢拿出来，此时一激动，便拿出来和它分享。蜥鸟龙认出了水的样子，快乐地叫了起来。

我把瓶盖拧开，指了指它的嘴巴，蜥鸟龙会意张嘴，我便将水小心地倒进它的嘴里，本来想给它喝一半，自己留一半，但没倒几下，蜥鸟龙已经用牙齿叼住瓶子，昂头将水一滴不剩地倒进喉咙，又嚼了好几下瓶子，感到无法下咽才吐到一边。我的水啊……

我正欲哭无泪，贪心不足的蜥鸟龙却指着瓶子，又叫了起来。身体语言十分清楚：我还要！

"我哪还有水！"我斥道，"这下我自己都没得喝了。要喝水，快把石头搬开，外面有的是水喝！"我伸手指着堵住洞口的石堆。蜥鸟龙或者明白了我的意思，或者以为再搬石头才有奖励，于是又干劲冲天地当起了苦力。

这一回，不久后，果然有了转机。

蜥鸟龙搬开一块石头后，一股热烘烘的风吹了进来，终于打通了！

我兴奋地冲上去，用手电照着查看，却发现还有两块巨石在外头把通路封死了，打开的其实不过是两块巨石底部间一条狭窄的孔洞，大概够一条小狗钻过，但要是人钻出去就有点勉强，蜥鸟龙就别想了。而那两块巨石比最大的霸王龙还要大上三分，不论是我还是身边的恐龙，绝对没有移动一丝一毫的可能。

蜥鸟龙也看出脱困无望，焦躁地叫了起来。但你出不去，不代表哥们儿也不行嘛。此刻我也顾不得它，挤进石缝间，向外望去。过了十来个小时，热量已经开始散去，但吹来的还是热风，尘埃云仍然笼罩世界，外头一片黑暗，太阳、月亮、星星都不见踪影，一派世界末日的感觉。但是隐隐可以看到远处有一点火光闪烁不定。难道是山火？

不，我很快反应过来，那"火光"正是时空之门的能量效应，它其实就在我前方两三百米的地方。只要能钻进那扇门，下一秒就可以看到2116年的阳光了！

我心花怒放，便扔掉碍事的背包，一低头钻进了那条石缝，尽量缩小自己的体积，挣扎着向外钻去，一开始还好，但左边一块巨石向右凸出了一大块，越往前就越卡，每多移动1厘米都要付出比以前多好几倍的力气，我将肺里所有的空气都呼出来，恨不得把肩膀缩进肋骨里，尽一切努力继续前进。又挪动了半米之后，眼看出口就在前面，我却再也动不了了。

我想叫，但是叫不出来，甚至空气都吸不上来。大事不妙，我的肺里几乎已经没了空气，心跳快得宛如疯狂的鼓点……

这么下去我会死的！我惊恐地放弃了逃出去的念头，想往回退，但是双手被牢牢卡在身体两边，抓不到可以借力的地方，两腿乱蹬，也使不上力气。难道就这么被卡死在这里？我想到一本近代武侠小说的情节，我既不想屠龙又不想抢屠龙刀，为什么让我和某个反派一个死法？

缺氧中，我渐渐开始神志不清，眼前冒出无数幻象，几秒之内，仿佛经历了无数人间的悲欢离合，一会儿好像回到了未来，和前女友复合，一会儿和她结婚，走进洞房，忽然间她的新男友冲了进来，却原来是一头青面獠牙的恐龙，那洞房也变成了山洞，他吃掉了前女友，也要吃掉我，我拼命往外爬，但它咬住了我的脚，要把我活活吃掉……脚上好痛……

我被痛楚拉回到眼前的世界，脚上的确感到剧痛。那忘恩负义的蜥鸟龙已经在后面啃起了我的脚踝，要把我活活吃掉！

10

我还没想明白被活活吃掉和活活卡死哪个更悲惨，便感到自己的身子被一股大力拖向后方。粗糙的石头从我已经伤痕累累的身体上划过，疼得我龇牙咧嘴。但终于，我被拖了回来。

蜥鸟龙放下我的脚踝，俯低身子，若有所思地看着我。

我大口呼吸着，让新鲜空气浸润着自己的肺部，才慢慢恢复了些许神智。我依稀明白，要不是蜥鸟龙把我拖回来，我肯定就死在这条缝隙里了。可是它为什么要救我？它应该认为我无所不能，不是吗？

"你为什么要救我？"我忍不住问，"难道你明白我不是神？那你为什么还不吃我？"

当然，蜥鸟龙根本不知道我在说什么。但它昂起细长的脖颈，脑袋指着上方，鸣叫了两声，然后又低头，用一种看上去很恳切的目光看着我。我心中一动，把手电向上照去，才看到巨石在顶上和山体之间还有一个大缺口，别说人，就是恐龙也可以钻过。

智障，我骂自己，连蜥鸟龙都看出来的事，怎么不抬头看看？没事钻什么小洞，为什么不爬到上方，从那里逃出去？

但我很快发现了问题所在：巨石斜着搭在山体上，上头离地四五米高，而下方是向内倾斜的表面，无论是人是龙，都很难爬上去。

新的希望又化为失望，我有气无力地坐倒在地上。但蜥鸟龙靠了过来，发出一种新的叫声。

"叫什么叫啊，"我颓废地抱怨，"反正都是死路一条，咱俩谁也逃不掉。"

蜥鸟龙却搬来几块大石，堆成一个1米高的石堆，回身望望我，又望着上面的石缝，叫了几声，似乎想表达什么，然后它再次伏倒在地上。

忽然间，我想到了一件事，不敢相信地看着它。它冲我晃动着尾巴，好像是对我的猜测表示肯定。我犹豫地走近它，它温顺地趴在那里，一动不动。我小心翼翼地跨在了蜥鸟龙的背上，伸手抱住它的脖颈。那皮肤疙疙瘩瘩的，下面却是温热、跳动的脉搏，那种温热感让我莫名想起小时候妈妈的怀抱。

蜥鸟龙起身，跃上石堆，然后将整个身子直起来，踮起脚，长长的脖颈仿佛变成了一具梯子，头部距离上面的缺口只有一米多了。我抱着它的脊背和脖子往上爬，最后踩在它的脑袋上，抓住了上面缺口的边沿，奋力一攀——

"起——啊呀！"

我手上虚浮无力，支撑不起身子，落在蜥鸟龙身上，一人一龙一起悲惨地摔倒在地……

我还在哼哼唧唧，蜥鸟龙已经爬了起来，冲我大声叫着，显然很是不满。我正心惊肉跳，怕它因此逞凶，它却再次伏倒在地，催促我赶紧再次爬上去。

我再次骑上了它的背脊，这次比之前更小心翼翼，但仍然摔了下来。

我一次次地摔在蜥鸟龙身上，但它却不肯放弃，耐心地当人肉，不，龙肉垫子，让我一次次踩在它头顶逃生。被摔了4次之后，我终于爬上了那个缺口。

"成功了！"我兴奋地叫了一声，俯身往下看去，蜥鸟龙仍然踮起脚，抬头看着我，发出呜呜的叫声，只有半截的尾巴像小狗一样晃动着。好像是说，我帮你上去了，该你帮我了。

我不禁犯难，我能有什么办法？蜥鸟龙以为我有什么了不起的神通，可我现在没有任何高科技的手段，不可能用手把这半吨重的大家伙给拉上来，也不可能让那些巨石移动半分。不，我什么也做不了，只能救我自己。

我低头看了一眼表上的时间显示，此时已经是晚上8:30，距离时空门的关闭只有一个半小时了。

"对不起。"我喃喃说，心中五味杂陈。最后看了一眼曾和我在一个洞穴里待过10个小时的蜥鸟龙，便回过头，沿着手电的光亮，奔向还在等候着我的时空门。

但身后，蜥鸟龙一直没有停止嘶叫。

11

从坍塌的山岩顶上下来也不容易，我手脚并用，又花了好几分钟才脱离这片乱石区，此时地上落了一层厚厚的灰，至少有十几厘米深，下面不知是石头还是树根，经常容易被绊倒，我艰难地越过障碍，跌跌撞撞地冲向不远处的那点微光。

我要回家了！太空咖啡、纳米甜点和机器女招待，我来了！

等等，你就这么走了？我心里响起了一个声音，刚才和你在一起的朋友，你就不管了吗？

什么朋友？那是一头食肉恐龙！刚才还想吃我呢。

那你是怎么出来的？是自己挪开那些石头还是自己飞上缺口逃出来的？它其实并没有把你当成神，只是想和你合作。是它救了你，现在轮到你救它了。

可我怎么救得了它？我对那声音抗议，也许它以为我很有本事，但其实我只是一只连它都不如的裸猿，我能有什么办法？

但你知道它在等你，等你回去救它，你知道的。

闭嘴！我焦躁地反驳，这不重要，重要的是我要回家了，要去大吃大喝一顿，舒舒服服地泡一个澡，然后……然后找前女友复合……没错，承认吧，我一直想和她复合……我一定能做到，我们要结婚，生一个可爱的孩子，不，两个……

我已经跑下了山坡，到了湖边，距离时空门只有一半的路程了。但蜥鸟龙的叫声仍然隐约可以听到。

但它会在这里等你，一直等你，一分一秒，一个小时又一个小时，一天又一天，它就这样可怜巴巴地守在石头下面，叫得喉咙都出血了，疑惑你为什么不会来，直到奄奄一息地倒下，死去……那尖刻的声音仍然不放过我。

废话！废话！废话！它只是一头爬行动物而已，我一个人类为它考虑那么多干什么？

现在你又说自己是人类了？人类是什么？不一样是爬行动物的后代吗？我们比它们更聪明还是更道德？更强壮还是更敏捷？如果不是遇到了这场大灭绝，它们就是人类。我们，什么也不是。

好，我承认，就算它有那么一点智商吧，就算它算是个不幸的智慧生物吧，可它已经死了6500万年了，我凭什么要为一头死了6500万年的恐龙负责？

没错，它已经死了6500万年，这也就意味着它会等你6500万年。也许它的骨头会被这座山埋葬，一点一滴地变成化石，即使变成了化石，它还是会等着你，变成石头的眼眶还是会凝望着你……等着你回到6500万年前去救它……

我打了一个寒战，停下了脚步。

蜥鸟龙的叫声已经听不到了，时空门就在我的面前，发出魅惑的光芒，距离我还不到3米，但这3米，我却难以跨越了。

我不能回去，现在还不能。

我深深吸了一口气，又看了一下智能表，距离时空门关闭还有一个小时又20分钟，让我想想看，利用这一个多小时能干什么，也许什么都干不了，但是……总要试试看。

我环顾四周，发现原本在这里的所有树木都已经被狂风连根拔起，但是四处散落着很多从别的地方带来又落下的东西，有翼龙和鸟的尸体，有许多乱石、树根、树叶，还有一条大蟒蛇……哦，那好像不是蛇，是植物藤条……

等等，藤条？

我灵机一动，仔细查看那根藤条，有手臂粗细，大约七八米长，似乎的确可以用，我把藤条抱起来，发现它比想象中重很多，我只能拖曳着，吃力地把它拖回到洞穴上方。等回到刚才的地方，已经又过去了20分钟，我也累得浑身大汗。

蜥鸟龙还在原地可怜巴巴地等着我，见到我，又像见到多年不见的老友般激动地叫起来。我没空和它叙旧，把藤条的一头设法绑在巨石一处凸出的边角上，另一头扔了下去，垂到离地一米多高处，蜥鸟龙确实聪明，立刻明白了我的意思，抓住藤条就往上爬，看它的身手，倒也不比我差多少……呃，其实比我强多了。藤条成功地支撑住了恐龙的重量，它越爬越高，转眼间，左爪已经抓到了巨石的边沿，右爪还握着藤条，就在这时候——

一道闪电般的强光从头顶落下，击中了它。

12

"闪电"击中蜥鸟龙的左爪，令它发出一声惨呼，松开了石头，整个身体在藤条上晃荡起来。一道道"闪电"接二连三地落下，几乎是擦着我的头皮打在它身上。我也不知道发生了什么，本能地向一旁闪避。

说时迟，那时快。蜥鸟龙终于被打了下来，身体沉重地落地，只发出一声闷哼。同时，我在慌乱中也一脚踏空，从数米高的地方摔了下去，又掉回到那该死的洞穴里，正好落在蜥鸟龙的身上，才没有摔断腿。

我被摔得七荤八素，带着一身的新伤旧患爬起来，才发现这场麻烦的来源：一架鸽子大小的智能蜂机，正在我头顶1米处盘旋着。

　　这家伙是从哪里冒出来的？我想了想才明白，一定是我刚才回到时空门附近，一架残留的蜂机发现我的踪影，重启了"保护游客"的任务，这个王八蛋也不提醒我一声，就跟在我后面，发现了蜥鸟龙接近我以后，立刻开始了对我的"保护"……

　　我低头看看，蜥鸟龙已经一动不动，难道死了？

　　"混账，你干了什么？"我问蜂机，它的AI系统有对话功能。

　　"游客您好，请使用文明用语。根据《时空旅行安全规定》第三条第六款，本机不得已对接近您的危险生物采取了电击驱赶和麻醉措施，目前该危险生物暂时被麻醉，但麻醉效力大约只有20分钟，请您迅速离开……"

　　"你这个白痴！为什么不问问我？"我大骂道，"这头恐龙是好人——不对，是好龙，也不是——我是说它是我的……我的……朋友！"

　　蜂机好像是愣了片刻，回复："游客您好，本机无法解析您的语义逻辑，请您迅速离开危险生物，返回本部时空后，我公司将建议专业机构对您的精神状况进行鉴定……"

　　我和这个愚蠢的AI又争论了几句，但毫无用处。自从那个什么狗的程序在围棋上战胜人类之后，为了防止人工智能取代人类的奇点，全球立法限制人工智能的发展水平，结果就是过了快一百年还是如此白痴。

　　说不了几句，蜂机忽然发出"嘀"的一声，发出另一条警告："游客您好，温馨提醒：目前距离时空门关闭只有45分钟了，请您抓紧时间游览，抓紧时间游览……"

"还游览个屁啊！"我怒吼道，"你个蠢货让我又被困在这鬼地方了！快想办法让我出去！"

"游客您好，请您不要着急，本机将竭诚为您服务，现在进行周边环境分析。"蜂机说，开始缓缓旋转，一束绿光在上下左右扫动，扫描着周围，收集信息，进行计算。我焦急地等着它的结果。过了宝贵的几分钟，蜂机终于开口了：

"游客您好，检测到地球表面发生小行星撞击，导致全球地壳活动异常，据历史数据匹配当为K-T事件，属于SSS级灾难，目前环境极度危险，游览终止，请立刻返回时空门……"

"用你说！我一来就知道了！"我忍无可忍，"我是让你带我离开这里！你能把我吊出去吗？还有这头恐龙。"

"游客您好，根据空气动力学原理，我无法承载您的重量。"

"那就把眼前这两块石头给我炸掉！"

"游客您好，这一命令需要A类控制权限，"蜂机回答，"请您说出控制密钥。"

"控……"我差点吐血，我哪来什么密钥？可能知道的导游和几个工作人员早就跑回2116年了。

好在蜂机自己帮我解决了问题："游客您好，由于发生了SSS级灾难，目前您是本时空中唯一的人类，根据《时间旅行安全规定》第八条第四款，您已自动获得A类控制权限。您的命令将立刻得到执行。"

"这还差不多。"我松了口气,"还不快干活?对了,不许再说'游客您好'了!"这几个字听得我无比烦躁。

"好的,A类用户您好,"蜂机居然换了一个更长的表述,"本机即将发射SK47微核聚变导弹进行炸毁,请您撤到100米的安全距离之外,十、九、八……"

13

"停!停!停下!"我大惊失色,想不到蜂机上装备了这种前军用大杀器,"我要能撤到100米外还要你干什么?不用核弹,我只是让你清除眼前的阻碍物,让我能离开这里,回到时空门!"我指着眼前的石缝。

"A类用户您好,您的命令将立刻得到执行,现在开始进行等离子束切割。"蜂机终于理解了我的意思,从机头部位射出一道细细的电弧,像利剑刺入巨石内部,几秒钟后,刚才那块差点卡死我的凸出部位砰然落地。

"再扩大点,至少要1米宽,两米高。"我说。这条缝隙只够人钻出去,但对蜥鸟龙来说还嫌太小了。

"A类用户您好,目前的缺口已经足够您离开,再扩大可能会引起——"

"我有A类控制权限!立刻执行!"我斥道。

蜂机没敢再抗议,而是又花了几分钟,用等离子束在巨石上挖出一个大洞，又用定向冲击波将切割下来的石块推开，等到完全打开通道，距离时空门关闭只有30分钟了。

我松了口气，又看到蜥鸟龙还躺在一边，问蜂机："它什么时候能醒来？"

"A类用户您好，这头危险生物已经开始苏醒，本机建议您尽量远离它。"

果然，蜥鸟龙已经睁开了眼睛，还没搞明白是怎么回事，困惑地看看我，看看蜂机，又看看新打开的通路。蜂机又发出威胁的光芒。

"喂，别碰那头恐龙！"

"A类用户您好，好的。"蜂机终于乖乖领命。

"现在你可以离开这里了，"我转向蜥鸟龙，尽量温柔地说，"走吧，在外头找个地方活下去！"

"A类用户您……"

"我不是跟你说话！"

蜂机终于闭嘴了。但蜥鸟龙对它还心有余悸，发出咕咕的声音，缩在山洞最深的角落里，我跑到洞口，对它连连招手："没事的，来，快来！"

蜥鸟龙终于明白了，犹犹豫豫地跟了上来，我俩一前一后出了山洞，外头仍然天昏地暗，但头顶上的蜂机体贴地打开探照灯，周围数百米亮如白昼，现在可以看到这里有几具烧焦的恐龙尸骸。还依稀可以看到几个老鼠般的影子在巨龙的尸体间穿梭，一见到强光就躲了起来。我忽然意识到，它们是哺乳动物，这些不起眼的小家伙在毁灭世界的灾难中靠着啃食恐龙和其他大型动物的尸体活了下来，并在几百万年后开创出了一个全新的王朝，其中也许还有我的祖先……

蜥鸟龙自然没有我这般思古幽情，但它颤抖着，开始发出一种尖锐高亢的叫声，仿佛在召唤同伴。四周一片寂静，毫无应答：它的所有同族，大概都已经死去了。

过了一会儿，蜥鸟龙停止了无用的鸣叫，悲伤地垂下脑袋，走向边上一头小三角龙的尸体。这附近的死恐龙够它吃一辈子的。当然了，尸体会腐化，但是尘埃云挡住了太阳，很长时间内地球吸收不到多少阳光，周围的气温会迅速下降，很快会降到零度以下，这样肉类就可以保存很久，而大量在小行星撞击中蒸发的水汽也会以雨雪的形式降下，可以支撑它活很长一段时间。

然而蜥鸟龙并没有就地进餐，而是拖着那具三角龙的尸体，回头往洞穴方向走去。

"喂喂，你这是干什么？"我有些诧异。

蜥鸟龙回头看了我一眼，比画着双臂，发出一连串意义不明的叫声，然后进了山洞，我看看还有20分钟的时间，一转念又跟它钻了进去。

蜥鸟龙把尸体拖到一个角落，然后吃力地搬开一块大石，露出洞壁上一个内凹的龛室，里面铺着干土和树叶，大概有20

个巴掌大小的白色椭球体躺在其中。

"你……你是……这是你的……"我目瞪口呆，说不出完整的话。

蜥鸟龙冲我叫了两声，好像是回答我的问题。然后将那些龙蛋捧起来，放在角落里那堆树叶上，小心翼翼地蹲下，张开双臂，分开两腿，伏在那些洁白的恐龙蛋之上。

它原来是……她？！

我终于明白了一切。

这个山洞，就是这头雌蜥鸟龙的家。在我来到之前，她已经生下了很多蛋，准备要孵化，也许她还有照顾她的配偶和其他亲人，但死于外界的风暴，她也受了重伤，好不容易才逃回来，赶紧把这些龙蛋收纳到更安全的"储物间"。所以她一开始对我疯狂的攻击，不光是对异种的敌意，更是为了保护自己的孩子。

后来，她不惜向我这个"小恶魔"示好，帮我逃走，都是为了自己的孩子，否则他们就算孵化出来也只有死路一条。但既然已经可以出去，她也就不用离开自己的家了，在外界天翻地覆的情况下，这里是她和她的后代唯一的避难所。附近的恐龙尸体可以供他们吃上很久。

那些龙蛋会孵化出小蜥鸟龙来，即便不能全孵化也会有十来头，想必它们长大后会相互扶持，度过这段艰难时光。可惜，别的蜥鸟龙也许都死光了，只剩下了他们，他们只能靠近亲交配繁衍下去。但只要他们能一代代繁衍下去，凭借发达的大脑，学会母亲交给它们的语言和技能，那么终有一天会复兴自己的种族。

我感动地唏嘘几声，这样一来，恐龙就还能活下去，也许还能再活几百年，上千年，虽然它们仍然注定灭绝，但至少还能——不对，不是这样的！

宛如一声惊雷在我脑中炸响。我猛然惊觉了一个可怕的事实。

14

智慧蜥鸟龙本该灭绝，但我的穿越已经改变了时间线，这个聪明的种族很可能就不会灭绝，只要熬过这几年，几十年，最多几百年的艰难时光，它们就可以繁衍生息，迁徙到空旷的世界各大陆，不费吹灰之力地成为地球的主人，然后发明农业、军队、文字、科学……一切。

那人类呢？来自后世非洲猿猴世系的人类呢？在此时，我们的祖先还是那些昼伏夜出的原始老鼠，如果蜥鸟龙统治了世界，它们不是被当成肉畜饲养就是被当成害兽消灭干净，人类，不，猴子都不可能进化出来。

这意味着什么？

没有人会存在，没有人。

汉漠拉比居鲁士亚历山大恺撒秦始皇成吉思汗拿破仑……

摩西释迦孔子柏拉图耶稣穆罕默德李白杜甫莎士比亚牛顿爱因斯坦……

克娄巴特拉圣女贞德伊丽莎白女王简奥斯丁南丁格尔奥黛丽赫本苍井那个谁……

这一串串光辉灿烂的名字，以及名字后蕴含的一切，都根本不会在这个星球上出现。无人知晓，无人想念。

因为无人，压根就无人存在。

我猛地颤抖起来。蜥鸟龙似乎察觉了我的异样，抬起头对我叫了两声。照理说，动物在孵蛋时对接近的生物都会很警觉，但是我听得出来，蜥鸟龙的叫声毫无敌意，反而充满关切。

我该怎么办？该怎么办？

"A类用户您好，距离时空门关闭只有15分钟了。"不知过了多久，蜂机提醒我说。

"蜂机……"我如梦初醒，"你的微核弹还在吧，能彻底摧毁这个山洞吗？杀掉里面的所有……所有活物。"

"A类用户您好，这一点不能确定，有一些细菌可能在石缝深处，难以有效杀灭，另外还有一些地衣……"

"这就够了。"我打断它的絮叨，觉得自己呼吸都困难，"我们先离开这里，等到了安全距离，你就立刻发射导弹。"

蜂机表示从命，我默默叹息一声，向外走去。但才走了几步，背后又传来蜥鸟龙的叫声。我回头看去，只见它又爬了起来，挥舞着手臂，扭动着身体，交换着双脚，有些笨拙地跳跃着。

我愣了几秒钟，忽然明白过来：它——或者说她——是在道别和表示感谢，感谢我们帮助了她和她的儿女。

我的眼眶又湿润了。我不敢再看，回头向外走去。但心中，那个声音又在响起：人类有权利消灭一个智慧而淳朴的物种吗？它们和我们同根而生，是这个星球引以为傲的长子，也应当引领这个世界走向繁盛，只是因为一场意外的大难，才让我们这些原始鼠类的后裔继承了这个本不属于我们的世界……

是的，如果不干掉她和她的子女，也许所有人类的名字和成就都将从这个世界抹去，但那又如何？会增添千千万万其他的名字，也许这个世界会更辉煌灿烂，早在6000万年前就走向文明的巅峰，也许……

但每一个种族都要生存下去，捍卫自己的种族是每一个人的义务。我不能背叛自己的族类，这是刻在我DNA上的命令。

呵，DNA！好像脱氧核糖核酸链条的随机漂变具有多么本质的意义似的，即便如此，我们和蜥鸟龙的DNA也仍然绝大部分是相同的，我们是同根生的兄弟姊妹。他们和我们，并非相距如此遥远。

"A类用户您好，已经到达安全距离。"蜂机提醒我，"按照您之前的命令，微导弹即将发射，十，九……"

我望向已经隐入黑暗、什么也看不清楚的山洞，知道那里有一个延续了1.5亿年的家族最后的希望，和另一个即将统治

6500万年的家族最初的机会。

　　整个地球无限岁月的重负，仿佛都压在我的肩头。

　　为什么是我们？

　　为什么不能是它们？

　　"八，七……"

　　天地无情，以万物为刍狗。地球历史上，99%的物种都已灭绝，也许蜥鸟龙不是第一个智慧物种，人类也未必就是最后一个。物竞天择，一笔乱账。谁没有权利活下来？又有谁能够笑到最后？

　　"六、五……"

　　但是我还是要干掉这些恐龙，我必须这么做。我想到一点，如果未来人类不存在了，时空之门也不会存在。哪怕仍然存在，我也会回到一个天知道会变成什么样子的2116年。我的亲人，朋友，邻居，前女友……统统会化为乌有。

　　"四、三……"

　　我必须干掉她。虽然她救过我，虽然她很善良，虽然这一切不过是我脑中的推想，也许她和她的子女几天后就会死于一次余震，也许他们会繁衍几代后自己灭绝，但我不能冒险，我要活下去，就必须干掉她，从开始困在山洞里一直是这么回事。事情本来就是如此简单。

　　"二……"

　　不用再想了，干掉她，了结这一切——

"一——"

他们统统会死去，发达的大脑会化为灰烬，血浆和蛋液混合在一起，骨头和内脏到处都是，被坍塌的山洞所埋葬，永远埋葬——

"预备，发射——"

"停止！"我大声叫了起来，"停止发射！"

那一刹那，我知道自己不能这么做。

但已经来不及了，一道耀眼的流星直扑百米外的山洞。一刹那后，山谷中仿佛升起了一个新的太阳，强光照得天地之间犹如白昼。

15

随后是一声惊雷，落在地上的尘埃被狂风吹起，又将方圆几百米笼罩在一片灰霾中。

历史仍然沿着既定的轨道前进，恐龙灭绝了。

我呆立在一片尘霾中，心中不知是什么滋味。

但片刻后，我听到了山洞里蜥鸟龙惊恐的叫声，此时激起的沙土纷纷落地，尘霾也在散去，借着蜂机的光芒可以看到，山洞……仍然存在？

"A类用户您好，因导弹已经发射，接到您的命令时已无法阻止，也来不及调转方向，只能用高能激光束将其摧毁。"蜂机报告说。

"原来如此……"我如梦初醒，难得蜂机终于聪明了一回，"干得好，干得好！"

"A类用户您好，谢谢，为您服务是本机的……"

我忽然想到一件事，来不及听它的谦辞，慌忙转身，望向时空门的方向。但那里只有一片黑暗。原本像一盏闪耀明灯的时空虫洞，已经无影无踪。

历史真的改变了？！

我又觉一阵晕眩，发生了什么？难道就因为我的一个决定，人类真的已经从遥远的未来被抹去？

"时空门呢？"我问蜂机，"怎么会消失的？！"

"A类用户您好，距离时空门关闭还有5分28秒，"蜂机好像也很困惑，"照理不应该提前关闭的，可能是发生了故障，本机代表公司为对您造成的不便表示抱歉……"

我向原本时空门的方向跑去，指望它是被什么东西挡住了或者被蜂机的光照所掩盖。但越靠近看得越清，也越是绝望，毫无疑问，那扇回到2116年的大门已经消失了，也许整个2116年都消失了。

我究竟干了什么？干了什么？

等到了跟前，看到面前仍然是空空如也的死寂，我再也支撑不住，蹲在地上，埋头恸哭。未来的6500万年，整个新生代的无尽岁月，就这样被我一个决定所抹去了。

奇怪的是，我首先想到的不是自己的命运，也不是人类、文明之类宏大的概念，而是前女友，她再也不存在了，应该说从来没有存在过。整个宇宙的亿万星河中，只有我一个人记得她的容貌，声音，还有她身体的温暖。

只有我一个人，一个很快也不会再存在的人。

我后悔吗？我一边哭一边问自己，但却不知道答案。

"A类用户您好……"这时候，蜂机还在不识相地打岔。

"闭嘴！"

"可是A类用户……"

"滚！"

"A类用户您好，"蜂机的声音强硬起来，"根据《时空旅行安全规定》第三条第九款，我必须提醒您，时空门距离关闭还有1分钟，请立即返回，否则一切后果自负！"

"你胡说八——"我抬起满是泪痕的脸，却怔住了，眼前，一个美丽的光之漩涡在转动着，通向时空的遥远彼岸。

不知什么时候，时空门又出现了！

我来不及多想或者多问，生怕再起变故，一刻不敢耽搁，直接扑进夺目的光之海洋。

16

整件事就这样蹊跷地结束了。

我和其他游客几乎是同时间回到了2116年，抬头望去，整个世界毫无改变。也没有人知道我在他们离开后的十余个小时中发生了什么。大家以为我不过是晚到了一会儿。身上的各种伤痕也只是撤离时遇到地震所致。

我如实对调查机构和记者讲述了自己的遭遇，但却被当成是编故事蹭热度。我再三诅咒发誓，才有一些人相信那不是我在胡编乱造——而是我在哪里昏倒后的幻觉。

"最大的破绽，"他们斩钉截铁地说，"就是时空门关闭后，不可能再开启，即便是后来派人去救你，重新开启时空门，但也不会精确在同一地点或同一时间，更何况，你还是和其他人一起出来的，而不是被传送到另一个时间点。"

我无言以对。

雪上加霜的是，唯一可以证明这一切发生过的蜂机在随我穿越时空门后发生了故障，其记忆存储全部消失。到头来，只有一个人表示愿意相信我，就是我的前女友——对，前女友，我们终究没有复合——的现男友。这家伙是一个穷困潦倒的20世纪科幻小说家，借助20世纪末的生物技术活了一百多年，但科学知识早已落伍，写的书也没人看了，也不知前女友看中了他什么。他听了我的故事后要来拜访我，我几次拒绝后，终于还是让他到我家里来见了一面。

"设想一下，"他问了很多细节后说，"如果你的猜想是对的，智慧蜥鸟龙挺过了K-T事件，发展出了高度发达的文明，那又会怎样？"

"什么怎样？"我没好气地反问，"我不是说了，人类就不存在了吗？"

"当然，当然。不过他们可比我们早了6500万年啊，哪怕需要再花1000万年进化出技术文明也是在5000多万年前了。如果他们能发展到今天，那又是什么样子呢？他们应该早已经能够发展出超光速航行、踏遍宇宙的各个角落了吧？"

"但宇宙里毫无他们的踪迹，"我说，又补充了一句，"地球上也没有。"

"再从另一个角度讲，"他笑眯眯地说，"他们的生物技术应该也很发达吧，很容易检测出彼此的基因差异很小，说明在若干年前来自同一个母体祖先。其实这种技术我们现在也有，只是误差比较大。但是他们的测量也许精度非常高，甚至可以锁定在K-T事件发生时的某一个个体。也就是说，他们会发现，在毁灭事件发生之际，唯有一个个体活下来了，他们的种族才延续下来。"

"那又怎么样？"

"他们不会对自己这个传奇的祖先好奇吗？不会想回到自己种族历史上最艰难的时刻看看发生了什么吗？你不会以为，他们发明不了我们能发明的时间机器吧？"

"你是说……"我模糊地想到了什么，但是又把握不住。

"也许他们当时也在，目睹了发生的一切，也许还做了什么。"

"可是除了那头蜥鸟龙和几个蛋，我什么都没看到啊！"

"为什么要让你看到？也许他们小心地隐藏起来，没有干预已经发生过的历史，这段历史正是他们存在的根基，但他们能做些别的。"

"所以，"我栗然一惊，"那个消失后又打开的时空门，难道是……"

"也许那不是我们的时空门，而是通向不同平行宇宙之门，从他们诞生的宇宙回到我们的宇宙；又或者并没有平行宇宙，但他们已经能够以超越因果链的方式维持自己的存在，可以允许历史被改写，让我们的时间线不至于被抹去……无论如何，他们以人类目前无法想象的某种超级技术帮你回来了，同时也删掉了蜂机的历史记录。这就证明了，我们的世界和他们的世界并非非此即彼。恐龙没有灭绝，我们也没有。"

"这……这也太难想象了。"

"在无垠的时空中，"他走到窗边，望着太空城外璀璨的星河，蓝宝石般的地球悬浮其间，"在无穷无尽量子宇宙的生灭之海中，会发生多少事情，我们本来就无法想象。"

不管听起来多么荒诞，但目前这就是唯一说得通的解释。我还有千千万万个问题，可惜目前由于安全因素，K-T事件前后数万年内的时空旅行已经被严格禁止，但我想，将来如果可能，一定要再回到那个时间点去搞清楚到底发生了什么。

我一定还要回到那个洞穴里，去拜访那位特别的朋友。

宝树，青年科幻作家，出版有《三体X：观想之宙》《时间之墟》等4部长篇小说，于《科幻世界》《银河边缘》《小说界》《花城》等刊物发表数十篇作品并多次结集出版。屡获华语科幻星云奖、中国科幻银河奖的主要奖项，多部作品被译为英、日、西、意等发表。

本篇获第八届华语星云奖最佳中篇小说银奖。

时空追缉

江波/著

"这个任务很艰巨，你想一想再回答我。"总长坐在宽大的皮椅上，整个人陷在里边，他正望着马力七十五，细小的眼睛眯成缝，几乎看不见他的眼。然而马力七十五知道他正盯着自己。

马力七十五眨眨眼，"我想过了。我会去的。"

"好。"总长站起身，他绕过办公桌，走到马力七十五面前。总长的身材很高大，让人有一种威压感，他认真地盯着马力七十五，突然转身，走过去关上门。透过玻璃，上百名警员正忙忙碌碌。总长注视着这一切。他没有回头，突然开口说话，"马力，你是最好的警员。坦白地说，我不希望派你去执行这个任务。"

马力七十五默默地听着。

"但是，我们需要一个交代。"总长转过身，正对着马力七十五，"你了解卡洛特，他是个极度危险的人物。"

"是的，他的确非常危险。"

"而且非常嚣张。"总长踱步回到大方桌后边，再次陷在椅子里，他重重呼出一口气，"如果他偷偷地潜逃，那也就算了，我们管不了那么多。但是他居然把这个消息送到新都会，还有大大小小二十多家媒体，进行现场直播。现在这个事，连总统的新闻发布会都在谈，你知道我的压力会有多大。"

"我明白。"马力七十五简短地回答。

"好的。他是匪徒，你是英雄，你要去追缉他。而且要有和他一样的排场。"

马力七十五不禁微笑——多年以来，卡洛特一直生活奢靡，出入各种高档场所，挥霍他那些来路不正却没人能指证的钱，他也捐赠大量的钱，从街头的流浪儿到天穹星的开发，事无大小，他几乎都会以一个慈善家的身份参与，赢得无数的闪光灯和掌声，至于那些展示学识和优雅的艺术沙龙，他们都以卡洛特能够参与其中为荣。卡洛特其人，就是排场的代名词。

马力七十五，则是一个秘密警察，一个低调、隐忍、办事规矩的政府雇员，和排场绝不搭调。

"我们会给你五星勋章，总统会亲自把勋章给你戴上，表彰你5年来兢兢业业搜罗卡洛特的犯罪证据。然后你会有一艘最了不起的飞船。双子星号。和那个该死的贼偷走的同样型号，他偷走的只是原型机，你的飞船是改进型。我会当众宣布你是我们最杰出的探员，你经手的大案子会全部公之于众，人们会知道你是多么了不起的人物。"

总长站起身，双手撑着桌面，身子前倾，"你会成为历史人物，马力七十五。一个人一生能得到的最大的荣誉，你会在3天内全部得到。"

马力七十五点点头，"我明白，总长。我会去的，但是有一个小小的要求。"

"哦？"总长有些意外，他第一次听到自己属下的秘密警察会提出要求，然而他马上爽快地答应下来，"你说。只要能办到。"

"我走之后，希望得到一笔钱，数目大到足够一个人体面地过完一辈子，存入瑞士银行指定户头。"

"我给你300万。这笔钱每年的利息足够维持一个人的日常开销。另外，10年之内，每年追加通货膨胀补偿。"总长飞快地开出价码。

"谢谢。"马力七十五点点头，"新闻发布会现场，我会打电话给瑞士银行的保密顾问，确认钱是不是到账。"

"你这是不相信我。"总长微微有些不快。

"对不起，总长，请你理解。干我们这一行，不能相信任何口头承诺。"

"好吧。你说得对。"总长坐下来，十指交错，"我们认识很久了，一直合作很愉快。钱我会确保到账，但是我需要知道这钱的用途。"

"我认识一个女孩子，这钱是给她的。"

"女孩子？你不是开玩笑吧？所有的AAA级探员都经过记忆清洗，不会记得任何关于私人的秘密。"

"是的，但是我还记得。"

"哦。"总长挤出额头的皱纹。这是一个重大失误。一个AAA级探员，从事秘密警察长达20年的高级警探，居然宣称他还记得一个女孩。他无法相信这样的事。但是马力七十五就站在眼前，亲口说出这样的话。这是重大的纪律问题。不过这样也好，马力七十五注定会全力以赴。

"好吧。"总长最后说："既然这样，我不多问。钱会到账。你会成为我们的英雄，对吗？"

"我明白。"马力七十五点点头。

永别了！我的世界。马力七十五内心默念。台面上，总统站在他的左边，对着台下展露标志性的笑容；空间安全委员会总长站在他右边，军服笔挺，神色严肃。台下热烈的欢呼声此起彼伏，总长安排的几个暗桩恰到好处地掀起了人们对马力七十五献身精神的无比崇敬，他们热烈地呼叫着马力七十五的名字，用各种赞美的言辞来描述他。

总长兑现了他的承诺，300万已经在账户里。钱进了瑞士银行，除了约定的身份认证，没有任何办法取出。

马力七十五举手让大家安静。

偌大的会场很快沉静下来。

"我……"马力七十五清清嗓子，"我知道卡洛特，他很聪明，而且狡猾，使用各种手段窃取大量的财产。"现场响起一阵议论，马力七十五不得不提高声音，"但是，正义的力量更强大，我们掌握所有的犯罪证据，提起公诉，并且挽回了所有能够挽回的损失。他被缺席审判无期徒刑。现在要做的唯一一件事就是把他绳之以法。这正是我要做的。"

"我将跟踪他的轨道痕迹，进入时间螺旋区，在他自以为摆脱了法律的时刻出现在他面前，控诉他，逮捕他。任何人，任何人，只要他犯了罪，就要受到法律的惩罚，绝无例外。"

现场响起猛烈的掌声。

"请问，马力先生，据说卡洛特逃到了300年后，我们连300年后的地球是什么样子都不知道，怎么保证对他的裁决一定会得到执行？"有人在人群中问。

"是的，我们不知道300年后的地球会怎么样，但是，马力七十五会知道，不管那世界是怎么样的，马力七十五都会找到卡洛特，把他绳之以法。"总长接过了这个问题，"卡洛特已经跑了，对这个世界，他再也没有任何影响，但是我们不能放任他，马力七十五会代表正义对他执行判决。"

"太空泛了，你永远不可能监禁他。你没办法阻止他逃跑。"

还是那个声音。

马力七十五循声望去，他看见一个亭亭玉立的身影，白色套装，头发盘成高高的发髻。虽然隔得很远，他还是看见发髻上晶莹的钗子，仿佛紫色的水晶。这样的发饰不多见。她讥讽似的盯着马力，似乎在向他挑战。

"我会找到办法。我可以用一艘飞船把他终生流放。或者请那时的政府协助，把他监禁。办法有很多，你完全可以相信我。"

总统接过话头，"这位女士，我们的司法部门已经达成一致意见，对于这种试图通过时间螺旋来逃避法律制裁的行为，政府将保留追诉权，对他的控诉永远不会过期，哪怕是300年以后。只要马力警探跟随他，找到他，他就必须接受法律制裁。另外，时空机器的使用将受到政府的严格监控。除了政府特许机构，任何机构不得从事相关研究和试验。这将有效地防范类似事件发生。"

总统话音刚落，半空中传来嘶嘶的声响，全场变得很安静。

时间到了。在巨大的电磁扭力作用下，时间螺旋区已经形成。苍穹上仿佛打开了一道深黑的口子，深不见底。双子星号正以反重力姿态悬停在深渊边缘。

"通道已经打开。马力警探即将出发去完成他的伟大使命。"总统带头鼓起掌来。在热烈的掌声中，马力七十五走过红地毯，走向穿梭机。他在登机舷梯上回过头，向着人群挥挥手。

穿梭机飞升起来，它向着双子星号靠拢，最后对接在一起。一刻钟之后，穿梭机脱离。

双子星号静静地等待着最后的信号。深空研究所的专家们正紧张地核对轨迹，确保马力七十五能够跟上卡洛特而不是去到一个错误的时空。

人们看见双子星发出炫目的红光。整个飞船仿佛化作一道光射入黑色深渊中。黑色深渊顷刻间消失。

324年又7个月3天3小时45分。仪器上显示，双子星号把马力七十五带到了三百多年后的空间。

然而仿佛任何事都没有发生过，马力七十五没有感觉到任何异样。

很快，他意识到严峻的考验——他不在地球上。空旷的宇宙空间，这就是双子星的处境。马力七十五找到了太阳。太阳仿佛一个小小的光斑，在远方闪耀。这里甚至不是地球轨道，他距离太阳74亿公里。在一瞬间，马力七十五死了心。这不是他能够执行任务的地方。按照这样的距离，双子星需要30年的时间才能抵达地球，那个时候，他早就成了干瘪的尸体。这是纯粹的送死。

但是他很快找到了目标。卡洛特的飞船奥德赛号，就在不远的地方，距离77万公里。深空研究所的专家在这一点上没有让人失望，他们不知道会把马力七十五抛到什么地方去，但是他们知道马力七十五一定在卡洛特附近。当然马力七十五并没有主动发现卡洛特，而是卡洛特发现了他。他正向马力七十五发送信号，马力七十五接受了通信请求。

"哈。我的老朋友，很高兴又见到你。"屏幕上卡洛特的样子很乐观。

"卡洛特，你的判决已经下达。我奉命来逮捕你。"

"别开玩笑了。这里什么都没有，除了你和我。你不可能逮捕我。"卡洛特得意地眨眨眼。

"我会抓到你的。"马力七十五面无表情。

"好吧，欢迎进行一次冥王星大追捕。"卡洛特耸耸肩，做出一个无可奈何的表示，"来吧，我等着你。"

虽然这行为看起来好像很蠢，马力七十五还是指令飞船向奥德赛靠拢，除此之外他无事可做。

卡洛特没有说错，他们的确在冥王星轨道附近，而且是在这个著名矮行星椭圆轨道的远端，此刻，冥王星正在轨道的另一端，需要过一百多年才会来到这儿。所以此刻没有任何热闹可看。

马力收到一些微弱的广播信号，隐隐约约，似乎是一场战争。然后，他了解到一队飞船正在飞向冥王星。他们计划在这个星球上建立基地，建造核电站，供给下一个太阳系外的探险计划。当然，他们还需要十多年才能抵达。然后再有七八十年的时间，才能到达马力七十五的位置。

　　77万公里的旅程需要耗时3天，很无聊。马力七十五除了吃，就是睡。卡洛特也没有再找过他。然而奥德赛号一直停留在那里，等着马力。远离太阳的空间辐射并不强烈，马力七十五打开了舷窗，直接用肉眼观察这个世界。每一颗星星都很明亮，璀璨满天，比地球上最壮观的星空还要壮观1万倍，太阳的光亮却很柔弱，仿佛蜡烛的火焰。他望向奥德赛号的方向，一团漆黑，奥德赛号隐藏在黑暗中。

　　我会死在这里，让双子星把尸体带回地球。马力七十五想。至少，那些地球上的人们会发现他，通过双子星的记录，他们会了解到他忠诚地履行了自己的职责。是的，他会留下遗言，让那些发现他的人们把他带回新都市城安葬。那里是他出发的地方，也应该是他的归宿。

　　一阵信号打断了马力七十五的胡思乱想，卡洛特再次找上门来。

　　"反正我也很无聊。你还有一会儿才能到，不如我们聊聊天。"他开门见山。

　　马力七十五不置可否。

　　"你为什么要追来呢？你永远不能回溯时间，你会失去一切。"

　　"从来没有一个罪犯从我手里逃走。"

　　"原来是崇高的职业精神。"

　　"不，是正义。"

　　"正义？你代表正义？"卡洛特做出夸张的表情，仿佛非常惊讶。

马力七十五不动声色。

卡洛特的表情放松下来，"好吧，你太缺乏幽默细胞了。正义先生，从5年前开始，我每年资助超过6000名困难学生，让成千上万的流浪儿得到温暖的家，赈济了无数灾民，捐助两个最前沿也最接近关门的实验室，就连宇航局的大门上都刻着我的名字，因为没有我，他们就缺少足够的资金把大批的人送到火星去……你肯定已经清点过我犯下多少罪行，但是如果你清点一下我带给人们的好处，这个清单会比你手头上的那个长得多……"卡洛特仿佛连珠炮般滔滔不绝，马力七十五只是听着。

终于，卡洛特停了下来，他静静地望着马力七十五。马力七十五同样望着他。

卡洛特又开口了，"你认为我说得对吗？"

"你是贼，我是警察。"马力七十五说。

"哈哈哈哈哈……"卡洛特狂笑起来，"贼……哈哈哈哈哈……"他笑得上气不接下气。

卡洛特终于缓过劲来，他说："我们还有6000公里的距离。这不算太远，你很快就能追上我。一旦你追上我，你打算怎么做？"

"想办法抓住你。"

"这么说我最好还是小心点。"卡洛特一本正经地说，"我要逃了。"

"我会跟着你。"

"小心点，别跟丢了。"卡洛特露出一丝不怀好意的笑。突然间，图像消失，紧接着，奥德赛号的信号也失去踪影。

马力七十五在一瞬间明白过来——卡洛特再次进行了跳跃。

这不可能！没有深空研究所的那些专家打开时间螺旋，飞船无法穿越时光。马力七十五感到一阵惶恐。

然而问题很快解决了。双子星号收到了来自奥德赛号最后的信息。信息中包括单船跳跃手册，这本手册马力七十五从来没有见到过。然而根据双子星号主机的验证，完全可行。另外还有一组跳跃参数。根据这些参数，双子星可以去到另一个时空——谁也不知道卡洛特是不是真的等在那儿，还是设计了一个骗局。

马力七十五命令双子星根据参数进行单船跳跃。

别无选择。马力七十五遗憾地想。他望了望太阳。太阳就像一点烛光，暗淡无光。转眼间，这光亮消失掉。仪器上的时间变成了3677年又8个月4天8小时8分。

这一次的情况更糟糕。马力七十五完全不知道自己身在何处。星星有很多，然而没有太阳。双子星号脱离了太阳系，迷失在群星中。

卡洛特没有骗人，他的确也在这里，距离只有2万公里。

"哈，正义马力，你居然花了3个小时才搞定。我是不是有些高估你了？"

"为什么要到这里来？"

"没什么，我只是想逃跑，逃跑哪能顾得上想清楚为什么。"

马力七十五有一种被愚弄的感觉。卡洛特可以轻而易举地摆脱他，却还是让他跟到这里。

"飞船怎么能进行单船跳跃？"

"设计如此。很高兴它能正常工作，否则我们就直接去见上帝了。"

"我们在哪里？"

"谁知道呢！这件事要怪你，如果不是你逼我，我也不用匆匆忙忙出发。至少我可以等到目标定位比较准确一点。"

"什么意思？"

"这飞船能够精确地控制时间，但是没法控制地点，跨越时间越长，误差越大，现在谁都不知道我们在什么地方。"

"那就是说你给自己选择了死路？"

"死路？说得不错，我肯定是会死的。这样的死法比较浪漫，所以我来了。问题是你为什么要跟来，难道他们没告诉你这是死路？"

马力七十五没有应声，他们当然知道这个，只不过他们更需要一个勇敢的英雄。马力七十五心存侥幸，也许事情不会那么糟糕，然而事实已经告诉他，这就是死路。

"我说过，我是来抓你的。"

"好吧，正义先生。我可是经过慎重考虑才这么做的，虽然空间定位不准，但是它可以帮助我不断跨越时间，当然最好能在地球上，可是我想过，几百几千几万年以后，地球只是一个小地方，我随便落在银河的哪个角落都可以。人真是奇怪，你们想把我关到监狱里去，限制我的自由，现在我自己踏上死路，你们却一定要派个人跟着来。这样也好，至少有人可以和我分享这最后的旅行。"

"你到底想做什么？"

"我想旅行到世界末日。"卡洛特哈哈大笑，"我知道你在查我。如果我愿意，只要打几个电话，你就没办法查得下去，甚至更糟糕，你明白我的意思。但是我没兴趣为难你，于是跑了，但是没想到你居然喜欢为难自己，跟着我来。"

双子星号继续靠近奥德赛，马力七十五发现有两个物体正在靠近奥德赛，他想了想，决定暂时不告诉卡洛特。他继续和卡洛特谈话，关于这个案子，的确有些地方仍旧模糊，他也想弄明白。

"你有很多眼线。"

"是的。"卡洛特很坦白，"你很想聊聊这些，是吗？"

"随便你。"

"现在我们两个相依为命，这些往事——这些三千多年前的往事也无所谓。我就告诉你好了。拣最重要的说，你的起诉书里最大的罪名是盗用10,765亿的资金，从共同基金利用非法手段转移到个人账户。这10,765亿我都送给政府了，每一笔钱都有一个明确的记录，每一笔钱的接受者对那个神秘的捐款人都异常感激，他们非常乐意提供某些方便。所以，就像你所说的，如果愿意，我可以有很多眼线。"

"你在贿赂政府。"马力七十五对此早有预料，只是他一直没有找到明确的证据，他希望卡洛特归案之后，能够找到更多的线索，没料到卡洛特却选择了这种史无前例的逃跑方式。

"哦。我只是把钱从一个人的口袋转移到大众福利上去。如果不能兑现财富，钱也就没什么用。我只是让它发挥自己应该有的功能而已。"

卡洛特用奇怪的理论来为自己辩护，说起来头头是道。是的，共同基金太庞大了，按照市值计算，它可以买下整个地球上的所有产业，包括65亿人口——假设平均一个人价值300万。这庞大的基金被不超过3000人拥有。

卡洛特眨眨眼，"你知道为什么我给政府好处，秘密警察却要追查我？起诉我？"

"为什么？"

"因为共同基金养着你们。那些穷得叮当响的政府机构当然也拿钱，但是不多，也就够混口饭吃，所以他们从我这里拿到天文数字的钱高兴得不得了。但是对秘密警察，我甚至没办法把钱给出去，他们对此严加防范。"

突然间，卡洛特的图像抖动起来，两个小点加速向他靠拢。

"怎么回事？"卡洛特有些吃惊，但没有慌乱。

"有两艘飞船正向你靠拢，可能你是他们的猎物。"马力七十五平静地说。

"真的？"卡洛特扬了扬眉毛。

马力七十五点点头，信号变得一片混乱，很快中断，然而马力七十五还是听清了卡洛特最后一句话，"它们也在向你靠拢。"

卡洛特没有胡说，双子星号完全不能动弹了。

马力七十五第一次近距离看到卡洛特。他的脸型尖瘦，眉毛浓黑，眼睛的轮廓很大，胡子很浓密，典型的络腮胡。他和马力七十五对视着。他看上去并没有什么威胁。但是马力七十五提醒自己，就是这个人制造了有史以来最大的窃案，他是最狡猾最无耻最危险的罪犯。

一道舱门把他们俩封闭起来。空间狭小，他们不得不脸对脸坐着，相距不过半米。

"我这辈子第一次成了囚犯。我想你也是。"

马力七十五没有应声。

"虽然我们彼此讨厌，但是此刻没必要相互对抗。我们有共同的敌人。你不会想这个时候把我捉拿归案吧？"

"你是贼，我是警察。但现在我们都是囚犯。"

"这样就好。至少你还明白点事理。"卡洛特伸一个懒腰，他的头碰到了天花板，"真是见鬼，这地方不适合生存。"

突然眼前一亮，门打开了。两个人站在卡洛特和马力七十五面前。

他们身材矮小，几乎只有正常人的一半，头大身子小，看起来像是孩子。

"你跟我们来。"其中一个示意马力七十五。他们居然也说地球语言。

马力在忐忑不安中弓着身子钻出门去。他站直身体，几乎能顶到天花板。门迅速关上。

"跟着我走。"一个矮人说完在前边领路。马力顺从地跟着他。另一个矮人在后边看着他。

他们顺着走道走了十多米远，然后转入一条更宽敞的通道，一直走到底，是一扇舱门。一路上很单调，除了金属，就是发出微弱蓝色光线的线状体。马力七十五能听见自己的脚步声，却听不到两个矮人的任何动静。他们仿佛轻巧的猫，走起路来悄无声息。

矮人打开舱门。有那么一刹那，马力七十五从内心发出由衷的赞叹。浑圆的穹顶发出柔和而敞亮的光，延伸出上千米远，几乎望不到尽头。无尽的天穹下，到处是碧绿的草地和各式各样的漂亮建筑，间或有成片的森林。许多矮人在草地上玩耍，追逐嬉闹，甚至还有人在放风筝。马力七十五仿佛回到了新都会的中央公园。

"快下来。"一个矮人催促他。舱门在半空中打开，一道梯子沿着舱壁通向地面。马力七十五再看了一眼眼前的景象，跟着矮人下了楼梯。他们进入地下。

'地下'完全是另一番景象，很暗，只有几处灯光。其中一处聚集着许多人，似乎正在进行会议。

马力七十五来到这群人面前。他们有37个，都坐在宽大的扶手椅上，大致排列成半圆形。马力七十五就是那个圆心。马力七十五对这样的阵势很熟悉，秘密警察的法庭通常都是这样的布置，据说这样的布置能够让犯人从潜意识里放弃抵抗。他注意到正中央的那个人。毫无疑问，他就是最重要的人物，他不仅有一个比其他人更大的头颅，也有一个更庞大的身躯，马力七十五估计他的体型是其他人的两倍以上。

"原人889号。马力七十五。秘密警察。为了缉拿逃犯卡洛特，进入时空隧道。这是第一次有目的的空间跳跃，被看作是对罪犯空间逃逸的严正否定。在跳跃当日被授予紫金勋章，后来收入标准百科全书，被追认为人民英雄，冥王星轨道657号纪念石。"左边的一个矮人起身，说了一段话。

"你说什么？纪念石？那是什么？"马力七十五问。

"原人，请不要打断陈述。如果你有疑问，我们可以在最后解答。"正中央的大人物这样回复马力七十五。

"他在历史上的最后时刻是新纪元前1654年，距今3674年。作为一个影响广泛的原人，他拥有大量的崇拜者，许多独立太空船都以马力七十五命名……"陈述人滔滔不绝,马力七十五惊疑不定地听着,这些他所不知道的历史听起来很有趣,也很难想象。"我是一个历史人物。"马力七十五感到这简直像个童话。

突然,大人物的一句话震惊了他,"看起来我们找到一个大人物,可惜他还活着。"

马力七十五警惕地盯着大人物,"你想我死掉?为什么?"

"别紧张,原人。我来介绍一下我们。我们是搜寻者。搜集一切人类遗失在宇宙里的东西,飞船,飞行器,太空城,当然还有原人。我们并不期望搜集活着的原人,通常情况下,我们所见的都是尸体。一旦验证身份,我们就可以获得属于他的财产,这就是我们最主要的收入来源。但是如果原人还活着,那么他当然拥有自己的财产,而我们就得不到。你是我们第一次碰到活着的原人。"

马力七十五更加紧张,"那么你打算杀死我?"

"杀死你?为什么?"大人物感到有些奇怪。

马力七十五耸耸肩。

"你是说杀死你,然后我们获得你的财产?这是多么邪恶的想法。"大人物哈哈大笑起来,"据说原人都有自私、邪恶的心理,看起来是真的。你们会互相残杀吗?"他很好奇地看着马力七十五。

马力七十五不知道怎么样回答这样的幼稚问题。这算是进化还是退化？但他们并不打算杀死自己，这无论如何是个好消息。

"不。"最后他说，"我们只会把罪犯缉捕归案。"

"罪犯。是的，你的记录里边有这样的说法，你是为了一个叫作卡洛特的罪犯才进入时空螺旋。这么说那个和你在一起的原人就是卡洛特。"

马力七十五没有回应，这些人能认出他，却不认识卡洛特。看起来时间最喜欢跟人开玩笑，曾经最风光的人默默无闻，而曾经不名一文的却成了光荣的历史人物，名字被刻在石头上，绕着太阳旋转，直到永恒。

"如果你不愿意回答，没关系。我们检查了基因数据库，没有这个人的资料，他对我们毫无价值。"

"你们会怎么处置他？"

"处置？照理说我们应该向你们道歉才对，但是搜寻者从不道歉。你们的飞船会被恢复原状，你们会回到飞船上。之所以请你到这里，因为另有一个小小的问题。"

大人物看着马力七十五，"中央数据库显示在你的名下拥有大量财产，如果没有你的身份确认，这些财产将会一直冻结。如果要取出财产，需要去诺伊斯五号星通过身份鉴定。鉴于你的飞船根本不可能飞向诺伊斯五号，我们给你提供一个方案：我们会带你过去并帮你完成整个过程，但是你必须给我们财产的一半。这是一笔巨额财产。"

"巨额财产？有多少？"

"至少可以让我们的人10年间衣食无忧。"

"我怎么会有这笔钱？"

"这不是我们关心的事。可能很久之前，你留下了一笔钱，或者是某个机构给你的捐助。或者某个人擅作主张，把你的钱进行投资，结果得到了上帝保佑。三千多年过去了，什么可能性都有。现实状态就是你拥有这笔钱，而我们能帮你取出来。"

马力七十五终于明白了这些人想做什么。尽管事情有些出人意料，这不算什么坏事，而且看起来这些人都是君子，正派得让人不敢相信。

"让我考虑一下。"

大人物点点头，"好的，你可以有3天时间考虑。"

"和我在一起的那个人，你们还会把我们关在一起？"

"他的飞船将在16个小时内清理完毕，他会回到飞船上。"

"能留下他和我在一起吗？"

"不，我们没法长时间限制人身自由。这样做违反了星际航行法。如果他自愿留下，那是另一回事。但是我们并不喜欢原人巨大的躯体，这让我们很为难。"

"如果我付钱呢？"

大人物第一次皱起眉头，"交易不能涉及人身。人身自由只能在必要情况下进行限制。对于你的想法，我们不欢迎。"

"好吧。对不起。"马力七十五说。

他被送回了囚室。

卡洛特几乎在狂笑。过了很久一段时间，他才能停下来，"这真是我见过最荒诞的事。"

他突然间变得一本正经，"不过，说真的，你打算怎么处理你的财产？"

"我还在考虑。"

"你有足够的时间考虑。这倒是很不错的买卖，你追踪我到了3000年以后，变成一个富翁，享受未来的豪华生活。"

"我是来追捕你的。"

"是的。不过很快就不是了。"卡洛特笑眯眯地看着马力七十五，"你知道我有多悲惨，不名一文，没有亲人，没有朋友，没有钱，就连这些捡垃圾的都不拿我当回事。我给自己判了无限期流放，注定在卑微和孤独中带着悔恨死去，这还不够吗？"

马力七十五看着他笑眯眯的脸，"别耍花招，我一定会逮捕你。"

卡洛特收起笑容，"说真的，你可以选择跟这些侏儒一起走。明天他们放了我，我就会继续向前，沿着时间之河顺流而下。前边什么都没有，你可以预计到这点。所以，是时候选择回头了。对，你没法回头，既然跟到了到了这里，那就停下吧。"

马力七十五没有回答他，沉默了半晌，他突然问："你为什么这么做？"

卡洛特已经躺在床上假装入睡，听到这个问题他睁开眼睛，直直地盯着天花板，"这个问题我已经告诉你了，我想旅行到宇宙的尽头。"

"为什么呢？"

"这难道不是一次壮举吗？"卡洛特反问。

"壮举？你就是这么定义你的行为？"

"当然，你可以定义这个为疯狂，逃跑，犯罪。但对我来说这是壮举。"

"这么说你的罪行当然也是壮举。"

"是的。"卡洛特干脆利落地回答，他起身坐着，"你听过一句话吗？他人即是地狱。我一定是你的地狱，不过我也是很多人的天堂。"

"天堂？"

"嗯，做到想要做到的事，达成心愿。没有我，你不可能飞到这里来，这种时空飞船根本不可能被开发出来。你回去可以在双子星的主机上输入这个问题：谁是上帝。你会得到一个确定答案：西莫夫，他赞助了所有研究活动，并且没有任何附加条件。当然作为一点回报，他们很愿意满足我的心愿：成为第一个试验者。"

西莫夫是卡洛特的一个化名。马力七十五知道这一点，他冷冷地讽刺，"这么说你并不是策划逃跑，而是在帮助做科学试验。”

卡洛特作出一个无可奈何的表情，“他人即是地狱，我希望你理解了这句话。到此为止吧，很遗憾把你卷进来，不过，这样的结局也不算最糟糕。”

卡洛特躺倒就睡，这一次他真的睡着了，发出均匀而细微的鼾声。

马力七十五辗转反侧，他不知道是不是应该到此为止。富豪的生活他从未尝试过，也许他应该放松自己，去享受一下未来？

卡洛特被送上奥德赛号。马力七十五跟着他。

“好了，到此为止。”卡洛特站在舱门边，“很高兴你陪了我一程。接下来，我要独自逃亡了。”他眨眨眼，“好好享受生活吧。”

他挥挥手，走进去，马力七十五喊住他，“卡洛特，我会履行职责。”

卡洛特停下脚步，转过身，露出一个微笑，突然他的眼神凝结在马力七十五身后，那里有某样东西吸引了他的注意力。

马力七十五回过身，那是一个巨大的屏幕，屏幕上是星图。星空璀璨，耀眼夺目。

“嗨，小个子，你能告诉我哪个是太阳吗？”

负责引导他们的矮人摇摇头，“我不认识星图，不过，这里是初始探索区，距离太阳应该不远。"

"真遗憾，看来我还没离家太远。"他看着马力七十五，"不过马上就要远远离开了。"

说完，他走进了奥德赛号。舱门关上。

马力七十五转头看着矮人，"送我上船吧，谢谢！"

另一个舱门打开，这是双子星号。马力七十五走进飞船。

两艘控制船挟持着奥德赛号。它们飞出很远，直到母船成了小小的光点。它们放松控制，然后掉头飞向母船。奥德赛号主机开始运作，恢复控制系统。卡洛特坐在控制台前，沉静地看着屏幕。

很快，奥德赛号报告了消息：双子星号，平行飞行，距离3000公里。

"好吧，朋友，欢迎继续。"当马力七十五的头像出现在屏幕上，卡洛特如此说。

"我会找到办法把你绳之以法。"

"随你的便了。你的财产怎么样了？"

"我送给他们了。"

"送了？不错。怪不得那些矮个子在飞船里添了好些东西。你签署了一份声明？"

"我签了一份文件，然后留下一根头发，两滴血，还有一段录像。"

"听着好像很原始。你打听到财产怎么来的吗？"

"DNA验证。只能来自瑞士银行。不管这财产最后怎么变的戏法，最早的时候，它是瑞士金行的一笔钱。我在那儿只存过一笔钱。"

"哦。看来发财的最好办法是存一笔钱，然后到3000年后去花。"

"也可能一无所有。"

"就像我现在这样？"

"你的户头里从来没有钱。"

"对了，既然你存了钱，总有些目的，回溯时间是不可能的。所以，这些钱不是给你自己的，那是给谁的？"

"这是一个私人问题。"

"拜托了，这里就我们两个人，不会有什么狗仔队，也没有报纸杂志，你完全可以告诉我。"

马力七十五没有回答。

"嗯，其实你不说我也能猜，那是一个女人，对不对？"卡洛特突然大笑起来，"我明白了。你是害怕。你怕违反秘密警察的纪律，所以就跟着我来。"

"我来缉捕你归案。"

"别不好意思，警察也是人。我替你唾弃灭绝人性的秘密警察制度。你们其实完全不用搞记忆消除。消除了回忆，人活着又有什么意思。哦，你的真名不应该叫马力七十五，你叫什么？"

马力七十五感到心脏剧烈地一跳。马万里——那个女人是这样喊他的。据说这是他的真名。

"卡洛特，我需要休息一下。打算逃跑的时候告诉我。"马力七十五说完关闭了通信系统。

他闭上眼睛。这个任务本身就很荒谬，现在它变得更加荒谬。追捕者要求被追捕者提供信息，这算什么？

不管怎么样，游戏要继续下去。只要他活着，就不能放弃承诺。

卡洛特居然把时间向前推进了30万年。还有一件事更让人意外——双子星居然比奥德赛先到。

30万年，这比整个人类文明史还要长10倍。空间和时间的乘积是一个测不准值，对于奥德赛和双子星这样的小飞船来说，尤其如此。当跨越的时间长度只是300年，3000年，误差不过几分钟，几小时，当时间跨过30万年，误差以让人惊讶的方式累积起来。结果奥德赛号先一个小时跳跃，当它抵达的时刻，双子星已经等待了整整6天。

6天的时间里，马力七十五什么都没有做，除了回忆。他想起自己的职业生涯，一个个臭名昭著的罪犯在他手中落网；他想起喊她马万里的女人，他不认识她，然而却有一种异样的熟悉感，以至于完全慌乱了手脚，匆匆落荒而逃，生怕和她多说一句话；事后，他偷偷地了解她，躲在暗处窥探她，然而，作为秘密警察，他不能做任何事，哪怕试图想起和这个女人相关的往事，他相信那一定很美好，然而他完全不记得；他想起卡洛特，这是最大的一条鱼，和他相比，之前所有的案子全都是小打小闹，然而他也是最狡猾最神通广大的鱼，就在收网的前夕，居然用这种谁也预料不到的方式跑了。他远离人群，独自一人，唯有群星相伴。在这样的沉静中，回忆中的一切仿佛只是一张相片，可以一眼望到底。既熟悉，又陌生，既亲切，又隔阂，时间无情地带走一切，然而一切又有什么意义？

当卡洛特再次见到马力七十五，他惊讶地叫起来，"哦，你是在绝食吗？"

屏幕上马力七十五形销骨立，瘦得不成人形。

"卡洛特，你还要逃跑吗？"

"那当然，你听说过不跑的贼吗？而且还有你这样忠心耿耿的警察跟着。"

"我放弃了。你走吧。"

"放弃？你一定是在开玩笑。你是天底下最聪明、最坚定、最忠勇的警察。如果你放弃了，这个世界一定完蛋了。"

"卡洛特，也许我应该谢谢你，如果不是你把我带到这里，可能我一辈子也没有机会安静地思考。这里真安静，一个人也没有，仿佛自己就是宇宙中唯一的存在。"

"别说得好像临终遗言一样。我们还没完呢。"

马力七十五微微一笑，他关闭了通信系统。

卡洛特急急地呼叫双子星号，然而毫无反应。

卡洛特准备先休息一下，奥德赛号正在进行安全检测——这是卡洛特对上一次意外的补救措施，他不允许这种情况再次发生。奥德赛号给出一个警告，卡洛特看了一眼，他马上再次联系马力七十五。马力七十五拒绝联系。

一个飞行物正在靠近双子星号，那是一条不断修正的轨道，卡洛特相信那肯定是一个智能体，如果马力七十五不及时躲开，那么一切就晚了。

没有时间了！卡洛特命令奥德赛号向双子星靠拢。

马力七十五在坐以待毙。警告不断重复，双子星要求马力七十五下达指令。来自奥德赛的请求也不断重复。一切都显得紧张而急迫，马力七十五却像是风暴眼，保持着平静。

他不慌不忙地看着屏幕上节节逼近的小点。这个飞行器来的速度很快，达到每秒3000公里。双子星的速度最高只能达到每秒300公里——这需要长达1个月的加速。再有30分钟，这不速之客就会和双子星号迎头碰上。跑是跑不掉的。

奥德赛号正在努力靠拢过来。卡洛特不断地请求通信。

马力七十五终于接受了请求。

"感谢上帝，你终于活过来了。"卡洛特见到马力七十五，马上双手合十，大声赞美上帝，尽管他根本不是信徒。

"卡洛特，什么事？"

"有访客。看样子并不友好。"

"是的，我看见了。"

"难道不打算逃跑？"

"没有必要逃，再说也逃不掉。它的速度是双子星的10倍。"

"我们可以向前跳。时间就是最好的屏障。它可不会发疯跟着我们来。"

马力七十五短暂地沉默，然后说："卡洛特，你走吧。不用担心我。"

"废话！我不会放弃你跑掉的。马上做好准备，我们一起跳。"

"你和我又有什么关系？我只是来追捕你的警察。很遗憾我冒失地闯进你的计划，现在是时候离开了。你可以继续。"

"别犯傻了。这里是什么地方？30万年后的世界，那些侏儒已经和我们大不一样，30万年，就算那玩意儿是人，或者是机器人，那也绝对和我们不一样。你不可能有上次的好运气。它们可能杀死你，可能把你当作标本，或者让你活着，就像动物园的猩猩一样，或者拿你做活体解剖。别把命运寄托在它的好心上。"

"这没什么大不了的。我也很乐意看看30万年后的智慧生命是什么样。"

"我们必须跑。"卡洛特很严肃地盯着马力七十五，和之前的样子判若两人。虽然隔着屏幕，马力还是感觉到一种坚定的决心。也许这才是卡洛特的真面目。

"再见,卡洛特。"马力七十五结束了谈话。

奥德赛号继续向着双子星靠拢。

不明飞行物进入减速,试图和双子星同步。它显然也注意到正在赶来的奥德赛号,奥德赛接收到一种有节律的信号,然而没人明白那是什么意思。

突然间强烈的光照亮了奥德赛,不明飞行物进行攻击。红色警报在一瞬间充满整个空间,卡洛特被自动机器牢牢地捆绑在椅了上。奥德赛号进入紧急模式。

"外层侵蚀,装甲削弱17%。飞船密封性良好,微量泄漏,快速修补完毕。引擎工作正常。所有功能模组,71%检测完毕,运行正常……"

奥德赛号报告了关于这次攻击的情况。奥德赛号不是为了战斗而设计的飞船,敌人的攻击也并不猛烈。然而,谁也不知道接下来会发生什么。

不明飞行物很快逼近双子星,在距离双子星不到600米远处停下来,保持相对静止。奥德赛号也进入同步阶段,距离双子星两公里。马力七十五没有发出任何信号。不明飞行物出现一些异样,两个物体脱离了飞船,向着双子星飞过去。速度不快,不像是武器。卡洛特看清了屏幕上的影像,那是一个类似八脚章鱼的东西,看上去很柔软,前边对称地分布着两只眼睛。突然间,它的身体猛地抽搐,一股气流喷出,推动它转变方向。当身体再次舒展，它已经稳当地吸附在双子星的船壁上，8条触手均匀地展开，就像一个八角的海星。这真是一次漂亮的着陆。

"卡洛特。"马力七十五的影像跳了出来。

卡洛特看着他，"准备好逃跑了吗？"

"它们来了两个。它们正试图打破船体钻进来，双子星号损毁严重。可能还有15分钟，它们就能突破船壁。你是对的，它们不是人，也并不友好。"

"一旦船体被打破，没有任何生还的希望。"

"是的。所以向你告别。"

"永远不要放弃。现在，向前弹跳。"卡洛特认真地说。马力七十五感觉到一阵强烈的威压，让他不由自主想按照卡洛特说的去做，但是他还是控制住自己，"我不做徒劳的抵抗。你赶紧逃跑吧，祝你好运！"

"现在，启动弹跳。"卡洛特说完，关闭了通信系统。双子星号收到轨道参数，询问马力七十五。马力七十五注意到奥德赛号改变了轨道，它正向着不明飞行物冲过去。

马力七十五的头脑中尽是卡洛特下达命令的神情，最后，他命令双子星执行弹跳。

在弹跳之前，他看到奥德赛号被强光笼罩。一束激光从奥德赛的尖顶上发射出来。突然之间，不明飞行物散开，分裂成大大小小许多碎片。一切变成黑暗。

仪表盘上的数字永久性地静止在0000000。四周很黑，连星星也难觅踪影。

"我们到了什么地方？这是什么时间？"

"位置不确定。按照弹跳坐标，理论上应该向前跳跃600万年。"

600万年！这一定是疯了。

没有奥德赛号的踪迹。马力七十五决定等着卡洛特。上一次他迟到了6天，这一次他什么时候会来？

卡洛特没有来。

9天的时间，马力七十五吃掉了所有的储备。

当他饿得头昏眼花时，他开始食用那些小矮人放在船里的东西。牙膏状的食品味道独特，很难吃，然而却能填饱肚子。

他吃了3个月的牙膏，习惯了那种难闻的味道，甚至觉得很享受。

卡洛特还没有来。

牙膏还能再吃几个月。卡洛特不会来了。

双子星远远地跑出了银河系，落在荒凉的星际真空地带。在这里，肉眼看不到几颗星星，永远也不会有智慧生命来拜访，不管是敌人还是朋友。只有迷途的船，被永远地困在这里。

卡洛特又在哪里？

也许误差太大，他们已经永远地失之交臂。这是好事。一个荒谬绝顶的任务，有一个不落俗套的结局。

马力七十五望着窗外。他已经无数次这样眺望，每一次只能看见无尽的黑暗。这是没有任何希望的地方。哪怕时间过去了600万年，丝毫不见人类的踪迹。新都会？冥王星？太空船？那些曾经存在过的东西，也许此刻仍旧存在，然而它们都在哪里？宇宙就像这无穷尽的黑暗，而那些曾经存在的东西，就连最黯淡的星光也比不上。

马力七十五考虑了好几种办法来结束自己的生命。他想过用电，想过打开舱门，让自己飘进太空，想过咬断舌头……最后他什么都没有做。

他想起卡洛特。旅行到世界末日，这是不是一种很伟大的壮举？

双子星号没别的能耐，但是时间旅行就是它被设计出来的目的。

把生命继续浪费在这里毫无意义，马力七十五决定上路。卡洛特可能死了，也可能活着，只要他活着，他就会不断向前。也许，唯一能够再次遇到他的地方就是在宇宙尽头。

在所有的牙膏被吃完之前，希望时间之路已经走到尽头。

马力七十五驱动双子星号向前跳跃。

他就像一个在无尽沙漠中赶路的人，看不见的边际永远在前方。

弹跳，弹跳，弹跳……时间和空间失去了意义，对于马力七十五，它们是无可逾越的墙。黑暗空间，永无休止，把一切希望碾压得粉碎。唯一支撑马力七十五的动力是信念。向前，向前，向前……

黑暗中的星星从不闪烁，却也黯淡无光。一次次的弹跳，它们一次次变换位置，排列成不同的星图，有新的星星诞生，也有的会更亮一些，然而最终它们都消失在黑暗中。

终于，马力七十五发现无法找到哪怕一颗星星。

"现在是什么时候？"

"175亿年。"

175亿年？这是一个接近永恒的时间。马力七十五没有想到他居然跑出了这么远。在他模糊的知识里，太阳能够燃烧一百亿年，此刻，太阳早已暗淡无光。银河呢？银河是不是也一样？

"地球还在吗？"

没有人回答他。双子星号不能理解这样的问题。

宇宙正在冷下来，马力七十五想。可能在很小很小的时候，他曾经上过这样的课，然而不记得任何更多的内容。他只知道，宇宙是会冷却的，当所有的星星耗尽了燃料，它们会冷却下来，星星失去活力，而宇宙失去光亮。这样的图景在书上重复过100遍，听起来很让人绝望，然而人们并没有多少忧虑——数以亿计的时光对于100年的生命毫无意义。马力七十五发现，双子星号正用一种奇特的方式在他有限的生命里展现宇宙不可挽回的颓势。哪怕上亿年的时光，也只是昙花一现。

马力七十五停留了一整天，然后继续上路。

枯燥的旅途失去了最后一点乐趣。马力七十五把一切都交给了双子星，他所做的一切就是睡觉，吃饭，看一眼窗外的黑暗。

双子星号的效率在下降，每一次弹跳之前的震颤在加剧。从毫无感觉，到渐渐的细微颤动，蜂鸣，急剧震颤……飞船用无声的语言告诉马力七十五它正在老去。

马力七十五并不焦虑。这样的情形随时可能让他送命，然而他没有任何办法补救。

双子星号仍旧按照设定的程序不断往前。马力七十五坦然地等待着随时可能到来的崩溃。

"记录时间。"他给双子星下达了新的指令。

两行简单的数字被显示在屏幕上。

248。这是飞船走过的年份，以亿年为单位。

14,588。这是飞船进行跳跃的次数。

这样，即便飞船最后崩溃，他也可以知道到底走了多远。

马力七十五陷入沉睡的时间越来越长。很多时候，他醒来，甚至不吃任何东西，只是看一眼数字，就继续沉睡。他想自己一定是患上了某种疾病，然而这未尝不是好事，他的食欲也大大减少，降低了被饿死的风险。

　　睡眠中偶然会有梦。马力七十五梦到一个巨大的光球，他站在光球下，是一个黑色影子。影子拖得很长。他向着光球走去，走去……尖厉的声音打断了梦境，双子星号发出警告。

　　屏幕上有些东西，当马力七十五看清楚那是什么，昏沉沉的头脑马上清醒过来。

　　一艘飞船。那居然是一艘飞船！

　　这是一艘巨型飞船，它挡住双子星号的飞行轨道，迫使双子星号停下。它比马力七十五想象的还要大，双子星号靠上去之后，马力七十五才明白自己来到了一个什么样的所在——飞船就像一个星球，而双子星仿佛一粒微尘。飞船降落，下边是黑色而粗糙的表面，仿佛广袤无边的大地，微弱的光线从巨型飞船的某些位置散发出来，让整个大地显出淡淡的金属光泽。

　　马力七十五突然有一种踏实可靠的感觉，仿佛回到了地球的土地上。一道裂口缓缓打开，无形的力量牵引着双子星号降落到一片灿烂的光里边。双子星号被送进飞船内部。

　　一个机器爬上了双子星号。它转过整个船舱，用一种蓝色光线到处照射，最后停留在双子星号主机边，改用红色光线照射。很快，它到了马力七十五面前，用一种很奇特的声音说话，那声音仿佛就在马力七十五的头脑里。

　　"你的旅行目的地？"

　　"我在追捕一个逃犯。"

"逃犯？你是说一个同伴？"

"就算是吧。"

"基地认为你的飞船不适合继续进行时空跳跃。你是否愿意生活在基地？"

"基地？这里？"

"是的。"

一个全息投影出现在马力七十五面前，他仿佛正从半空中鸟瞰一个城市，绿树成荫，繁花似锦。马力七十五看见一个人，还有一条狗，正在嬉戏。

"你来自一千多亿年前的某个文明，这是你们的生活区。你可以选择在这里生活。"

"有人在这里？"马力七十五感到一阵欣喜，然而他马上冷却下来。他看清了那个人。他头部膨胀，仿佛一个巨大的蘑菇，脸色血红，没有鼻梁，只有两个孔洞，嘴唇收缩，只是一个小孔，耳朵萎缩，只剩下一个小小的突起。他的眼睛向外鼓起，眼睛转动，仿佛机警的变色龙。

"你是说我和他是同类？"

"是的。"

马力七十五沉默一小会儿，"这里到底是什么地方？"

"这里是终结之地。所有的时空螺旋汇聚之处。"

"这就是宇宙尽头？"

"宇宙还有很长的寿命。终结的意思是，所有的时空轨迹都会被扭转到基地控制范围内。"

"你们能控制整个宇宙？"

"不是这样。此刻的宇宙和一千多亿年之前完全不同。它要小得多。"

"小得多？"马力七十五有些疑惑，突然间他意识到另一个问题，"你是说一千多亿年？"他看着飞船显示的数字，那明明白白地显示248。"我的飞船告诉我，我只走过248亿年。"

"你们的飞船质子丰度显示它距离此刻的时间是10亿6600万分之一质子半衰期。用你们的时间计算是1000亿年，误差不超过30亿年。"

"那么我的机器出了错？"

"对时空跳跃的飞船来说，时间紊乱是必然。跳跃飞船的计时器过于原始。"

1000亿年！这个天文数字并没有激起马力七十五太多的想象。当时间超越了某个限度，就成了一个抽象数字，没有太多的含义。

"你们又是谁？在干什么？"

"基地代表文明。你们的世界里，宇宙里有许多文明，彼此隔离。此刻，只有一个基地，所有的文明都在这里。智慧生命的最后家园。2000万年前，宇宙尺度缩小到合适范围，仲裁者决定启动时空拦截。所有经过基地的时空轨迹都会被拦截下来，强制回到正常时空。"

"拦截时空轨迹？"马力七十五有些似懂非懂，"为什么？"

"旅行者只是需要一个家园，他们再也回不去从前的文明，但是基地收容他们，给他们一个家园，大体和原来的文明类似。"

"有很多旅行者？"

"平均每一年会有1个。基地累计拦截了2000万个。大部分已经死亡，此刻有32万5000个仍旧活着。史前文明的旅行者寿命都很短。高级智慧生命从不进行时间旅行。"

"为什么？"

"这毫无意义。"马力七十五沉默一小会儿。机器的说法是对的，这样的旅行毫无意义，只有被创造伟大奇迹的非理性支配了头脑，才会做出这样的决定。那个梦想着创造伟大壮举的疯子又在哪里？

"有和我一样的飞船吗？和我使用同样的语言，飞船叫作奥德赛号。"

"有。"

马力七十五一阵欣喜，有些迫不及待，"在哪里？带我去见他！"

"不行。奥德赛号在274万年前抵达。"

马力七十五仿佛掉进了冰窟。274万年！人连零头的零头都活不到。他感到手脚一阵发凉，身子发软。

机器闪过一道红光，继续说，"奥德赛号没有留下。它继续向前弹跳。"

"你说什么！"马力七十五挺直身体。

"他说……"机器突然之间转变了声音，"嗨，伙计。咱们还没完。来吧！"千真万确，那是卡洛特的声音。

"这句留言留给问起奥德赛号的人。留下声音的人……"

机器继续说，然而马力七十五什么都没有听进去。是的，卡洛特来过，到了这里，而且继续向前。他没有停下，也不打算停下，直到时间的尽头。马力七十五的头脑一片空白，满是狂乱的欣喜，当他从迷失的状态恢复过来，发现自己居然在掉眼泪。

他不需要其他选项。

向前，向前，向前。

马力七十五继续一个人的漫漫征途。

终结之地的机器帮助他修复了双子星号，甚至彻底改装了它。它们也用一种药丸似的营养剂给马力七十五补充食物，据说可以让他吃100年。

1645。

机器屏幕上显示这个数字。这应该是一个正确的数字，终结之地的机器给双子星安装了另一种计时器。

马力七十五望向窗外，窗外一片白茫茫。

宇宙正在逐渐亮起来。最初的时候，那是隐约的黑光，后来，是黯淡的红光，每一次跳跃，宇宙都会变得更亮一点。此刻，外边就像清晨多云的天空。宇宙正快速地收缩，散落的辐射重新汇聚，温度在升高。这是跨向终点的预兆。马力七十五非常感谢终结之地的那些机器，它们预料到这点，让双子星的外壳能够抵抗强烈的辐射，它们也警告马力七十五，谁也无法预期最后的情况会变得怎样，可能没有抵达时间的终点，飞船就已经在辐射中分崩离析。

"双子星号这样大小的飞船，只能前进到最后时刻的前15个小时，你可以在那个时间找到奥德赛，如果它也抵达了时间终点。然后，你们能继续存在3个小时。再往后，物质和能量的界限被打破，有序结构消失，生命不可能存在。"

机器是这么告诉他的。

每一个跳跃的暂停时刻，他都可以进行选择。他的生命不过百年，只要愿意，可以随时停下来，任由双子星号飘荡，然后慢慢老去，安然死去。宇宙虽然也在死亡，然而对于每一次暂停，宇宙仍旧仿佛永恒。

马力七十五望着白茫茫的世界。没有人，没有飞船，没有恒星发亮，也没有多彩星云，只有无数的黑洞隐藏在光亮背后。终结之地呢？虽然机器并没有提出那个庞大基地的最终计划，马力七十五猜想那基地可能已经湮灭。那些比人类高级得多、聪明得多的存在，当他们不再能够拦截到任何时空轨迹，给那些迷失的旅行者提供出路，也就失去了存在的意义。

如果留下，就应该留在终结之地。既然前进了，就走到底，做完自己的事。

每一次马力七十五都这么鼓励自己。这一次，这个理由仍旧合适。

他继续向前跳。

窗外的光变得更亮，金灿灿地晃眼。双子星号发出警报，跳跃程序中断。它撞在了时空尽头的墙上。

没有奥德赛号。

但下一秒，奥德赛号神奇地出现在双子星号前方。

马力七十五发出通信请求。他等待着。

"这是奥德赛号……"他听到了来自奥德赛的反馈。

卡洛特已经死了！马力七十五几乎不敢相信自己的耳朵。

他不但已经死了，而且死了很久。离开终结之地之后，他只向前跳跃了300亿年。后边的旅途由奥德赛根据卡洛特最后的指令独立完成。

马力七十五感到心力交瘁。他没有想到竟然是这样的结果。

可能只剩下最后的3个小时，他决定去奥德赛上看看。

对接完成，他飘进奥德赛的船舱。船舱里很冷，隔着宇航服，他仍旧能够感受到凉意。船舱几乎和双子星号一模一样，卡洛特安静地坐在座椅上。他很安详，仿佛仍旧活着，只是睡了过去。在终结之地，他已经得了严重的放射病，然而坚持继续向前。他知道自己恐怕不能实现愿望，于是开始录制影像。

马力七十五飘过去，在副手的椅子上坐下，用安全扣把自己固定起来，"好了，开始吧。"

卡洛特的头像出现在屏幕上，他挤眉弄眼。

"戴维，你把所有的钱都输给了我，可能觉得很不爽，但是这很值。这些钱都转移到了孩子的教育上，至少有三千多的孩子因为你而受益。他们会感谢你。另外，你也太胖了，穷一点有助于你减肥……"

马力七十五记得这个案子，这是卡洛特所有罪行中很小的一桩，但可能是他的第一个案子。

"马格力太太，你是一个好人，也许你不知道是我帮你打赢官司，让你免去坐牢的烦恼，但你一定知道，除了那套房子，你什么都没剩下，全部进了律师的腰包。那个律师就是我。我真是太可耻了，居然要挣一个老女人最后维持生活的钱。但那个时候我真是太穷了。后来我去找过你，可是你已经死了。你在天国对我进行抱怨也是有道理的，可惜我肯定要下地狱，虽然很想说对不起，恐怕也没有机会……"

卡洛特似乎在进行一生的回顾，他不仅谈论马力七十五所知道的案子，还有大量马力七十五根本不知道的东西。

屏幕上卡洛特眉飞色舞，并不像一个重病在身的人。

宇宙烈火熊熊。马力七十五安然坐着，耐心地听着录音。

3个小时很快过去。留言也到了最后。

留言的最后是给他的。

"可爱的警察，也许你是唯一一个能听到我的遗言的人。如果你听到了，很高兴你能追上来。很抱歉，把你拉下水。我以为我是最疯狂的人，没想到你比我还要疯狂。老实说，可能我们是同一类，很高兴能有你做伴。"声音停止了，马力七十五伸手去触摸屏幕，突然间声音又冒出来，"对了，最后补充一句，如果你想逮捕我，那就动手吧。我不会再跑了。"声音沉寂下去，再也没有响起来。屏幕上卡洛特的影像凝固，嘴角带着一丝微笑。

马力七十五伸手从裤兜里拿出一副小巧的手铐，俯过身，他铐住卡洛特的手，另一端铐在自己手上。

突然，他看见卡洛特的左手握着一只镯子。那是女人的用品，花纹很特别。卡洛特想起在出发的招待会上，那个女记者头上的钗子，他想，这镯子和那钗子是配对的。

他没有听到留言中有任何关于这镯子的事。卡洛特说了3个小时，他说了很多故事，还有更多的故事没有说。但在这时间的终点处，一切故事都将消失。

马力七十五坐直身子。他看着外边，金灿灿的宇宙无比辉煌。也许在下一瞬间，一切都会湮没。他没有明天，然而此刻，他感到无比平静，仿佛通达了整个宇宙。屏幕上，卡洛特正向着他微笑。

他露出一个微笑。

江波，中国"硬科幻"代表作家之一，2003年开始发表科幻小说，代表作品《时空追缉》《湿婆之舞》《移魂有术》《机器之道》等。长篇作品有《银河之心》三部曲、《机器之门》《机器之道》《机器之魂》。其作品屡获中国科幻银河奖和全球华语科幻星云奖。

本篇获2009年中国科幻银河奖杰作奖。

曾祖母的缝纫机

木卫/著

我闭上双眼，唤起我的冥想物体。

那是一枚独立存在的缝纫机机针，针头朝下，银色，针号14，全长37.9毫米，针身直径0.92毫米，针柄粗壮呈扁圆形，它呈现的形态令我想起了一支倒立的火箭。它头部的针孔很宽，足足有针身直径的40%，并且拥有最光滑、打磨得最精细的表面，以确保缝纫线在其中往复运动时阻力最小。我想象着一根黑色的棉线被一只并不存在的手操纵着在针孔前瞄准，线头被小心翼翼地对准针孔的正中，那样做是为了从众多空间分支上聚焦出目标分支，然后棉线越过针孔，在其中缓缓穿行，那样做是为了在时间轴上回溯并定位目标时间点。

这是狗鼻子教给我的诀窍，冥想物体必须足够具体，我能够描述出来的细节越详细越好，如同在脑海中放置的一个实物，并想象着它与时空所产生的联结，物体越清晰，我对目标时空的定位就越精准。

和往常一样，没有费多大的力气，我便清晰地辨识出了目标时间点与空间点，眨眼之间，我便到了那里，见到了缝纫机边上的曾祖母——她已经去世20多年了。

我的心理医生曾经忠告过我，让我重新考虑所选的平行世界，但我一直觉得他未免过于迂腐。

1阶1-161号平行世界是我第一次回到过去时分裂出来的，那个世界的分裂点大概是我四五岁的时候，那是我有记忆以来唯一一段与曾祖母共同生活的日子，那也是我的一个单调平行世界。

回想起来，我的第一次时间旅行并不算很成功。当时我只有18岁，黏着度非常小，所以时间旅行不到10秒就结束了。而且由于缺乏经验，时间场收束产生的能量将我狠狠地击倒在地，撞断了我的一根肋骨，导致我住了半个月的医院。但是这次阴错阳差的奇妙经历令我不禁怀疑，我是否拥有穿越时间的能力，直到狗鼻子的出现，我的怀疑才被证实——我确实与众不同。

"你是一名时间旅人。"这是狗鼻子对我说的第一句话，"我也是。"这是第二句。

我看着眼前这位顶着自来卷发型、戴着红框眼镜、衣着体面的中年大叔，问道："你来自未来吗？"

"未来？不！为什么每一个新人都认为我来自未来？"狗鼻子直瞪眼，"我与你身处同一个时代。我们从来不会回到过去招募新学员，那样去到的是另一个平行的世界，招募也是徒劳。"

"你是说，回到过去并不是真的回到过去，过去的历史木已成舟，覆水难收？"

"看来你是一个聪明的孩子。"狗鼻子说，"但是聪明不等于优秀，你要学习的技能还多着呢，到我们的学校里来吧。"

"你是说……"我吃惊地问，"有一所为我这样的人开设的学校？"

"当然。你不会自大到以为你是世界上唯一的时间旅人吧？"狗鼻子睥睨了我一眼，"时间旅人多得是，但真正懂得驾驭自己能力的却少之又少，所以才需要如斯学堂。"

"如斯学堂？"我问。

"逝者如斯夫，不舍昼夜。"狗鼻子高声道。

"逝者如斯夫，不舍昼夜……"我口中也情不自禁地默默诵起孔子的教诲，思绪一下子从回忆中抽离回到现实。这是1-161号平行世界的现实。

我的到来惊动了坐在缝纫机旁认真忙碌的曾祖母，她像一只机敏的猫一样转过头来，看到是我，额头上的皱纹似乎整个被熨平了，舒展开来，笑道："你来啦。"

那是一台蝴蝶牌缝纫机，主体就像一只正在弯腰啄米的大公鸡，黝黑的机身上蚀刻着金黄色的花纹，而公鸡的尾巴由一个闪闪发光的银色的手摇轮子构成，并通过传动皮带连接到脚部的踏板。曾祖母手一摇，脚一踩，大公鸡就"哒哒哒"地运转起来，公鸡嘴巴上的小小针头便开始在布料间上下游走，编织出七彩的纹路。这一款缝纫机在20世纪七八十年代可是一件相当体面的家当，谁家要是拥有一台"黑头机"，那绝对是值得夸耀的事。

但也正是这台"哒哒"叫唤的机器，成了我的一个童年梦魇。机头上那一枚飞速跳动的银针，曾经将我的手指啄出了一个大窟窿！我下意识地摸了摸指尖早已不存在的伤口，心有余悸地打了一个冷战。

"哥哥你来啦！哈哈哈哈！"房中突然冲出一个四五岁的小男孩，手舞足蹈、蹦蹦跳跳地向我跑过来，抱住了我的小腿。我蹲下来迎接他的拥抱，给了他一个大大的亲吻。

我花了差不多一个礼拜的时间让曾祖母相信并理解，我是她长大之后的曾孙子，我和她身边那个调皮的孩子是同一个人。

老人接受新事物的能力比我们想象的要强得多，或者换句话说，真正阻止那些人接受新事物的不是年纪，而是他们自年轻以来便一直如此的傲慢。曾祖母是一个相当开明的人，据说她出生在一个富裕的地主之家，知书达理，有一个非常美丽的名字，嫁给曾祖父之后战争爆发，曾祖父丧生于敌军的空袭，于是她从18岁开始便守了寡，从此也不再嫁，独自一人抚养两个孩子，其中一个孩子便是我的祖父。

这就是我所知道的关于曾祖母的一切，考虑到那个战争年代的悲剧基调，我敢说这也是很普遍的一则家庭故事。除此之外，我对曾祖母的过去几乎一无所知。

曾祖母对我的重要性在于，在我记忆形成的最早期，她陪伴着我度过了一段不短的日子。由于父母要外出工作的缘故，曾祖母实际上便是我白天的保姆，照料我的作息饮食。不要问我具体哪一天曾祖母喂我吃了什么东西，对我说了什么话，或者发生了什么事，那不是一株两株能够触手采摘的记忆之花，更像是将我包裹其中的充满馨香的空气。

我一直怀念这一段十分模糊、但却确实存在的童年记忆，这也是当初心理医生询问我时，我选择这一段时间线的原因。我心想，也许我可以借此机会更多地了解一下曾祖母的故事，弥补我自小记忆上的遗憾，那样也许对我的心情和心理状况有所助益吧。比如，我一直想询问曾祖母传说中美丽的名字，我一直想知道我的曾祖父长什么样子。

到此为止，如果你认为这将是一个关于我如何回到过去把曾祖父杀死，然后挑战时间线逻辑闭环的故事，恐怕你要失望了。在狗鼻子给我们上的第一堂课上，他就已经清清楚楚、明白无误地否定了它。

"曾祖父悖论，这是时间旅行不可能存在的一个最著名的理论论证，有谁能给大家讲讲吗？"狗鼻子几乎没有停顿就点了我的名字。

我一脸愤愤地站了起来，全班同学不约而同地朝我转过了脸。

如斯学堂的课制首先按照对时间旅行的掌控能力分为高低年级，然后同一年级的学生会再按照年龄段分为不同的班级，因为你不能指望我和一群连基础物理还没学过的小学生接受同样的教育。而我所在的班级，放眼望去，都是一群油光满面的发福大叔，以及靠浓妆艳抹来粉饰松弛皮肤的臃肿阿姨。

"如果你可以回到过去，"我无奈地开始解释，"那么你就可以回到你曾祖父生活的年代，在他生育之前把他杀死，那样一来，你的祖父就不会出生，自然也就没有你的父亲和你自己的存在，那么你回到过去的这个事件就不成立了。这个因果逻辑上的困境被称为'曾祖父悖论'，由此可以证明，时间旅行不可能发生。"

"我们都知道那是不正确的，因为在座的各位都真真切切地体验到了，你们确实是时间旅人。平行世界理论解决了'曾祖父悖论'。"狗鼻子说完，调出了下一页幻灯片，上面写着一行字——

时间场第一定律：当且仅当时间旅人的行为违反了因果律时，目标世界会分裂出新的平行世界。

他逐字念了出来。

"什么叫作违反因果律？"我问道。

"在任意一个时间点，一个世界中的每一件事物都是之前一切历史的结果，而之前一切历史都是每一件事物之所以如此的原因。作为时间旅人，只要经过训练，你们理论上能够到达任意一个时间点。假设你回到了过去的某一时刻，且不论你回到过去准备做什么，就单单是你出现在过去这一件事就已经违反了因果律，你的侵入导致历史本身的原因总和增加了，时间场不允许这样的事情发生，所以你侵入过去的那一瞬间，当前世界分裂了，分裂点就是侵入的时间点，你侵入的是新分裂出的平行世界，而当前世界其实并没有受到影响。"

"已经分裂的世界会再度分裂吗？"我接着问。

"这是个好问题！"狗鼻子说，"还是回到第一定律，只要你不违反因果律，它就不会。比如，只要互相不重合地、严格按照先后顺序地侵入到同一个平行世界，你的每次侵入都成了那个平行世界的历史的一部分，你并没有对其已有的结果造成影响，因果律依然成立，根据时间场第一定律，目标世界的分裂不会发生。这个一直不发生分裂的、稳定的平行世界就是你自己的单调平行世界。"

　　"质能守恒定律呢？它们被严重违反了。"我还是疑惑满满，"时间旅人穿越到另外的平行世界，那么他的质量和能量从这个世界凭空消失了，这是不可能的。"

　　"你说得对，质能确实从这个世界凭空消失了，但是只是暂时的，考虑时间场的收束效应之后，质能方程需要加以修正。"狗鼻子解释道，"可以这么认为，质能被借走了，有借必有还，也就意味着时间旅人不可能永久停留在目标世界，时间场会最终收束，迫使他必定要回到原本的世界。"

　　"时间旅人能在目标世界停留多久？"

　　"时间旅人本质上是从原世界揪出的一小块质能，借给了目标世界并附着在上面，时间场的黏着度用来描述附着的持久性，黏着度越高，时间旅人能够在目标世界停留的时间越长，反之越短。但总之，如我所说，最终他必定会回到原世界。"狗鼻子说完，调出了下一张幻灯片，上面又写着一行字——

　　时间场第二定律：时间场的黏着度与目标世界分支的距离成正比，与目标时间点的距离成反比。

　　他逐字念了出来，然后补充道："简单来说，你去到的时间点距离你越久远，你能够在那里停留得越短；你去到的平行世界分支距离你越遥远，你能够在那里停留得越长。"

　　"这么说，即使我们能穿越回到上古时代的过去，我们能够停留的时间也是很短的了？"我问。

"当然，这还要取决于每个时间旅人的黏着度系数，每个人的黏着度系数不一样。以你目前的黏着度系数，恐怕只能在上古时代停留毫秒级别的时长。"狗鼻子坏笑着说，然后补充道，"但别担心，你会进步的。"

狗鼻子说得不错，我确实大有长进。1-161号平行世界是一个1阶平行世界，也就是从我的原世界直接分裂出去的世界，与原世界的分支距离最小，我第一次只停留了不到10秒，而现在，我基本可以在这个平行世界中停留1个小时。

我特地选择了一个单调平行世界，因为它足够稳定，不再分裂，我也不想每次回去都需要跟曾祖母重新解释一番我是谁。我每天进行一次心理治疗，每一次都会回到上一次的第二天，并在那里陪曾祖母聊上1个小时，就像普通人之间的每天到访一样。

这不短不长的1个小时，也足够我跟曾祖母聊上不少话题了。

曾祖母询问过我，为什么大老远穿越回来看她，我诚实地跟她说，因为我的心理医生认为，通过找寻过去一段美好的回忆，可以帮助我忘记另一段不好的回忆。于是曾祖母便不再追问了。

"再给我讲讲您的故事吧。"我抱起孩子坐到曾祖母的缝纫机旁边。

"好好好……哎呀，线又断了，来，你再帮我穿上。"

曾祖母一辈子热衷缝纫，只是此刻已经老眼昏花，她五指震颤地给我递过来黑色的棉线，我接过棉线，小心翼翼地穿过缝纫机头那一枚可怕的银针，再把线头递回给她。

"您不是说，这次要跟我讲一讲曾祖父吗？"

曾祖母眯着眼睛，乐呵呵地自言自语："你跟他长得真像啊，怎么能这么像呢……"随后接过穿好的线头，熟练地重新用缝纫机头压好布料，手起脚落，又开始"哒哒哒"地踩动起缝纫机来。

"那时候我肚子里正怀着第二个孩子……"她接着说，说得很慢很轻柔，仿佛在轻抚一匹乖巧的白驹，"那天你曾祖父刚忙完农活回到家，我正准备着晚上的饭菜呢，突然间防空警报就响起来了，呜呜呜的，很吓人。你曾祖父说，咱们快躲进防空洞吧，抓紧时间。"

我被触动了一下，这正是狗鼻子当时说出的话语。那本是我的提议，我猜想，两个人一同进行时间旅行可以令黏着度得以积累叠加，可以让我们去到更加久远的过去，并停留更长的时间。狗鼻子是个思路开明的人，他经过详细的黏着度计算，认为计划可行。我俩一同进行了一次回到1000年前的时间旅行，当我们在时间场中一直回溯，却发现久久没有侵入成功时，狗鼻子脸色一惊，说："事情有变。"

"我马上和你曾祖父一起动身准备出门，但我们发现3岁的大儿子没有在家里，我们焦急地找遍了家中的每一个角落都不见他人影，他当时一定是跑到田野去玩耍了。防空警报继续'呜呜呜'地轰鸣，我害怕极了……"

我们早已跨过了预设的1000年前的目标时间点，却依然在继续往过去回溯，事实在向我们证明，两名时间旅人一同穿越时，跨越的时间距离也被相应地叠加甚至放大了，我们瞄准的是1000年前，实际上可能被加倍了。然而，我们很快便跨越了2000年前的时间，接着是3000年前，4000年前，并且没有要停止的意思……

"我挽着你曾祖父的手臂，急得哭了出来，喊着要到田野去找大儿子。你曾祖父阻止了我，他搀扶着我交给邻居，让我先跟大家躲进防空洞，他去田野找儿子，找到之后立刻去跟我们会合。我挺着大肚子跟随大伙儿移动，目送着他冲向了田边……"

当我们跨越了5000年前的时间点时，我脸色惨白地意识到，时间距离的叠加可能并不是单纯的线性叠加，而是指数性的叠加！我不知道我们会侵入到多么久远之前的时间点，我只知道，根据时间场第二定律，这无比庞大的时间距离将会使时间场的黏着度急速下降，我们最终可能得以侵入一个上古时代，然后几毫秒之内，时间场的急速收束效应将会把我们强力拉回原世界，那样释放的能量足以把我们俩都杀死。这时，狗鼻子冷静地对我说，他要与我进行解耦合，利用时间场的反作用力将我推回原世界，否则我们两个人都活不了……

"后来我躲进了防空洞，我没有等来你的曾祖父，等来的是敌军飞机连绵不断的狂轰滥炸。我能够听见每一声爆炸，即使躲在防空洞里也听得清清楚楚。它们好像是来自于我的身体里，要把我的心脏都震出来似的。敌军的轰炸不知道持续了多久，估计有好几个钟头。当我跟着大家慢慢往外走时，惊喜地发现，原来大儿子一直躲在防空洞里，他是被别家的大婶抱进来的。我一把鼻涕一把泪地抱过他，问他看到爸爸了没有，他颤抖着摇摇头。"她说到这时停下了手脚，缝纫机的声音也戛然而止，"事后，我们在满目疮痍、一片狼藉的田野上发现了那些遇难的人们，其中就包括你的曾祖父……"

曾祖父的惨状是否和狗鼻子一样？当我最后一次见到狗鼻子的时候，我已经平安地回到了原本的时空，而狗鼻子则全身血肉模糊地躺在地上，后来我才知道，为了给我提供足够的时间场反推力，他擅自进行了一次回到更加远古的时间旅行。狗鼻子对我说的最后一句话是："抓紧时间。"这是如斯学堂的一句箴言，但彼时彼刻，他的意思更像是，他能做的就只有这些，我只能在时间场中自求多福了。根据狗鼻子的遗体推断，他至少回到了5亿年前的过去，并且只停留了几纳秒的时间！

曾祖母陷入了沉默，我也一言不发，某种午夜时分噩梦惊醒的焦虑又一次涌上心头，那些噩梦是无声的，有心理医生不断发出的唇语，有狗鼻子不断发出的唇语，甚至还有我自己不断发出的唇语，每一种唇语都交织在一起，夜夜不停。醒来之后，又只有心理医生的话才是真真切切的，他一直告诉我那只是一场意外，让我不必自责。

我怀中的孩子似乎嗅到了空气中凝重的味道，开始往我的怀里钻，发出"呀呀"的声音，企图吸引大人们更多的注意。发现这一招并没有起到多少作用之后，孩子开始挣脱我的怀抱，爬到了缝纫机上面玩耍。这时曾祖母从回忆中缓过神来，正要继续踩动缝纫机。

突然间，缝纫机上的孩子"哇"的一声哭了出来，他的手指被缝纫针狠狠扎了一下，鲜血直流。

曾祖母"哎呀"一声，立即停下手脚，上前处理孩子的伤口。她拿来医药箱，迅速为他的手指止了血，孩子张大着嘴巴伤心地哭着，紧紧地抱着曾祖母不放，曾祖母轻轻地拍着他小小软软的后背，直说"没事的没事的"。我一边看着她镇定地往孩子伤口上涂抹着消炎药水，一边低头看着我自己手指上已愈合多年的疤痕。

我不合时宜地感慨道："要是有一天您不在这个世界上了，这孩子可得多想念您呀！"

曾祖母笑呵呵地说："如果我不在这个世界了，那么我就是跟我的丈夫在一起了——别动小家伙！等我包扎好！"她给孩子一边缠着绷带，一边平静地说，"我过得很好，他也别挂念。"

我看着孩子包得严严实实的右手食指，他趴在曾祖母怀里还在抽噎。我盯着自己手上的疤痕，那是左手中指。

心理医生不止一次地忠告过我："她已经不是你的曾祖母了……"我突然间恍然大悟。

狗鼻子的离去这件事情十分难以接受，就如同我年幼时曾祖母的离去一样，身为时间旅人，我固执地以为通过找寻曾祖母的回忆我便能最终自我疗愈。好险，我几乎就要走向一个无比虚幻、无比错误的方向。

真正让我实现自我疗愈的，原来并不是找回的那些曾祖母的回忆，而是找不回的那些。

最后一次来到1-161号平行世界，是曾祖母的葬礼。曾祖母的送葬队伍缓缓往山上的坟区移动，队伍最前面，捧着曾祖母遗像的10岁的我哭成了泪人。

此后我再也没有回到她在世的时代分裂出的新的平行世界，甚至想都没有想过。我的曾祖母从未跟我聊起过她的过去，我对她也几乎一无所知，我只知道她有一个美丽的名字，她在我的左手中指上留下了疤痕，她已去世20多年。

而狗鼻子也不再在我的脑海中挥之不去，我对他的意外之死也不再耿耿于怀。他在第一次见面的时候就已经教了我这件事情，而我却直到现在才得以释怀。

逝者如斯夫，不舍昼夜……

木卫，全职程序员，兼职科幻作家，作品追求故事性和节奏感，情节浓缩而紧凑。代表作《寒武纪的噪音》《格式化》《曾祖母的缝纫机》。《银海寻宝者与海城老人》获2019年"华为阅读科幻文学大赛"短中篇金奖。

月涌大江流

赵海虹/著

1943年8月 重庆

炸弹落下来的时候，赵琮刚刚走上码头。

当刺耳的防空警报陡然在城市上空鸣响，沙坪坝沿江的台阶坎坎上，方才下船或等待登船的乘客、上岸采购的船工，还有挑着扁担、扛着大包行李的挑夫们，都像潮水一般向江岸上涌去。

即将降临的危险让空气变得浓稠起来，充满独特码头气息的江风，充满各种细腻而丰富的味道，蕴含着两岸的植物、江中水生动物的气息，和着淡淡的轮船机油味与码头上的杂物垃圾的腐味，这对他来说曾经是那样亲切的味道——家的味道，此时他却仿佛从中闻出了飞机机油的气息与炸弹的火药味。

他知道那只是幻觉，因为过分紧张勾起的记忆中的联觉。

在他勘测川中公路和黔桂铁路的几年间，曾遭遇过多次这样的空袭。同事和老乡都曾在他眼前被炸死、炸伤。当时的惊恐与愤怒，让他在庆幸之余，又不禁为自己的平安无事而暗暗内疚，甚至，还有一种淡淡的羞耻。

或许正因为如此，当黑云般压过的机群一路飞过码头与城市的腹地，投下乌沉沉的黑鱼似的炸弹时，他在第一时间的惊吓之后，不再闪避，而是像望着宿敌一般，瞪大了眼睛，望着它们，纷纷坠下，钝声炸开。然后他眼前的世界遽然倾倒，他被炸弹的气流掀翻在地。

他从烟尘里坐起来，又一次死里逃生。他捡起蒙上了一层灰粒的黑框眼镜，用颤抖的手指翻起衣角擦拭镜片的时候，忽然意识到，和静与两个孩子就在这个被轰炸的城市里。

他猛然抬头，望向身后的城市，从那里腾起的烟尘判断轰炸的方位。"没有，一定没有……"他口中喃喃，伸手摸索了几下，抓住了自己常用的公文包，一把抱在胸前。这是他要送去交通局的宝贵资料。

他靠在高几级的台阶上，一手抓着包，一手在缝隙中爬满青苔的石坎卜着力，手脚并用地支起身。在他脚下几十米处，嘉陵江原本波光粼粼的江面仍在轰炸的余波下震荡。许多爆开的炸弹已沉入江底，这沉淀过无数悠长历史的江底。勉强站直身的一刹那，他面对着眼前奔流不息的江水，忽然恍惚了一下。此时因为忧心家人，他已恨不得插翅飞到渝中的山坡坡上，到那个坐落在半山腰的大杂院里，去确认妻儿的安全。灵感却选在此刻初次降临，在他脑海中留下一个模糊的印记。

看到妻儿的那一瞬间，他长长松了一口气。和静背对着他，正在厨房的灶台上忙碌。6年前刚结婚的时候，她还是个十指不沾阳春水的学生妹呢。然后战乱更迭，女儿娟子出生后，她带着孩子一路逃难，从安徽到贵州，又从贵州辗转到重庆，连儿子尼尼都是在逃难途中出生的。孩子的保姆因为丈夫生病回乡，几个月光景，她的家务已经操持得有模有样。

4岁的女儿娟子正跟在母亲身后，嚷着要吃的。他看见了娟子，孩子迟疑地推了推母亲。"阿妈……"

女儿没有认出他来。

这也不奇怪，上次离开家时，娟子还不到3岁，一晃1年多了，已经不记得他了。妻子依然没有回头，手中忙个不停，动作利索地把洗净的红苕削皮切块，口中说，"再等等，就好啦。"

里屋却响起了孩子的哭声。和静连忙放下手里削了一半的红苕，在围裙上擦了一把手上的水渍，口中说："尼尼，妈妈来了……"她转身正要冲进屋，却正看到站在走道上的丈夫，愣了几秒钟，几乎和他同时叫出声来。

"和静！"

"孩子爸！"

妻子的脸瘦削多了。"你回来啦！"她露出带着一分懵懂的笑容，像是劫后余生，云开雾散。她对女儿说："娟子，认得吗？这是爸爸！”

娟子瞪着大眼睛，漆黑的眼珠滴溜溜直转，好像真的想起他来了。女儿闷声扑过来抱住了他的小腿，他忍不住摸摸她的头，忽然想起自己一身一手的灰土，又连忙缩了回来。

屋里孩子的哭声尖利起来。和静忙进屋去，哭声顿时停歇。

他带着娟子跟进屋，正在奶孩子的妻子一边把孩子搂在胸前，一边呜呜地哄着他，时不时抬头带点羞涩地望丈夫一眼，眼里几乎要开出花来。

“你们没事就好。”他想笑，却发现嘴角一直在颤抖。

“这次你能待多久？”她问。

“我这次回重庆是给交通部送材料，谁知刚到沙坪坝就遇上了轰炸，幸好没事。我不放心你们，先过来看一下，马上就走。”

妻子脸上的光彩一下子黯淡了。

“啊，不，我的意思是，今天先去交通部，等他们给我安排了新任务再离开，肯定可以在家里待几天的。”

妻子的脸又亮了起来，她微笑示意他，看看她怀里的娃娃。他看见那个头发稀疏、脸颊瘦瘦的奶娃娃，忽然鼻子一酸，忙别转头去，擦掉了滑过腮边的泪水。

他大学的专业是土木工程，毕业后先到陕西、后去安徽，都在水利处任职。但自从日军侵华战争开始，南京国民政府西迁，水利工作不如交通工作紧迫重要。他被派到交通部，辗转为川中公路、黔桂铁路做勘探、设计工作。抗战的这几年，他跟着勘探队辗转了不知多少处山高水深的西南腹地，随着日军步步逼近，层层封锁，开辟西南交通之路也日益重要，他虽然只是一个助理工程师和分队长，也明白共赴国难的道理。但他常年在外奔波，聚少离多，免不了一次次亏欠了家人。

"快去快回。晚上有红苕饼吃！"妻子装作没有看到他的失态，语气欢快地说。

1956年12月　四川省达县地区

静静的水流随着夜色深沉，明星河不复是白昼中的模样，变成了一条深蓝色的河流，沉郁地流淌。

赵琼坐在河岸上，冬天的四川，天气中湿气沉沉的寒冷，让他禁不住哆嗦起来。这条河让他想起家门口那条更加宽阔的江流，想念在山城艰辛生活的妻子，与不断呱呱坠地、又雨后春笋般蹿起个头来的孩子们。

新中国成立已经七年多了，他作为技术人员被新政府接受，加入新成立的西南水利局，下派到四川达县地区水利水电局，转眼也有6年了。6年来他很少休探亲假，每次去重庆出差时，能回家停留一两天。

去年春夏连旱，59个乡33万人受灾，建水库的事成了火烧眉毛、必须完成的任务。今年八月专区成立水利科，他被指派为勘测队的队长。没想到春天忽然下起了冰雹，59个乡共吹倒了400多间瓦房，死了6个乡亲，伤了130多人，他也参与了救灾工作。更重要的是，越是闹灾，就越需要尽快恢复生产，而农业生产离不开水利。县里决定要尽快在明星河造一座总库容近两万立方米的示范水库，从勘测到设计都离不开他。他是真的没法走啊！

他怀里还揣着妻子的信，信里向他汇报了5个孩子的近况。是的，5个。他短暂的探亲总会为妻子留下更多的负担。虽然毛主席说"人多好办事"，生孩子也是给国家做贡献，但像他这样长期两地分居的家庭，一转身就把从生育到养育的所有问题都留给妻子了。他虽然也有为国家贡献的荣誉感，但同时暗觉羞惭，感到对不住和静。

妻子在信中期待地问起，他是否买好了归程的车票？她还喜滋滋地说，已经攒好了两斤上好的白面，等过春节时给他炸油条吃。"让你尝尝我的手艺，可比得上你老家的阿嬷。"

"我今年回不去了。"这样的回信他写不下去啊。

深冬的寒夜，他一直坐在河边，不舍离去。仿佛在这里，可以感受到遥远的家人的气息。

忽地，暗夜的云层中透出明亮的光来，同时在河面上洒下一把粼粼闪烁的银屑。月移影动，不一会儿，整个皎洁的白玉盘破云而出，让整个河面都跳动着一层暗色的磷光。而圆澄澄的水中之月与天上之月上下辉映，就如这条河上游的那条江，叫作明月江。

千江有水千江月。

这同样的月光，是否也照在沙坪坝岸边的嘉陵江上？照在妻儿的床前？

还有，他曾度过饥渴求知岁月的大学，也傍着这样一条江。

钱塘江上的月光，嘉陵江上的月光，明月江上的月光。月光照耀着江流漫漫，无尽地流淌。

子在川上曰，逝者如斯夫。

他激动得陡然站起身来。多年前曾经影影绰绰进入过他脑海的那个想法，忽然变得更清晰了。他知道这个想法太过奇特，还需要逾越难以解决的技术障碍，也许永远无法实现。但他相信科学一定会向前发展，到了那时，或许能够找到知音，将自己的想法化成现实。可那又是多么遥远的现实呢？

1965年7月　四川省达县地区

他们刚到麻柳镇公社的时候，路就断了。

天上忽然刮起了大风，豆大的雨滴在瓦楞上噼啪作响，雨势越来越密集，眼见着到中午就变成了瓢泼大雨，明月江的江水猛涨。他当时正住在麻柳乡场河对岸的炮楼上，带着勘测队的两个同志，想坐船沿江北上，去两个月前刚建成、还在后期调试阶段的魏家洞水电站，看看新站运营的情况，为在建的碑庙公社雷鼓坑电站取取经。

没想到这一下子就发了水涝，这是电站建成后遇见的头一次大考验，他心里一遍遍核算，自己在做工程设计时定下的汛期水位值和防洪库容够不够应付。

远望对岸，洪水已经漫过了河岸的土坡。镇上的平房被淹到了成人腰部那么高。

"啊，淹水了，淹水了，"他听见院子里看门的张大爷叫嚷起来。"赵工！赵工！县里来人了！"

一叶小舟从对岸疾驶过来，船头站着头戴草帽的老孙。他是在建的雷鼓坑水电站工程负责人。"赵工，这儿眼见是要发洪水了。"他和赵琮想到一块儿去了，都想看看魏家洞水库在这次洪涝中的表现；给新电站更多的参考。但他传达周县长的口信，要他们去魏家洞之前，先去大石桥的方位查看过水的情况。1952年9月大洪水的时候，因为石桥阻水严重，县上一度打算炸掉大石桥来加速泄洪。这次，上游已经修了水电站，情况和十几年前相比，是否能有些改善呢？

赵琮连忙戴了顶草帽，登上老孙的船，两人协力，时而划桨，时而撑篙，向大石桥方向划去。他们沿檀木乡越山绕溪，赶往下游的大石桥，一路上，他们被雨水淋得湿透，艰难地向前划。也许是觉得这段艰苦的路程太难打发，老孙居然和赵琮大声讨论起水电站的发电问题来。

"赵工，你说这前两年雨水这么少，今年这一下子又涝了，水电站的发电量不也是这年少、那年多的，一年年不一样，每个月也不一样。这么忽高忽低的，就没有办法吗？"

赵琮没想到会在此刻听到这样的问题。他仰头望着天空，那像被捅漏了一个大洞、哗啦哗啦直往下倒水的天幕，仿佛又一点点被补上了，雨点忽然稀疏了许多。"老孙，你的眼光还真远。"他抹了一把脸上挂的雨丝，吐出口中略带涩味的雨水。"不过魏家洞、雷鼓村这些电站都还太小了，就算加上最大的、正在设计的沙滩河水电站，设计的发电量都还是太少了。调峰的需要当然也有，为了系统安全嘛，发电忽多忽少还容易伤机子，但主要还是发电量不够的问题，枯水期老停电，还得靠火电来帮忙。过几年，等长江上的葛洲坝水电站造好了，甚至有一天，三峡水电站都建成了，这时候调峰的压力就大了。"

老孙的兴致也上来了："外国好像有什么抽水蓄能电站？电多的时候用水泵把低处的水抽到高处去，缺电的时候再把上水库的水放下来发电，听说很好用哟？"

"你和我想到一起去了！1882年，在瑞士苏黎世，建成了世界上第一座抽水蓄能电站。总有一天，我们也能有这样的调节型电站。"脱口而出的豪言壮语让他愣了一下，在中国四川东北部的达县，东周时的巴国属地，"苏黎世"是一个遥远得像外星球的名字。但物理的距离并非最遥远的距离，20年来，在他心中一直酝酿着一个惊人的想法。如果河流的力量能转化成电能，那么电能是否也可以使人类在另一条河流上自由地回溯、前行？而抽水蓄能电站的基本原理如果能与时间之河上特定质量物的回溯与前行相容，在遥远的未来，既能用时间旅行来蓄能，还能用时间旅行创造巨大的能量，这能实现吗？而时间之河，也许只是一种比喻，它真的存在吗？

他不知道该不该将这样脱出常规的设想告诉老孙，他其实非常想说，但这些年来，出于谨慎，他甚至从未将这个想法用笔记录下来，而是将它在大脑中反复盘点。今天，他忽然感到自己已经到了临界点。他实在忍不住想倾吐这个想法，如果不能对着另一个人说，至少，对着自己的工作笔记吧。

暴雨中的水面一片汪洋，白茫茫的水气中，他们隐约看到了一座大石桥。

石桥高约30米，跨度约35米，呈鸡蛋拱形，桥宽约5米，横跨在两岸的砂岩嘴上。这座桥是清朝咸丰年间所建。引桥较低，上下游的边沿都砌着可供行人歇坐的桥栏。此刻，洪水在桥上已经漫过两侧引桥处的桥面，低洼地带早已汪洋一片，只有桥心部分还没有没入水中。一个戴着草帽，穿着阴丹士林蓝布衣裤的女子正站在桥心，对着他们挥手。她的姿势特别雀跃，几乎都要跳起来了："赵工！赵工！"

赵琮怀疑地四顾左右。这女子叫的必定是他了。但他并不认识她。

小船刚靠上桥头，那女子右脚跨上船，左脚轻快地在空中划了一道弧线，与右脚并在船板上。她仰起头，欢欣鼓舞地说："终于得救了！如果不是碰上你们，我还不知道会被困到什么时候呢！"

"你是哪家的堂客？"老孙问，"我们这周围少见你这样白面皮的女同志。"

来人捂住脸笑起来，"我从魏家洞来的嘞！"

她的口音很奇怪，一听就不是本地土生土长的人，有一点点像重庆话，却也只像了三分，但赵琮和老孙也不是本地人，早年达县也有不少从外地派来工作的同志，有外地口音也正常。"想回去的时候，就赶上发大水了。"

"那你是还要回去？"老孙很热心。"我们正好要去那个方向，可以捎你一路。"

那女子笑着点点头，安静地坐在船头。她不时环顾四周，大概以前没有见过发大水，见到河面上顺流漂过的木盆、木椅和扑腾的家禽，眼中便露出兴奋的神色；但她马上想到了受灾家庭的损失，便又按灭了兴趣的火苗，只偶尔偷望一眼和老孙一起撑船的赵琮。

"同志，你叫什么名字？"赵琮避开她奇怪的目光，望向白茫茫的水面。"你怎么会认识我？"

"你带勘测队给电站踩点的时候，有几回路过我们村。赵工，你是这一带的名人，认识你的人当然比你认得的多。我叫贾姑，你就叫我小贾好了。"她说完又忍不住呵呵笑起来，好像有按捺不住的兴奋。但看她的模样，又不像是没见过世面，把个工程师兼勘测队长就当成大人物的村妇。

从麻柳到魏家洞只有10里地，但在河上逆流而行要慢上许多，过了半晌，小贾正了正额头上的草帽。雨虽然停了，她对阳光的避忌似乎比雨水更甚。她清了清嗓子，对赵工说，"赵工，换个手吧，不能一直让你们撑船啊！"

赵琮有点迟疑，他确实累了。他已经56岁了，力气不比年轻的时候。

"毛主席都说了，妇女能顶半边天！你可不能瞧不起我们！"贾姑见他犹豫，顺势一把抢了他手里的竹篙，很起劲地撑了起来。开头还有点不得要领，船头在水面转了小半圈，但不一会儿就上手了。

后半段他又和老孙换了一次手，终于在傍晚时分，远远望见了魏家洞水电站的工地。其实电站已经基本造好，正在后期调试，也幸亏如此，如果在围堰期遇上洪水，多少辛苦又要白费。

河上静悄悄的。大雨后，水流傍着桨声，蛙声与虫鸣像对歌一般有节奏地低唱。这些声音之外，忽然响起一阵"咕咕"声。贾姑不好意思地别转头，那肚子饿得直叫唤的人原来是她。

赵琮从随身带的军用书包里取出两块钵儿糕，这是今天一大早，他在县里永丰街上买的。他把油纸包的两块白色米糕分给贾姑和老孙。老孙坚决不肯要，贾姑盯着他原本包在最外层的一张报纸，说："那张报也给我包一下可好？"

她虽然接了一块糕，却好像并没有要吃的意思，反而珍而重之地将它用油纸和报纸包上，然后放进她随身挂着的军用书包里。

那年头几乎人人都有一个这样的绿色军布包。

小船行到离魏家洞最近的村子，贾姑说她到了，便靠岸离船。河边，一片葱绿中缀着明黄的李子树，她就站在李子树下向他们挥手告别，目送他们的船渐行渐远。

1965 年 7 月　四川省达县地区　魏家洞水电站　建筑指挥部

门外依稀有细碎的脚步声。赵琮放下笔，侧耳细听。他的听力大不如前了。门口真的来过人吗？或者只是他的幻听？他打开门。门口没有人，仔细朝四下里看看，门边却放着一小篮子鸡蛋。这又是哪位好心的老乡送来的呢？或者是一村的老乡凑出来的。这些年他踏遍了达县地区大大小小的村庄，早就见惯了这里百姓的淳朴与热情。他们亲切地叫他"赵工"，把他当成自己家人看待。但是现在这年头，这样一份礼物太珍贵了。

他叹口气，摇摇头，弯腰提起那篮鸡蛋。怎么办？这是老乡们从牙缝里省出来的，却也是一份沉甸甸的心意。他正在为鸡蛋寻思一个合适的去处，耳中又捕捉到了轻轻的脚步声。

"老乡！"他以为是送鸡蛋的老乡又来了，一看却是几天前从麻柳乡同船渡过大半程的贾姑。不知为何，她居然比上回见面时瘦了一圈。

贾姑还穿着同一套蓝布衣裤，戴着草帽。这次赵琮才看仔细些了，这女子大约不到 30 岁，和他的大女儿娟子差不多年纪。这么一想，他忽然分了神，想起娟子大学毕业已经分配去了河南工作，她信里说春节就要带她同单位的对象回重庆见父母。信里还夹了一张小伙子的照片，看上去挺精神。

"这就是那有名的鸡蛋吧！"赵琮听到贾姑爽利的笑声，这才回过神来。他不明白她话里意思。这鸡蛋有名？"小贾同志，你怎么来了？"他问道。

"赵工，能进屋说话吗？"贾姑的口气有点严肃，和刚才那发笑的女子简直像两个人。

"请进。"他把她让进屋，拉开椅子请她坐。一边小心地用杂物把门卡住，留出一条缝。

贾姑的表情里有一种奇怪的警惕。她当然理解留门避嫌的礼节，但她好像在竖着耳朵捕捉周边的一切细微声音，仿佛她即将开口说的内容，是个天大的秘密。

她站在赵琮的桌前，双手拧在一起，表情变幻不定。好一会儿，她从衣袋里掏出一张折成四方小块的报纸，交给赵琮。赵琮望着报头上的那个时间，倒吸了一口气，脑子里嗡嗡直响。他无法确定自己面对的是什么情况。

"我希望你相信我，"贾姑的声音很轻，但吐字清晰，"我来自21世纪的中国，和你一样，我也为中国的电力事业服务。我们的上一次见面，是'溯江计划'的第17次试验，也是第一次成功的试验，为计划积累了重要的经验和宝贵的数据。之后我们又准备了3个月，进行第18次试验。你觉得和我们初次见面隔了3天，其实你见到的是3个月后的我。"

"溯江计划？"赵琮的声音微微颤抖。

"是的，所以你已经猜到我是怎么来到你的时空？"贾姑的声音也颤抖起来，她好像非常激动。

"如果将时间看作一条河流，时间机器逆流回溯需要巨大的能量，顺流返回原点则也应产生巨大的能量。在时间跨度相同的条件下，两者的能量比大约是4：3。"

贾姑一字不落地背出了赵琮几天前记在工作笔记中的这段奇想，她的面容光彩熠熠。

"这个假设不能完全算我的发明，是参考国外抽水蓄能电站的工作原理。"赵琮惊讶、迷惑，又有止不住的狂喜。"可是你怎么会背……"

"40年后，你的家人将你的笔记捐给了水电系统的资料馆。我是在参观文献时偶然发现了'溯江计划'的原始构想，而它恰好为我的研究提供了一个崭新的方向。"贾姑激动地越说越大声，但她立刻意识到自己的失态，按下声线，"您……您相信我吗？"

赵琮不知道。说相信，那他未免过于头脑简单。

莫不是有记恨他的人偷看了自己的工作笔记，然后让贾姑来试探他？可他从未和任何人结仇，这女子同他也仅只一面之缘，用这种方式来套他的话实在说不通。摆在他眼前的这张报纸，印刷工艺显然比他同代的报纸远为先进，这个证据他无法视而不见。

在贾姑做自我介绍之前，当她一字不差地背出"溯江计划"最开头的两句话，他忽然有一种感觉，这是来自几十年后、一个光明时代的美妙声音。

"你，给我讲讲你那个时代的事吧。"他心头还有许许多多的疑惑，他也不可能就这样完全接受她的说辞。但他望着眼前这张纸质细腻、套色丰富、印刷字体格外清晰的时间证据，目光被左下角的一则图片新闻牢牢吸引住了：

《三峡大坝拦蓄洪水》——只在他梦想中出现过这样的情景：雄伟壮阔的灰色混凝土大坝横跨大江两岸，面对汹汹而来的长江1号洪水，正根据实时水情，逐步减小出库的流量，以减轻中下游地区的防洪压力。

他用颤抖的手摘下黑框眼镜，抹去毫无预兆就涌满了眼眶的泪水。他抬头望向贾姑，嘴唇嚅动。她像知道他要问什么似的，轻声答道："混凝土重力坝，总长3035米，高185米，蓄水位175米，总库容393亿立方米，总装机容量2250万千瓦。"

这是沙滩河水库坝后电站设计装机容量的4万倍啊！

此时此刻，汹涌而来的狂喜让他几乎喘不过气来，不，他再也没有怀疑贾姑的余地。

"在21世纪，因为火电会造成严重的空气污染，越来越多地被可再生能源取代。核能发电站和水电站之外，风能和太阳能发电站也越建越多，同水电一样，风能和太阳能发电量都不稳定。此外，如何大量蓄电仍然是技术难题。抽水蓄能电站越造越多……"贾姑开始向他详细介绍自己时代的能源工业。

"您知道，抽水蓄能电站的原理是，发电量多时，耗电将水抽到高处蓄能，按需要再通过放水来发电，相当于释放原先积蓄的电能，这个过程会产生25%的能耗差。因此在您的时代，抽水蓄能经济上并不划算，不过，用来调峰、调频和保护发电设备还是有必要的。到了21世纪，中国总体不再缺电，从经济上看，将非峰荷时的低价电能，转化成峰荷时间段的高价电能，产生的价差远比过程中消耗的25%的电能更划算，还能控制电力系统的电能质量。在各种蓄能调峰的机组中，抽水蓄能机组的经济效能是最好的。同时我们也在尽可能寻找其他蓄能的方法。

"这是我在电力系统的工作方向。所以偶然读到您的工作笔记时，我真的特别激动。"贾姑说到这里双眼泪光闪闪。

"可是，你们已经发明了用巨量电能推进的时间旅行器了吗？"赵琼知道这是个伪问题，尤其当他正面对着一位来自未来世界的鲜活人证，这样的问题更显得有点傻气。但这是'溯江计划'的前提，正因为这个前提无法解决，他才一直怀疑自己的想法只是空中楼阁。

"嗯，我们的时间旅行器叫'瞬息之舟'，如何用巨量的电能推动它穿越时间之河，是我们团队中的物理天才和机械大神们负责的部分。基地建在一个几十年来都与世隔绝的山洞里，空间位置距离这里并不太远，可以步行抵达。下次有机会我带您去看看。"贾姑点点头。"您写的原始构想虽然比较简单，但给了我们非常重要的灵感。比如您假设，由于瞬间抵达时空另一端的物体质量与它消耗或产生的能量成正比，在时间之河中运行溯江计划时，不管回溯时间之河需要多少电能，只要在顺流返回时间原点时，在瞬息之舟里增重三分之一的物品，比如砖头、石块、书本，就可以完全弥补能耗差。进而，在瞬息之舟的内部空间可以容纳的情况下，新带回的物体质量越大，产生的能量就越大，在补差之余，还可以产生巨大的多余能量，相当于额外发电。因此，'溯江计划'未来也能造就一种全新的发电方式。

"您知道吗，上次试验中您送我的钵儿糕和报纸，被我当成试验成功的证物带回去时，还产生了很大的电能，比您设计的魏家洞水电站的年发电量还要多。"

赵琼再也坐不住了。他掉头快步走到窗前，推窗望着静静流淌的河水。空气中浸润着青草的气息和附近的庄稼的气味。他听到大闸的水响和支渠里温柔的流水声。不知何时，已入夜了，月光照在河岸上，斑驳的树影里，透出水面折射的碎光。河水汇入江流，江流汇入海洋。

"寄蜉蝣于天地，渺沧海之一粟。

哀吾生之须臾，羡长江之无穷。"

贾姑轻轻诵出他记在笔记中的苏轼的诗句。那是他少时背诵过的《前赤壁赋》中的句子。

1972年冬　四川省达县地区 沙滩河水库工程 建设指挥部

有人轻轻地敲门。赵琮放下手里的航测图，揉揉僵硬的脖子，挺直了背脊。他感叹自己老了。原本早已深深印在他脑海中的这110张达县地形航测图，居然也需要经常调看实物才能确定细节。不过一旦展开图片，丘陵与沟壑立刻化成他多年来用自己的双脚跋涉过的全地区11个县、市、区的山山水水。

一开门，又是贾姑，穿着同一身蓝布衣裤，冲着他笑呢。"赵工，我又来了。"

也许是她对这个时代的衣着没有把握吧，生怕穿错衣服会招人注意，每次都是这同一身穿着。

赵琮眨了眨眼，他已经习惯了贾姑总是突然出现。这几年间，她反复出现了许多回。上一次，她还带他去看了山洞深处那个卵形的时间机器。"瞬息之舟"高2.2米，直径仅105厘米，内壁布满蛛网般复杂的电路。机器中心放置着一张带精密称量功能的座椅，仅能坐一位成年人。称量单位能精准到10皮克，也即十万分之一微克。通过一次又一次实验，溯江计划中，质量物在回溯时所需的电能与折返时产生的电能比例已经越来越精准。

"你眼里看到的只是这个巨蛋。"那日贾姑绕到巨蛋背后，指着两处浅浅的圆形坑槽对他说，"但在我出发的时空，它却连通着输电管道和变电站。蛋的空间位置从未改变，未来时空里它完善的周边设施，在你的时空里是不存在的。"而那时的赵琮抬头四顾，纵情想象这个潮湿阴暗的洞穴，如何在几十年后变成一个光洁、明亮的蓄电实验室。他真希望自己能去看一看啊。

"赵工！"

"啊！"他发现自己又走神了。他正在指挥部的办公室里。窗外，寒风呼啸，已经入冬了，四川的山区又湿又冷。贾姑的身子也有些瑟缩。赵琮连忙端起热水瓶，走到屋角，给铜制的电热杯倒上热水、插上电，又回到窗台的小篮子里取了一个鸡蛋，等待杯子里水烧开时，"咯"地将生鸡蛋打进开水中。他再去拿来自己常用的绿色塑料壳保温杯，用水瓶里的热水清洗了一遍，泼掉残水，将烧开的水鸡蛋倒进杯中。他的目光四处寻找，又找来装白糖的小瓷瓶，急急舀出了两大勺白糖，加进去，就成了糖水鸡蛋。

他找出一只大号不锈钢勺子，和杯子一起推到桌边贾姑那一头，"天冷，吃点暖暖。"

贾姑望着老人为她做吃食，一直默不作声。此时垂下头，轻轻吹散杯中的热气，用勺子先舀起一点糖水来尝。

"其实看到你，就会想起我的女儿和家人。"赵琮叹了口气。

"今年你又不能回家了吗？"贾姑的声音有点急，她是在为他抱屈吧。50年代和他一起从四川省水利局下派的同事们，前几年大都已经回重庆了。但他依然留了下来。地方上不愿意他走，淳朴的老乡们用各种方法来挽留他。他真的不知道该怎么拒绝。

"今年大概可以吧。"他的语气也不确定。他想起了那座江畔的山城。盘盘绕绕的坡坡坎坎，通向那许多人家合住的院子和两层小楼。院里总是人声嘈杂，充满了烟火气。一年年越来越瘦削的和静被生活的重担压驼了背脊，脸上也日渐没有了表情。除了娟子和尼尼，在重庆出生的孩子们与他总是生分些，和他的话也越来越少。就在他外派达县的二十多年里，他们一个个或参军、或下乡、或工作，走马灯似的。就连最小的老八都当兵去了。他盼着回家，但心底深处又有点害怕回家了，怕和家人无话可说。对了，前些日子娟子写信说，春节探亲的时候要把娃带来。娟子呀，娟子都有儿子了。想到这儿，他脸上渐渐有了笑容。

"赵工，没有因为我的试验影响你回家吧？"贾姑瓮声瓮气地问。

"不，真没有过。实在是地方上走不开。你看，沙滩河这个水电站是1965年就踩的点，后来一直拖着，今年总算要开工了，隔了那么久，又得重新勘察设计。"

贾姑叹了口气："明星、乌木滩、石鼓、沙滩河……这么多水库、电站，从勘测、设计，到施工，您都要管。20年了，您的家到底在哪儿呢？多回去看看吧，重庆才是您的家啊！"贾姑一直在望着他。这时她柔声说："我要和您道个别。达县这个点，我们积累的数据已经足够了。这里并不适合'溯江计划'

的长期运行。今天是我最后一次来达县看您了。"

赵琮愣了一下。虽然失落，他其实早已料到了。他甚至曾反复推想，为什么贾姑的团队会在缺少特大发电站或电厂的达县地区做初期试验——这在电力的运输上会造成太多额外的麻烦。

"您也许猜到了，为什么我要来达县。一来因为您的工作笔记能给我提供详细的指引，让我在不同时间都能比较方便地找到您。二来，您是计划的最初设计者，和您直接沟通比较容易取得您的信任。在20世纪六七十年代的特殊环境里，因为您笔记中的详细背景材料和您的信任，我才不会被当成间谍或者反革命分子举报。当然，更重要的是，我和我的同事，都希望能在试验中得到您的指引。她的语气忽然变得有些古怪，好像要努力咽下嘶嘶的气声。"就算是我们想向一位可敬的前辈致敬吧，谢谢您！"

赵琮揉了揉花白的头发，面对这样感情冲动的场面略感尴尬。他早已想到过贾姑说的每一条理由，但听到未来的电力人从时间的河流逆流而上，特意来对他说谢谢，他依然有些手足无措。

"我们还会见面的！"贾姑的脸涨得通红。好像再忍耐一刻，就会哭出来了。她"呼"地站起身来，拉开虚掩的门，便头也不回地跑了。

"哎——"赵琮心里多少有些失落，他捧起保温杯，又黯然放下，"吃了糖水蛋再走啊……"

1984年5月　重庆

赵琮又走神了。

他记不得这是自己第几次认不到回家的路了。他站在马路牙子上，回身望一眼背后的滚滚江流，感到一阵昏眩。他用力跺着手中的拐杖，仿佛那清脆的"笃笃"声能驱散他眼前的迷雾。

不，他的脑子没坏。他只是时常头晕，看不清楚东西。但只要熬过一阵子，又能变回那个原来的自己。可是，前次在工人文化宫，他居然晕倒在地，失去了意识。他带出门的两个小娃娃，3岁的萌萌守在他身边直哭，5岁的红红一路跑回拐了两个路口的家里去求救。那是什么时候的事？那居然是两年前了吗？

"笃笃、笃笃。"他清醒些了，头没有那么重了，眼前的迷雾也散了些。

我该回去了，眼前就是通向两路口的大道。上坡路，小心走，穿过马路就不远了，从小百货店穿进去。顺便买点黑芝麻糖吧，红红喜欢吃。

付了钱，沿着青石台阶一路走，下坡又上坡。到半山腰的时候，他忽然想起来，红红已经走了，一年多前被大儿子接走，送到她妈妈那里去了。方才买糖时得的那一点欢喜忽然落了空，他就在这半山腰上定住了似的，走不动了。

4年前，他终于退休，彻底离开达县回重庆时，已满71岁。他想念这个地方，更害怕这个地方。妻子老了，孩子们大了。他害怕已经没有人需要他了，直到他看到这个怯生生的小丫头红红。她是尼尼的女儿，父亲在武汉当兵，母亲刚生下她，就赶上恢复高考，考上了浙江的大学。于是孩子刚满3个月就被送到重庆来，在奶奶、姑姑、叔叔、婶婶们的大家庭中悄无声息地长大。她从小喝牛奶，听说食量很大，所以长得有点胖，表情有点木讷。她也不爱说话，不如三儿子的小娃萌萌那么活泼。就是这样一个孩子，却让他的心活泛起来了。他觉出她的孤独来，格外怜惜她。她感到了他的爱惜，就总是黏着他，把他当成自己的保护伞了。

记得有一回，红红就坐在这个台阶上大哭呢。那是他带她和萌萌上街，给她买了冰棍。她欢喜得不得了，倒还记得给堂弟吃了一口。他看萌萌也馋了，心里怪自己偏心，便给孙子也买了一根。红红吃完了自己手里的冰棍，见堂弟手里还有大半根，越看越气不过，闹着要再买一根吃。他不依，觉得没有道埋。她便又哭又闹。

他硬下心肠，拖着他们回家。就是走到这个台阶的时候，红红坐到地上哇哇大哭，5岁的孩子哭成那个样子，好不丢人。他生气了，带着萌萌径直回家去了。

红红在这里哭了好久呢？想到这里他心里忽然发酸了。好想能马上再给她买根冰棍。可是，可是，如果时间倒流，一切重演，他还是会让她在这里哭到泄气，然后乖乖地自己回家吧？溺子如杀子。不能因为爱她，反而害了她。

如果时间倒流。

而时间确实可以倒流。他已经很久没有想起溯江计划。贾姑的现身像梦境一样遥远，越来越没有真实感了。他一边这样回想，一边竟已走进了小院。邻居张妈一见他便说："赵工，有人找——"

一位精神的小伙子身姿挺拔地站在一边，执手等待，他身上有种和周边环境格格不入的气质。

赵琮定住了。他忽然明白，这位客人来自未来。

"您就是赵琮先生吧，单位派我来接您，去参加一个电力系统的活动。"客人扬声道，然后他凑到赵琮耳边轻声说："贾姑向您问好。"

21世纪上半期的某一天　重庆

我们都在等待。等待"瞬息之舟"的闪烁停止，等待巨量的电流顺着时光之河，随着椭圆形的时间机器，瞬间抵达我们时代的河岸。然后，长圆形的舱门打开了，那位白发苍苍的老人坐在中央，脸上带着做梦一般的表情。

我们一起鼓掌，用热烈的掌声欢迎这位赋予"溯江计划"最初灵感的前辈。

老人看到我了，我就站在人群的正前方。他嘴唇嚅动，终于叫出声来："小贾同志！"

我心里痒痒的，像有几只猫爪在挠。我想哭，脸上却做出咧着嘴、几乎露出牙龈的夸张笑容来。

"欢迎来到21世纪。"我伸手去搀他，扶着他从"瞬息之舟"中跨步而出，又伸手取出他的拐杖。

他的双腿微微发颤，半个身子靠在我的手臂上，看他的表情，还没有接受这个事实：他已经抵达遥远的未来。"接我的那位小李同志……"他问。

"没事，等您回去再把他换回来就行。"

我示意同事们用来调节重量的精密金属块取出来。从20世纪80年代起，重庆基地就备下了许多质量不等的金属块，方便质量的增减。这次小李留在基地，由老人替换他，被送到21世纪基地时，在两人的体重差之外，还增加了几部小李在当地购买的大辞典增重，并以金属块来微调回程承载的总质量。如此一来，多余的质量不但弥补了"抽水蓄能"原理的25%电损，还创造了能点亮整个重庆的巨大电能。

"对不起，这次我不能去接您。"我想对他解释。

"我懂，接我的人必须留在1984年，也就没法子在这边给我做导游了。"老人的思路很清晰，他应该已经逐渐适应了。

"其实还有一个缘故。您最早在工作笔记里也假设过，独立生命体的'不共存原则'。所以昨日之我和今日之我不能共存于同一时间。1984年我已经出生，成年的我无法进入那个时空。小李1986年才出生，他可以承担这个任务。"

老人的脸上掠过一丝怅然。

聪明如他，当然立刻想到，他现在所在的时空是他已然作古的未来，否则他亦无法抵达。知道"此时此刻，我已经死了"应当是一种古怪的感受。"那和静她……"

"她也不在了。"我看着他难过的表情，鼻子有点酸。我努力用兴致勃勃的语气说："接下来的1个月，我会带您好好看看新世界，看看新时代的中国。"

"要1个月吗？"他的表情又喜又忧。但又立刻释然了。

"您可能已经想到了，我们可以把您的回程时间订在出发的同一天下午。所以对您家人和小李来说，您只是离开了几个小时而已。"

老人笑了。他的嘴角却微微地向下弯。他心里在挂念什么。

"来，让我先带您去看新重庆。"我的语调不由自主变得那么柔和，柔和得要流淌起来。

无人驾驶汽车在重庆高低错落的楼群中穿行。这个城市早已不复是30年前的样子。我久远记忆中的那个山城，是在山与山夹缝中的道路，是长满青苔的石阶，是依山拔起、墙上爬满葱绿蔓生植物的旧楼，是朝天门低回的江轮汽笛与带着丰富气息的湿润江风。

老人坐姿拘谨，两手放在膝盖上，随身的挎包挂在右腰上，目光一直望向窗外，露出做梦般的表情。是啊，他一定为眼前的城市惊奇，川流不息的车辆，拔地而起的摩天楼，穿楼而过的轻轨，层层叠叠、密密实实的高架路网，跨江横渡的斜拉索大桥。只有看到半空中悠悠掠过的索道车时，他才"啊"了一声，如梦初醒，指着那个正飞快远去的车厢："那是长江索道的车吧？"

"是，它还在。"

"我带红红去乘过索道，把她怕惨了。"他怀念地叹了一口气。

"是，我记得，我老是忍不住要往江里看，害怕一车人会直接掉进江心的黄汤里。"我脱口接了上去。

然后我们都愣住了。

其实我一直在等待这一刻，等待能表明身份的最好时机。但越是犹豫，开口便越难。我要如何解释，为什么一次又一次的回溯之旅中，从未告诉他我的真实身份，而那个身份，也许能纾解他远离家人的寂寞与情感的困苦。我却因为自私，没有这样做。

车里忽然静得怕人，车外，是嘈杂的市声。

汽车开过黄花园大桥，这座桥也是新的。他默默望了一眼这座1999年竣工的新桥，目光中仿佛沉淀了往日的尘埃，好像已经发现，家就要到了。

车在两路口浓荫掩映的路边停下，我扶老人下车，走到原先入口的百货店旧址。他一片茫然地望着身前高高的围墙，墙上嵌着4个金色的大字"重庆中心"，下面还有用金属条拼成的摩天大楼标示。

我搀他走上路边的人行立交桥，走到桥上才能看到围墙后的景象。那是一个路后方的巨坑。周围高低错落的楼房和残存的半面山坡之间，嵌着一个目测直径大约两三百米的半圆形大坑，赭红色的土地裸露在那儿，坑边还摆放着大捆黑色长条钢筋和成圈钢丝，摆排得整整齐齐。

"就这样看，好像也不是很大，再过两年，这里会竖起一个大型城市综合体，五座超高层塔楼，最高的一栋388米。"我轻声说，"谁能想到，眼前的这个坑里曾装过多少户人家，还有菜场、商场、幼儿园、小学；装着我的童年，您的晚年，千百个人的青春岁月。"

老人抬头望向我，额头的皱纹舒展了一些："你是红红？"

"是我，爷爷，真的是我。"我鼓起勇气说，"请您原谅我，没有早点告诉您。"

爷爷不说话，他垂下头，不停用拐杖叩击脚下的水泥桥面，"笃笃，笃笃。"

"我不希望倒因为果。如果那时候告诉您我的真实身份，几年后您回重庆看到幼时的我，再对我好，事情就不一样了。"

——我回想起在这个巨大的坑洞里度过的悠远日子。忙碌的大家庭，奶奶整日里为了全家的一日三餐茹苦含辛；姑姑在工作之余会教我识字；叔叔婶婶们各自为生计奔忙。我没有上过幼儿园。每天在院子里，坡坡上，和小朋友们玩耍，大大小小的孩子们围着一口装着泥水的破锅，做过家家的游戏。我只能听大孩子安排，领取一个路人甲的角色。对他们来说，我就是一个无足轻重的路人甲，被他们叫做"赵胖子"的迟钝小孩。

探亲的父母每年会出现，爸爸和妈妈，陌生又新鲜的名词。他们那么努力地要对我好，但那时的我看着他们，像是特殊的家人，突如其来的亲热还没有习惯，他们就又远走了。再后来，又有了堂弟萌萌，我也终于有了小跟班。但弟弟有父母在身边，和我不一样。幼时的我心里很明白。

今天看起来，那只是一个普通的留守儿童的故事。我并不是个乖小孩，而是一个偶尔撒谎、哭闹，更多时候怯懦、畏缩，经常从调料罐里偷白糖吃的胖丫头。直到您来了。

家里突然多了一个脾气很倔的怪老头，住进了大家特意清理出来的小单间。房间里的书桌上齐齐地垒了许多本土黄色的《工作笔记》，放着您不离身的绿色暖水杯。您像是突然掉进了这个世界里，家里的事什么都插不上手。而奶奶是坤在厨房里的一个忙碌的背影，总是在默默地做家务。您年轻的孩子们相互非常亲善，但都和您说不上话。您离开这里的现实太久了，每当你提出任何建议，他们总是摇头叹气，"爸爸哎——"

我已经记不得第一次见到您时的样子，也不知您是何时开始关心我，喜欢我。但慢慢地，我知道这个家里有一张专属于我的笑脸，每次你发脾气的时候，叔叔姑姑就把我领过去，一见到我，您清癯的脸上严肃的表情便化开了，每一条纹路都那么温柔。

回望在山城度过的5年稚幼的时光，我的留守岁月之所以没有留下遗憾的情感黑洞，是因为您。是您填满了我心里的洞。也许这样讲对奶奶和姑姑不公平，她们负责养我，而您负责爱我。

所以，请您原谅我吧。那么多次我去达县探望您，都没有告诉您我的身份。我真的不愿改变这份难得的记忆。我希望幼年得到的珍贵情感没有掺杂任何其他的原因。

站在立交桥上，站在那个巨大的、吞食了我童年岁月的坑洞旁，我向爷爷讲述自己离开他以后的日子。我如何受他的影响，投身电力事业，又如何在开发新型蓄能方式的困境中，因为翻阅他的笔记，读到了"溯江计划"这样独特的灵感。

其实，在现代物理学中，找不到时间流动的概念。物理学家认为，时间流逝是一种错觉，而我们对时间的感受也许只是热力学或量子力学的过程，时间的'上下游'也不可能存在重力势能。所以刚读到这个构想时，我觉得那很美，却不可能实现。但偶然中，我听说高能物理所的科学家在试验用巨量电流推动"瞬息之舟"回溯历史的方法。那么时间旅行，至少回到过去的旅行，也是有可能实现的了？

我不无忐忑地去找物理所的科研团队，询问是否有可能试验"溯江计划"的构想。

他们本就是最狂野的科学家，做了各种千奇百怪的计划，但所有的计划中，预设回溯历史或返回原点耗费的能量是一样的。溯江计划立足于——时光旅行中，从过去回到原点不但不需要耗能，反而可以产生能量，这样的假设违反了常识。但是倘使能成功，确实是个非常诱人的预期。"谁知道？也许我们都错了呢？"物理所的首席科学家这样说道。他是位有名的不怕试错的科研狂人。

第一次试验失败了，但有迹象表明，回返之旅真的有可能产生能量。我们受到了巨大的鼓舞。共同申请了新型蓄能技术的研发课题，一次次尝试，直到第17次试验时，我在大水泛滥的日子抵达了1956年的达县。自那以后，我们又积累了多次成功的经验。于是，"瞬息之舟"载着人类，在时间的河流中回溯、再归来，就成为存储巨量电能，按需释放、同时创造新电能的方式，而这一切的一切，都源自爷爷的一段飞来奇想。

爷爷静静听我讲完，他抬起头，露出我熟悉的慈祥表情。他虽然在微笑，脸上的皮肤却在微微抖动，黑色眼眶后的双眼通红通红。

"这下就说得通了。"他说，"我一直觉得奇怪，我又不是什么大人物，就算《工作笔记》捐成了资料，也不会有人特意来读的。"

"原来是你。"他紧紧抿住嘴唇。吞进了一声呜咽。"你出息了，我很高兴。"

我实在忍不住了，伸手搂住他瘦削的肩膀："爷爷，我一直盼着这一天。让我带您去看看新重庆，看看两江交汇处的游轮夜景，看看新修的洪崖洞。真的好安逸。我还要带您去苏州，看长江底部的江底隧道，苏通特高压GIL综合管廊（气体绝缘金属封闭输电线路）。知道吗，我就是在那里参观的时候，想到头顶上奔流不息的滔滔江水，才想到了您，想到了您奉献了大半生的水电事业。然后我从头到尾，读了您的工作笔记。长江是一切的起点，但绝不是终点。知道吗？就在重庆云阳，已经发现了白垩纪时代新种属的恐龙骨架，也许有一天，瞬息之舟可以抵达那个时代，让我们亲眼见证那些恐龙的真实生活，然后，从1亿多年前带回的更多质量，又能产生强大的能量，能点亮整个星球的能量！"

爷爷握紧我的手，我感到他薄薄的皮肤下粗大的骨节。他的手很凉，我的手很热。他抬头望着晴朗的天空，一架银色的飞机正从那里穿云而出。他忽然肩头一缩，像有点害怕似的，目光中混杂着恐惧与愤怒。我扶稳他，问："您怎么了？"

"不，没什么。"他回过神来，松了口气，挺直腰背，抹去眼角闪亮的泪痕。"我是高兴，我是太高兴了！"

后　记

本文虽然采用了科幻小说的体裁，但也许只能算科学童话。因为越来越多的物理学家认为，"时间旅行"的基础——时光的流逝，只是一种错觉。而现有的物理学中，并不存在时间流动的概念，更不用说"河流一般存在着上下游（过去/现在）势能差"的时间了。当然，如果按照爱因斯坦的双生子佯谬，依然有探访未来的可能，但是回到过去仍困难重重。用一种科幻作者常用的托词：也许这里讲述的，是另一个平行世界中的故事吧。在那个世界里，时间可以像河流一样被回溯，回溯时还能积累巨大的势能，让返回原点时产生能量；在那个世界里，我们能回到过去，见到挚爱的亲人，弥补人生的遗憾。

感谢大刘和李淼老师给小说的鼓励和意见。此外，李淼老师建议，小说中以回返历史来产生能量的方法也有一种特殊的可能性：如果存在"负能量"，利用能量守恒回到过去，则负能量在时光机内，外界就能多出正能量。受本人能力所限，无法以此展开故事，期待未来有更了解物理学的作者能够完成这样精彩的设计。

最后，在创作阶段，我收集、利用了不少20世纪以来的水利、人文资料，如《达县水务志》《抽水蓄能电站运行与管理》，故事主角的人生轨迹也尽量贴近真实原型。为避免剧透效果，此句置于文后：谨以本文献给我的爷爷赵璞（1909—1985）。

赵海虹，艺术史博士、大学教师、科幻作家。1996年开始发表科幻小说，曾获六届中国科幻银河奖，及宋庆龄儿童文学奖、全国优秀儿童文学奖。代表作《伊俄卡斯达》《1923年科幻故事》等；在《阿西莫夫的科幻小说》等科幻杂志发表英文小说；出版《桦树的眼睛》等多部作品集和长篇小说《水晶的天空》。

颗粒之中

靓灵 / 著

00椅子

酒店24楼露台的风。

01乘务员

"先生，请问地上的是你的毯子吗？"

"不是。"

"那我拿走了。"

"好的。"

02医生

感官上来说，我应该在一架飞机里。

睡醒时脖子两侧被空调风吹出的酸痛，滑到地上导致脚格外温暖但刚刚被拿走的毯子，前排椅背上坏掉的屏幕里我的剪影轮廓，无数个整齐排布的后脑勺，空姐在远处问询某人需要什么饮料的甜美声音。意识缥缈在睡意之外。

困倦中，我内心有些愧疚。刚才下意识就逃避了让毯子掉到地上这件事可能引发的抱怨。不知道这条毯子会不会马上被拿去洗。如果它必须很快被清洗，就平白给后勤清洗人员增加了工作量，如果没有被清洗而是被叠起来收进柜子里了，我又觉得对不起下一位使用者。但那一刻我为了省事，还是否定了自己与毯子的关系。

强打精神把毯子甩到脑后。我坐上这趟去苏州的航班，是为了去给一名女孩做手术。她碰到了高压电，身体在触电后已经被巡逻机器用急冻喷雾快速冷冻起来以阻止进一步恶化。由于处于冷冻状态所以也没办法做基础体检，迄今为止我没有看到事故报告，只听说看监控的员工在看见她的样子后当时就吐在了绝缘服的头罩里。

急冻状态维持不了太长时间，一想到伤者还在等待，我就焦虑起来，急救医生的工作就是和死亡抢时间。

我的前座椅背屏幕坏了。这不奇怪，航空公司常常在一些意料之外的事情上低效得惊人。郁闷的是我的手表也刚好没电了，从睡醒到现在一定已经超过一分钟了，分针和秒针都还没有走过。看来为了打听时间，不得不向人搭话了。

我往窗边看。隔壁坐着一动不动的女孩。

"外面太亮了。"我的视线从她皱巴巴的大外套上滑开，那看上去像某种工装制服。"现在几点了？还是下午吗？"

她转过头来与我对视，眼神清亮。

"抱歉，我把时间弄丢了。"在她的注视之下，我紧张起来。

03 电工

"你终于和我说话了，我等你睡醒已经等了很久了。

"窗户挡板给你拉下来了，现在不那么亮了吧。其实光在这儿跟不上你的视网膜，光线对你来说只是错觉。

"眼熟？看来你不认识我，既然如此我们先认识一下吧。我在国家电网工作，百万伏户外变电站空间工程师。当然不是养雷丘的，以前也有人这么对我说过，但是可惜那种生物我还没有见过。如果真能有小动物直接发电，我们可能会养上几千只当国宝一样供着来轮班。我有很多同事做电力调配工作，而我做一些——延展研究。

"原来如此，你是急救医生，正好是去苏州抢救一名被电伤的女士。那里正好是我工作的地方，不知道有什么能帮上你的吗？电网的事我基本都知道，这种事故很少见，所以交换信息可能会对你有帮助。

"不，那个触电的伤者不可能用手直接碰到百万伏电压附近的线路或塔，地面的人没有办法在通电情况下走到9.5米之内。她碰到的应该是空气。

"9.5米是百万伏电压运输设备的极限安全距离，在这个距离之内的空气是带电的。在人跨进9.5米时，左脚与右脚的电压已经不一样了。有时候安全警报响起来，我们能知道是电网附近进鸟了，但是到现场去检查什么也找不到——因为鸟汽化了。

"这可比自然闪电厉害多了，闪电只有千伏，电网可是千千伏，多了3个量级。条件合适的时候，这种能量足够把宇宙空间劈出一个洞来。"

04 医生与医生

"就……怎么说呢，好像以前隐约也明白'医生救不了每个人'这个概念。不是鲁迅那种思想层面，就是字面意思的救不了每个人。我们再怎么拼命努力，每年每天，每分每秒都还是有很多人在现有技术可以治愈的病痛中受折磨致死。这些我客观上都理解的，当医学生的时候就想过这种事了。有的病人会怪罪时间、家境、运气，而怪罪医生的越来越少了。

"但真的当我成为当事人的时候，一个我自己倾注过时间和爱意的人死在我手里——虽然我根本没碰她——这种时候才真的理解到自己有多渺小和无能了。人会注意到自己每天都在用电吗，会注意到一根灯管亮着是因为有成千上万人的工作在支撑吗？不会注意到的，除非停电了，人才会问：修理的人哪儿去了？设计线路和电力运输的人干什么吃的？从那之后我不停地问自己，她需要救助的时候我为什么不去救她？懂这么多急救是干什么吃的？你能懂吧，你也是医生，虽然和我治疗不一样的东西。

"就好像死掉的不是一个你认识的人，而是你自己生命的一部分。这种黑暗笼罩的感觉，和在电视里看灾难死亡人数的距离感是不一样的，和我救活了或者没能救活一个陌生人也是不一样的。我以前是不是太天真了？"

05 医生

人类有一种奇怪的社会性反射，是在痛苦、难堪或紧张的程度接近大哭的临界值时突然咧嘴笑出来，这是脑在表意识之外强行调动身体来缓解紧张气氛。如果对表情系统不够了解，人可能会因此误解紧张者的真实情绪。虽然我以前也偶尔被某个人说"情商低"，但好在面部肌肉运动我是能看懂的。面前的这位女性虽然一直在微笑，但好像随时能哭出来的样子，这让我更不好意思随便接话了。

她胸口的挂坠好像一颗金属扣子，阳刻的羽毛根部地方有字母的刻字Dr，也许是名字，也许是别的。

一边听她说个不停，我一边对抗睡意想看伤者触电的各种可能性。以鸟为例，有没有可能在一只鸟闯入带电空气范围并被汽化时，有一根羽毛因为惊慌和挣扎而脱落下来，正好被推到有电距离之外？如果被不理解原因的路人看见了，就是一只鸟飞着飞着，突然噗的一声，只剩下一根羽毛缓缓飘零下落。

鸟能被带电空气完全汽化，那人又如何呢？我迷迷糊糊地就上飞机了，关于即将手术的那位伤者，除了她是一位女性、触电濒死以外我什么准确消息都不知道了。

我不是第一次赶到别处出急诊，毕竟现在医院都有到机场的超快速通道，有时候急救医生出诊到隔壁城市做现场手术的速度，比伤者从事故地到医院还快。虽说也不是第一次接触电伤者，不过这一次确实有些特殊，我记得消息只说伤者"不太完整"，但是再没有更多详细情况了，接到消息5分钟以后我已经在飞机上了。

这位病人接触到的空气有多高的电压？她哪些部位的损伤严重到需要截肢或更换器官，哪些部分只是轻微灼伤？她身体的一部分会不会和撞网的鸟一样汽化了？被发现时已经过去多久了，急冻及时吗？

只要是还活着的人，大部分的外科手术我都能做，她的状态是外科手术可以修复的吗？她的脑还好吗？身上会不会有静电需要在术前预先释放？在触电的瞬间，她在想什么呢？如果她能知道我到场了，我却表示无能为力，她会不会痛到想死？我会不会愧疚到想和她一起死？

我还来得及去救她吗，还能在她活着的时候赶到她所在的空间吗？

飞机怎么还没到机场?

06 电工

"'什么空间'是个好问题。

"你知道我们的宇宙正在扩张吧?扩张的意思是,宇宙像一个正在吹气的气球,不停地变大。

"所以就产生了这么几种状况:宇宙越来越空。绝大多数的星系在光谱上都有红移,也就是说它们全都在远离观测地点。这种远离不是星系自己在哼哧哼哧地跑,而是宇宙的坐标系在扩张,也就是原本只占了一点点空间的宇宙正在挤占越来越大的空间,宇宙气球越吹越大了。气球之外是什么我们不知道,但气球之内的物质总量是固定守恒的,所以物质之间的缝隙也在变大,气球里任意两点之间的距离都在互相远离。

"在一块柔软堆放的棉布上用生锈的钝刀戳一下会怎么样?不会怎么样,布料受到了挤压就会因为韧性而往下陷,就像用拇指按枕头,只要把刀拿开布料就会还原。但是你在一块拉扯伸张的布料上戳一下,就会戳出一个洞来。百万伏的电压在极端条件下放电,就相当于在拉扯的宇宙空间里戳了一刀,能够撕开原本宇宙空间上的连贯宇宙力,撕出一个洞。

"你又露出那样的表情了,让你的病人看见了又该胡思乱想了。我说的绝对都还在现实理论物理的讨论范畴以内,我的工作就是研究这个。当然也不是每一次百万伏放电都会在空间上戳出洞来，不然国家电网可没法运作了。一般情况下鸟就只单纯是汽化了，也就是一只导体身上发生的简单物理和化学反应。

"非一般情况，也就关系到宇宙扩张会产生的第二种状况了：所有的点都跟着坐标系扩张而相互远离时，距离越远的两个点之间相对速度越大。那么距离足够远的两个点，扩张的相对速度有可能超过光速吗？

"答案是可能的。爱因斯坦断定限定物体运动不能超过光速，他的前提是狭义相对论有一个固定且有限的坐标系，物体在坐标系里运动不能超过光速。但是宇宙扩张并不是物质运动，而是坐标系本身在扩张，就像把比萨的面皮旋转甩开得更大了，可坐标系就是比萨自己，无论它转到多大多快，坐标系上每一个点的坐标在这种运动中都没有变化。

"当地球所在的那个点，在坐标系中的扩张速度相对系内另一个遥远点达到光速的时候，地球所在的这一小块时空就会处在一种微妙的错乱与极限平衡之间：表面上时间与空间都还在正常运行，但一切都在四种基本力的拉扯下绷紧成一张一戳就破的橡胶皮。这种时候如果有足够大的能量，比如说百万伏电压被释放到非密封空间中，噗——

"空间就破了。"

07乘务员

"先生，请问这是你的扣子吗？落在你脚边了，上面雕刻了羽毛。"

"不是。问问这位女士吧，她好像有类似的饰品。"

"女士，这是你的吗？"

"不是。"

"那我再去问问别人。"

08医生

坐飞机就是这样，乘务员会因为无数件小事情来打断你，有的还会热情地给你塞一些特产食物或礼品，大部分时候我什么都不需要，坐飞机仅仅是为了到站而已。

我伸手去摸自己空荡荡的衬衣领口，同时感受着空荡荡的脑子，想不起来上一顿饭是什么时候吃的。以前我就经常因为忙工作忘记吃饭而被某个人强烈责备过。说起时间，我仍然不知道现在是什么时间了，邻座的女孩刚才还说光子跟不上我的视网膜，难道这飞机也飞得比光快吗？那我的时间是该暂停还是该往回退？

在她滔滔不绝的梦话里，我一直处于半昏睡的困倦混沌状态中，感觉很像低烧着通宵到天亮的体验，难道这也是错觉吗？她话的意思我都能听懂，不过好像总是慢一拍。

飞机的座位很挤，我惦记速冻的时效，想着只要伸手就能以礼貌的距离越过女孩打开挡板了。就这么做吧，看看太阳落到什么位置了。我探身打开飞机窗户的挡板，光线溢进来——

只有光。窗户外面是一片纯粹的白茫，没有蓝天、白云、太阳和像遥感地图一样的暗色大地。什么也没有。

在震惊与困惑带来的短暂清醒之中，我分明看见女孩转头去看窗外的样子毫不意外。我突然认出了那张一直没能清醒直视的脸，她是那位伤者，是我马上要见到的那位触电的女孩。

我更不明白了，我为什么刚才没有想起来？她为什么看上去完全没事？我真的是去抢救她的吗？话说回来，鸟碰到了会汽化的电压，人碰到了为什么还能活着呢？

又看一眼飞机的窗户，我抑制不住紧张地笑了。

我在哪儿？

09 电工

"既然如此我还是直说吧。你知道这是你第多少次睡着了又醒过来和我说话吗？是第六百零八。其实也不算很多，毕竟每一次的主观感觉时间也不太长，我不知道在这之前还有没有，反正在这一段连贯的记忆里，计数的时候我都特别小心。

"六百多次里我试着和飞机上不同的人说话，虽然还有很多事情没搞清楚，不过已经大致能知道你们的飞机本来正在途径苏州上空，而且飞在雨云之上。有一次我从乘务员嘴里套出话来了，应该是雷电把地面的变电区与雨云接起来了，所以这架飞机与我一样，被百万伏电压击中了。

"原本应该直接坠毁的飞机，却突然钻进了百万伏特撕开的空间裂口中。那时地球所在的坐标系相对于某一个遥远点的移动速度已经达到光速了，那不是第一个这种时刻，也不是最后一个，所以连巧合都算不上。

"一个未被证实的猜想说世界上其实有无数多个宇宙，就像沙漠里的沙子那么多，人能置身和能观测到的宇宙只是其中一粒沙。现在我们可能从一颗沙子到另一颗沙子了，也就是说，我们可能在原本宇宙之外的另一小颗宇宙里。

"我知道有点荒唐，你先听我说完。磨磨蹭蹭的话你不知道什么时候又会突然睡着了，醒过来的时候又只有碎片的记忆。这飞机上的一切都这样反反复复，乘客一批一批睡了又醒、醒了又睡，乘务员也不停地走来走去。水杯里的水被喝掉了，水位线高度又当着我的面一点点升回去了。所有被改变的地方都会慢慢复原，只有我一直记得所有的事情。

"我不知道这个宇宙有多大，我能触及的可观测范围大部分时候只有这个飞机客舱，只有一次我在窗户外面看见了一个影子。我认为那是另一架飞机，模模糊糊好像写着马来西亚的英文，但它在光芒的淹没之中，我什么都看不清楚，之后也再也没有见过。这里包含物理基础在内的一切都未知，找规律全靠猜。我想这飞机里的物质流动是转圈儿的，这飞机一直在飞，可能也是在转圈儿的，所以才一直到不了任何地方。就像电荷在电网里流一样，只要能量和物质守恒，能量就能一直流、一直转。

"我猜想是因为超光速移动的坐标系在理论上是不携带信息的，所以我们可能在一个信息游离态的宇宙里，我不知道是什么在储存你或这飞机上其他人的记忆，也不知道你是如何捕获它们的。有几次你一醒来就能记得我是谁，二话不说就抱住我，还有几次我说破嘴皮子说到你睡过去，你也想不起认识过我……而且不知为何，如果你不主动找我说话的话，我是不能对你先开口的，虽然这个比喻不够恰当吧：总觉得我们好像在不同的能级或者状态上。还好你也是个死脑筋，每次都会向我问时间。

"我？看来你仍然没有想起来我是谁。不，我不只是你的病人，你坐上这趟飞机不是去苏州给我动手术的，还记得吗？苏州没有机场。"

10 清洁工

"先生，请问这是你的椅子吗？"

"……不是。"

"可我看见这间房里没有椅子了。我们酒店每个房间都会配一把椅子的，你房里少了一把，露台上多了一把，我得提醒您这在24楼非常危险，而且是违规——别关门呀，请把椅子拿……"

"砰。"

11 医生与医生

"我一年有三百多天在天上飞来飞去、抢救各种各样的伤员，就连她死的时候我也在抢救别人，一个出车祸的初中生，也是女孩儿，救回来了，之后没再见过。收拾医疗箱想赶过去的时候消息已经等着我了，他们没敢在我抢救那个初中生的中途说真话，一直骗我说在抢救她，'在抢救呢''还在抢救呢'，其实在急冻喷雾解冻之后10秒她就心肺停止运作了。不是自然死亡的，她的急救医生是个新手，直接对她上了金属工具，静电释放是压死她心脏的最后一根稻草。这种状况无法预料，不算医疗事故。我那场手术3个小时，结束之后听说她人已经在停尸房了，我就想啊，如果把初中生留给别的医生、第一时间赶到她身边，她不会死的，我对自己有信心……

"但后来我一遍又一遍地问自己，我对自己真的有信心吗？要是我赶到了，我真的能把她救回来吗？一个被高压电周围空气击中、电压不明、全身烧伤、部分汽化的病例，先例数量为零。再后来有人安慰我，说起码我还救了个初中孩子，我又问自己，要是再来一次，我真的能保证把那孩子救回来吗？活下来了真的不是因为孩子自己运气好吗？

"我一辈子的自信全部崩塌了。我向单位请假，关上急救手术接单软件，把自己关在卧室里，后来不想看见房里她留下的东西就去住酒店，结果下意识又走进了之前与她出去度假时住过的24楼房间，我连椅子都搬出去了，结果连杀死自己都不敢。我是一个懦夫，永远在逃避责任。我的每一个毛孔里都在溢出这种自问的声音：你一个急救医生，连自己最爱的人都救不回来，你还能干什么呢？你活着有什么意义？你自己反正也是要死的，为什么还要活下去呢？

"从这间房走出去以后，我就要坐飞机去认领她的尸体了。看见她以后，我离开这个世界的勇气会不会增加一些？"

12 电工

"你好像又想起来些事了？

"别睡着了。我的观察与猜想总结一下就是：在膨胀绷紧的宇宙里百万伏放电撕破了空间，我们从空间的裂缝钻进了另一个很小的宇宙颗粒。虽然没有测量仪器能得到这里太多的物理参数，但既然我和这架飞机是两次不同的触电，却到同一个地方来了，我猜测这两个宇宙之间的通道是可以复制的，所以你说不定有机会回去。

"嗯？对，只有你和这架飞机。你们可比我幸运多了。法拉第笼效应保护了你们，这架飞机触电的时候，电流流过了飞机表面的金属，没有伤到里面。

"我刚才没说吗？抱歉我讲了太多次了，有时候会忘记哪句话是说过的，哪句话还没有。

"你登上这架飞机，是去取我的遗体，其实第一时间急冻的时候已经没剩多少了。大概还剩20公斤吧。你就是因为太自责才不想活了，真是傻得不行。

"记得你之前给我讲，医生治病疗伤，是消耗了自己的时间，来延长别人的生命，也可以算作是某种以命换命吧。你不是不想活了吗？我挺想的，要不你帮我个忙？要是有机会离开这个空间的话，帮我活下去吧。我们在一起这么多年了，你还没拒绝过我的请求呢。

"你要是听了我的话活了，就可以算作把我的命给你了，我也是你的医生啦。嗯？这不是眼泪，应该是这个空间的粒子不稳定造成的吧。奇怪的现象，这里的物理法则谁知道呢。

"别擦啦，我没什么不开心的。你看我像说谎的样子吗？"

13 新闻

晚间速报。近日苏州市城区多发雷雨天气，今天下午闪电击中国家电网设备，单个设备断电后快速自动恢复，未对居民用电造成影响。

同一时间，多位市民声称亲眼见到某民航航班于苏州上空"消失"数秒，专家表示：系集体癔症类的心理作用，希望大家注意夏日防暑。

记者跟踪调查，该航班已经安全准时降落，机上机械手表等无自动校准功能的计时设备均慢了3秒钟。事件原因正在调查之中。

14 医生与医生

"我到现在也想不起来是什么时候拿到这东西的，那几天我跟丢了魂一样。我就记得那会儿已经请假停工了，从你这儿走出去之后什么都不愿意想，上飞机之前就只有一个念头：把她剩下的尸体接回来，然后就找个不容易被人发现的地方自我了结了。

"我在飞机上打了个盹，睡醒了手里攥着这颗扣子，想不起来是什么时候带上的。结果等我到了她们单位，她电网的同事说见过，告诉我这是她给我刻的，因为我有件衣服掉了颗扣子。就是我那天穿着的那件。

"等到下飞机的时候，我已经不想死了。我拿着这颗扣子，好像拿着她送我的一整个宇宙。

"我给她办了后事，重新开始营业，还把这颗扣子缝上了。她的同事说上次看见的时候是有羽毛图案的，不知道为什么现在只剩个模糊羽毛形状了，好像被她热熔过一样。

"……

"还有个小事儿。在飞机上打盹那会我好像梦见她了，梦见问她几点了。但她就是不告诉我，好像只要她不说，就能和我多聊一会儿似的。然后飞机下边一个雷就把我惊醒了。

"……也可能是我妄想的吧。"

靓灵，科幻作家，曾从事地质灾害研究工作。擅长在宏大神奇的设定中表现人类的温情。代表作品《黎明之前》《落言》《珞珈》。